LA CHICA
EVANESCENTE

LA CHICA EVANESCENTE

LAURA THALASSA

Traducción de Ana Alcaina

Título original: *The Vanishing Girl*
Traducción a partir de la edición publicada por Skyscape, Estados Unidos, 2014

Edición en español publicada por:
Amazon Crossing, Amazon Media EU Sàrl
38, avenue John F. Kennedy, L-1855 Luxembourg
Abril, 2020

Impreso por: Ver última página

Primera edición digital 2020

ISBN Edición tapa blanda: 9782496703023

www.apub.com

SOBRE LA AUTORA

Laura Thalassa pasó buena parte de su infancia en Fresno, California, con la nariz enterrada en los libros de Anne Rice, R. L. Stine y Katie MacAlister, cuyas historias hicieron que le entrara el gusanillo de escribir sus propios relatos. Su experiencia laboral incluye sus etapas como estudiante de derecho, editora independiente, médica interna residente y arqueóloga.

Es autora de las series de novela romántica paranormal The Unearthly y The Bargainer, así como de la serie de fantasía New Adult The Four Horsemen, a la que pertenecen los títulos *Pestilence* y *War*.

La chica evanescente es su primera novela traducida al castellano con el sello Amazon Crossing.

Laura vive en Oakhurst, California, con su marido, el autor Dan Rix.

Puedes visitar su web en www.laurathalassa.com

Para Mike

Cae siete veces, levántate ocho.

CAPÍTULO 1

—¿Puedes arreglarlo? —pregunté.

—Pero, chica, ¿se puede saber qué desgracia te has hecho?

Noté los dedos del tatuador mientras recorría los trazos finos y retorcidos que yo llevaba dibujados en el omóplato. Se enredaban y entrelazaban como la maraña nudosa de las raíces de un árbol.

—No tengo ni idea —murmuré.

Las líneas oscuras y grotescas habían aparecido de golpe, de la noche a la mañana, y no recordaba en absoluto cómo habían llegado allí.

—Sí, yo también he tenido noches de esas alguna vez… —dijo con aire cómplice.

El hombre había sacado una conclusión errónea, pero asentí de todos modos. Decir que todo se debía a una noche de borrachera era más sencillo que explicar la verdad.

—Entonces, ¿crees que conseguirás arreglarlo? —pregunté.

—Sí, sí, tiene fácil solución: lo difícil es elegir con qué quieres taparlo. —Volvió a pasar la mano por las marcas—. Pero ¿por qué dejó el trabajo a medias tu tatuador?

Me encogí de hombros.

—Por falta de tiempo.

Siete horas más tarde, salí del estudio de tatuaje con un frasco de loción calmante y la imagen de dos alas de ángel plegadas que me nacían en los omóplatos y llegaban hasta la parte baja de la espalda.

«Soy mujer muerta», pensé.

Mis padres me iban a matar.

«Bueno, les diré que ha sido un regalo de cumpleaños que me he hecho a mí misma por mis dieciocho».

Al principio, no era mi intención que el tatuaje fuese tan grande, pero necesitaba el sombreado y el fino detalle que procuraban las alas de ángel para tapar las extrañas marcas de tinta que habían aparecido así, sin más, de la nada. Me habían salido como por arte de magia justo el día después de cumplir los dieciocho años, sin que tuviera el menor recuerdo de cómo había ocurrido una cosa así.

Me dirigí con paso lento y cauteloso al autobús municipal y, al sentarme, hice una mueca cuando mi piel dolorida rozó el respaldo del asiento de plástico.

Había vaciado casi toda mi cuenta bancaria para pagarme aquello y sufrido un dolor infernal para conseguirlo, pero había merecido la pena.

Las estrechas casas del barrio de Misión Dolores, en San Francisco, fueron desfilando por la ventanilla cuando el autobús se puso en marcha y se alejó de la parada.

Tendría que volver otro día para los últimos retoques, pero el tatuador trabajaba muy rápido y, a juzgar por las hermosas curvas arqueadas de las plumas, era evidente que había hecho un magnífico trabajo.

Aunque no es que me importara demasiado: yo solo quería tapar esas líneas retorcidas, ocultar las pruebas de que, la noche anterior, había pasado algo inexplicable.

Cuando llegué a casa, mi madre estaba atareada en la cocina. Sobre la encimera había varias obras culinarias recién salidas del horno: bandejas de galletas, dos pasteles y una tarta. Por el olor, parecía que acababa de hornear otra tanda de galletas. Producto directo del estrés, aquel era su mecanismo de reacción ante las situaciones tensas: algo la había puesto nerviosa.

—Hola, mamá —la saludé con toda naturalidad, cogiendo una galleta de mantequilla de cacahuete de la encimera.

—Ah, hola, Ember. —Se limpió las gotas de sudor que se le acumulaban en la frente con el dorso del brazo—. ¿Cómo te han ido las compras con Ava? —Levantó la voz al formular la pregunta.

Me puse alerta inmediatamente; miré la galleta que tenía en la mano y luego la miré a ella. No sabía si ya había descubierto que ese día no había salido de compras con mi mejor amiga.

—Pues… bien —contesté con prudencia—. ¿Va todo bien?

—Sí, todo va estupendamente —respondió con tono brusco.

Mentía. Su cara y su tono de voz la delataban.

—Si tú lo dices… Bueno, me voy a mi habitación a estudiar.

Me miró a los ojos durante un minuto largo antes de asentir con la cabeza. ¿Sería posible que, de algún modo, supiera lo de mi tatuaje?

Ni hablar. Lo descarté mientras me dirigía hacia mi habitación. Esa no era la estrategia habitual de mi madre: le gustaban demasiado los enfrentamientos directos para ponerse a jugar al gato y al ratón conmigo.

Me quité la mochila del hombro deslizándola con suavidad para no hacerme daño en la piel, aún muy sensible. Aunque oía a mi madre haciendo ruido en la cocina, cerré la puerta con el pestillo como precaución antes de quitarme la camiseta.

Mi espalda era una masa de piel roja e hinchada; parecía furiosa y tenía una buena razón para estarlo. Había tenido que pasar horas en el estudio de tatuaje y apretar los dientes mientras el tatuador me clavaba agujas en la piel, pero lo cierto es que había logrado camuflar con éxito las marcas.

Me puse una camiseta más holgada, me desplomé en la silla de mi escritorio y empecé a leer los apuntes de clase, cualquier cosa con tal de distraerme y no pensar en por qué me habrían salido esas extrañas líneas en el hombro la noche anterior o en cómo iba a mantener en secreto mi nuevo tatuaje.

Tres horas más tarde, después de leer la misma frase cuatro veces, aparté el libro de texto y me preparé para irme a la cama. Me quedé mirando al techo durante un buen rato, preguntándome adónde iría esa noche una vez que me quedara dormida. Tal vez tuviera suerte y me enviara a mí misma a una hermosa playa. Sí, con un poco suerte sería una playa, en lugar de teletransportarme a alta mar, como la semana anterior. Ese había sido uno de mis viajes más desagradables.

En el fondo, me preocupaba no volver a recordar mis viajes de diez minutos. Si no me acordaba del de la noche anterior, ¿cómo podía estar segura de que recordaría el de esa noche?

Y luego estaba la ilusión de que tal vez, solo tal vez, cumplir los dieciocho años significaría el fin de mis excursiones nocturnas.

Aunque, por supuesto, algunos deseos eran demasiado buenos para ser verdad.

***

La luz era tenue y agradable, y el murmullo grave de la música palpitaba en toda la sala. Me miré el vestido rojo y ajustado y los tacones de aguja peligrosamente altos. Llevaba un pequeño bolso de mano.

«Definitivamente, esto no es la playa».

Me encogí de hombros y me encaminé hacia la barra. La verdad, podría haber acabado en un sitio mucho peor. Incluso después de cinco años de teletransporte, apenas tenía control sobre mis destinos.

Vi a un par de personas mirarme con aire suspicaz, probablemente porque acababan de ver cómo me materializaba allí, como si tal cosa. Al cabo de unos minutos, su cerebro lograría encontrar una explicación perfectamente razonable para lo que acababan de ver. Hasta que me volatilizara otra vez.

Me senté en un taburete.

El barman se acercó.

—¿Qué va a ser?

—Mmm… —Fingí indecisión. No tenía ni idea de qué se podía pedir allí. Lo cierto es que no tenía experiencia previa en ningún bar, a pesar de mi don.

Un chico se deslizó en el asiento de al lado.

—Te recomiendo el cóctel Molotov.

Me volví hacia él y me quedé sin aliento. El pelo oscuro enmarcaba una mandíbula firme, unos pómulos altos y unos hechizantes ojos verdes. Brutalmente guapo. Así era como Ava y yo llamábamos a los chicos como ese. ¡Y me hablaba a mí!

Tuve que concentrarme para recordar qué me había dicho. Ah, sí, que pidiera un cóctel Molotov.

Arqueé las cejas.

—Eso suena peligroso.

En casa, en mi vida real, nunca sería tan directa y lanzada, pero saber que solo estaría allí diez minutos me permitía ser otra persona durante un ratito. Y en ese momento, quería ser la chica que sabía cómo manejar a los hombres guapos.

—Tomaré lo que me ha sugerido él —le contesté al camarero.

«Es imposible que mi cerebro me haya traído aquí». Normalmente, acababa perdida entre la multitud, desnuda, o atrapada dentro de un cuarto de la limpieza. Llevar un vestido tan sexi y que míster Portada de Revista Masculina estuviera intentando ligar conmigo era demasiado bonito para ser verdad.

El chico me tendió la mano.

—Adrian Sumner.

—Ember Pierce —contesté, estrechándole la mano.

—Bueno. —Esbozó media sonrisilla seductora—. ¿Cómo es que no te había visto en mi vida hasta hoy?

Me reí e hice una mueca de impaciencia.

—De verdad, tienes que trabajarte un poquito más esas frases para entrarle a una chica.

En ese momento su sonrisa se ensanchó.

—No era una frase para ligar contigo: esta es mi fiesta.

Ah. Vaya. Mierda.

—He venido con una amiga —mentí.

Sentí los dedos inquietos, con ganas de hacer algo. Cuando se trataba del teletransporte, abrir cerraduras, reunir información sobre mi entorno o poner en práctica mis habilidades para la supervivencia eran acciones mucho más gratificantes que esto: tener que recurrir a mis encantos para salir de un apuro.

—¿Quién es tu amiga? —preguntó, mirando a la muchedumbre.

Examiné la variopinta mezcla de gente mayor y rica y de gente joven y guapa.

Tragué saliva y señalé vagamente hacia un grupo de modelos.

—Soy amiga de aquella.

—¿De quién? —preguntó.

Dije el primer nombre que se me pasó por la cabeza.

—De Natasha.

Miró hacia donde estaba señalando.

—¿Te refieres a Sue?

Acababa de descubrir el pastel.

—Juraría que se llamaba Natasha, parece una Natasha.

Repasó de arriba abajo a la mujer de la que estábamos hablando.

—¿Vas a echarme? —le pregunté—. Porque quiero advertirte que no me iré hasta que me sirvan mi cóctel Molotov.

Sonrió.

—Bueno, no me gustaría tener que echar a una mujer armada con esa bebida.

Y en el momento más oportuno, el barman apareció con el cóctel.

—Son quince dólares.

Me estremecí al oír el precio. Fue entonces cuando me di cuenta de que no tenía ni idea de si llevaba dinero —o un carné de identidad falso— en el bolso.

—Un momento —le dije, abriendo el bolso.

Para mi desesperación, allí dentro no había dinero. De hecho, solo había dos cosas: un papel y un objeto oscuro y pesado.

Saqué el papel y leí la nota garabateada:

ADRIAN SUMNER TIENE QUE MORIR.

Solté el papel como si me quemara en la mano.

Hacía solo unos minutos que conocía a Adrian, así que, ¿cómo podía haber llegado allí con semejante nota?

Tanto el barman como Adrian me miraron fijamente.

—Mmm… Ejem… He olvidado la cartera. Lo siento.

Entrelacé las manos para evitar que me temblaran.

—No te preocupes —dijo Adrian—. Ya me encargo yo… porque me gustan las mujeres apasionadas.

Me guiñó un ojo.

Sonreí, todavía muy alterada por la nota.

—Anda, apúntamelo en mi cuenta —le dijo al camarero.

El barman se alejó y respiré hondo para apaciguar los latidos acelerados de mi corazón.

—Gracias —dije.

—De nada. —Sonrió de nuevo y sentí que se me encogía el pecho al ver esa sonrisa—. Y dime, ¿cómo te has enterado de mi fiesta?

Abrí la boca para responder cuando me di cuenta de qué era el objeto oscuro y pesado que había dentro de mi bolso: una pistola.

Dejé escapar un gritito de sorpresa.

—¿Estás bien? —preguntó Adrian. El mismo Adrian al que se suponía que debía matar, según el papel.

Con el corazón acelerado, me eché hacia atrás y traté de bajar del taburete.

—Tengo que irme.

Diez minutos eran, como de costumbre, demasiado tiempo para el embrollo en el que me encontraba.

—Espera —dijo Adrian.

Me detuve y me arrepentí en cuanto vi lo que estaba haciendo.

Se agachó y recogió la hoja de papel que se me había caído al suelo.

—Te olvidas de tu nota —señaló. Sus ojos examinaron el papel y su expresión cambió—. ¿Qué es esto? —Levantó la vista hacia mí—. ¿Es una broma de mal gusto?

Yo ya estaba avanzando entre la multitud.

—¡Espera! —gritó a mi espalda.

Me abrí paso hacia la abarrotada pista de baile, donde podría esconderme mejor entre la multitud de cuerpos y las luces estroboscópicas.

—¡Detenedla! —gritó Adrian.

Noté que alguien trataba de pararme sin demasiado empeño, pero conseguí escabullirme fácilmente. Sin embargo, una mano muy firme me envolvió la muñeca. Me volví y vi a Adrian.

—¿Quién eres tú? —preguntó.

No tuve que responder a la pregunta porque me fundí de golpe, junto con las luces estroboscópicas.

CAPÍTULO 2

Hasta la hora del desayuno no recordé haberme teletransportado. Casi me atraganto con la leche y los cereales que tenía en la
boca al revivir los últimos diez minutos lúcidos de la noche anterior.

Mi cabeza trataba de encontrarle sentido a la nota y a la pistola.
¿Cómo había sabido yo su nombre? Estaba completamente segura
de no conocer de nada a Adrian. Imposible olvidar una cara así.

¿Y se suponía que debía matarlo? Aquello no tenía explicación.
Aunque tal vez no estaba formulando las preguntas adecuadas,
porque, pensándolo bien, ¿acaso no era también inexplicable que
pudiera teletransportarme?

Llegué al instituto con la cabeza distraída, nerviosa.

—¡Eh, pringada! —me llamó Ava, mi mejor amiga, cuando nos
vimos antes de clase—. ¡Vamos a ver ese tatuaje!

Un grupo de chicas me miró con cara de asco.

—¿Podrías intentar ser un poco más discreta? —le pedí, sonriendo con dulzura a las chicas.

—¿A quién le importa? —exclamó, metiéndose un mechón de
pelo de color rojo vivo por detrás de la oreja. Mi amiga era una
fuerza de la naturaleza y, como todas las fuerzas de la naturaleza, era
admirable e imponente, pero a veces destructiva.

—Preferiría que mis padres no supieran lo de mi tatuaje, y eso no va a ocurrir si Cindy Knickerbaum se entera —dije, señalando con la cabeza al grupo de chicas que se alejaban.

Cindy volvió la cabeza hacia mí.

Ava puso cara de exasperación.

—Esa no va a decir nada. Pero si ahora mismo casi ni os conocéis… Y qué, ¿puedo verlo?

Hice una mueca de impaciencia y sonreí a mi pesar.

—Está bien, pero solo un momento.

Nos fuimos detrás del aula de Carpintería, a un rincón discreto del edificio, y me levanté la parte de atrás de la camiseta.

Ava chilló.

—¡Joder, qué pasada! ¡Es increíble! ¡Me voy a hacer uno igual ahora mismo!

Sacó el teléfono e hizo una foto de las alas antes de que pudiera bajarme la camiseta.

Lancé un gruñido. Estaba claro que no tenía ninguna posibilidad de guardar aquello en secreto.

***

—¡Ember Elizabeth Pierce! —me llamó mi madre tan pronto como asomé por la puerta esa tarde. Solo ella podía hacer que mi nombre sonara como una sarta de palabrotas.

Me volví desde donde estaba dejando la mochila para mirar a la cara furiosa de mi madre, en la puerta de mi habitación.

Sabía lo del tatuaje. No hacía falta que dijera nada. No era de extrañar: al fin y al cabo era mi madre, la especialista en enfrentamientos directos.

La maldita Cindy Knickerbaum se había chivado. Eso tampoco era de extrañar.

Los ojos color avellana de mi madre me miraban con expresión dura. Se acercó con paso firme y decidido.

—¿Dónde te lo has hecho?

Llegados a ese punto, no tenía ningún sentido discutir ni negarlo. Le di la espalda y me levanté la camiseta.

Mi madre se quedó sin aliento ante lo que para ella solo podía ser una visión aterradora, aunque no estaba segura de si era por el tamaño del tatuaje, que me cubría más de la mitad de la espalda, o por la piel inflamada.

Mi madre empezó a ahogarse.

—¡Has profanado tu propio cuerpo!

—Mamá… —empecé a decir. La verdad es que no me apetecía nada tener que justificar ante mi madre lo que le había hecho a mi propio cuerpo.

—¿Cómo has podido hacerte esto a ti misma? —Su ira reemplazó su estado de shock.

No podía decirle la verdadera razón; prefería que ella, y todos los demás, pensaran que era una de mis locuras. Por lo menos ser rara era algo socialmente aceptable. Si alguien hubiese visto las extrañas líneas antes de que hubiera tenido ocasión de taparlas, me habría acribillado a preguntas que yo no podía responder.

Contuve un suspiro.

—Mamá, la explicación que podría darte no te iba a gustar.

Me miró fijamente durante largo rato.

—A veces me pregunto cuánto hay verdaderamente de mí en ti —comentó. Una vez dicho eso, negó con la cabeza y salió de la habitación.

Esperé hasta que cerrara la puerta para apretar con fuerza los párpados.

No era la primera vez que me decía esas palabras, pero seguían doliéndome igual. Sin embargo, lo peor no era que le rompiera un pedacito de corazón a mi madre cada vez que las decía, no: lo peor era el recordatorio de que, a veces, cuando me miraba en el espejo, ni siquiera estaba segura de conocer a la chica que me devolvía la mirada.

Durante la semana siguiente, seguí teletransportándome a mis destinos nocturnos habituales. El momento cumbre de la semana fue materializarme en un crucero: pasé diez minutos comiendo en su bufet al aire libre y contemplando la puesta de sol en algún lugar cerca de las islas de Hawái. La peor noche fue aparecer en el viejo desván polvoriento de mi abuela o, mejor dicho, en el viejo desván polvoriento de mi difunta abuela. No tenía idea de quién vivía allí ahora.

El problema de teletransportarme durante los primeros diez minutos de sueño, un problema que había tenido desde la pubertad, era que los primeros instantes del sueño determinaban mi destino de esa noche. Había habido noches en las que me quedaba dormida pensando en el guapo del instituto y luego acababa teletransportada a su habitación (a eso lo llamo yo una situación incómoda). Por suerte, el guapo siempre estaba dormido.

Otra vez, por ejemplo, estaba soñando que me caía, y ese sueño se transformó en una realidad perturbadora. Afortunadamente, la única vez que me materialicé en el aire, aterricé en un árbol de camino al suelo. Logré rodear las ramas con los brazos y sujetarme con todas mis fuerzas.

Por eso, me pareció increíblemente irónico que, al domingo siguiente, cuando me tumbé en la cama, me diese más miedo materializarme en un club elegante con un vestido sexi que precipitándome al vacío, porque la última vez que había pasado eso llegué a ese club con una pistola e instrucciones para matar.

La habitación en la que aparecí esa noche estaba oscura y la única puerta estaba cerrada. El cielo nocturno al otro lado de la ventana me indicaba que todavía me encontraba en el hemisferio occidental.

Estiré los brazos sobre la cabeza. A veces, el teletransporte hacía que se me entumecieran los músculos, como si lo que fuera que volviese a unir las células de mi cuerpo las recolocase demasiado apretujadas.

Unas estanterías de libros en las paredes contenían voluminosos tomos académicos y había un sillón de cuero tras un imponente escritorio: estaba en el estudio de alguien.

Miré la ropa que llevaba, una camiseta negra ceñida y unos *leggings* metidos dentro de unas botas de piel suave. De una de las botas sobresalía, de forma muy llamativa, un papel doblado.

Lo saqué de donde estaba.

57 84 11 60 39

Me quedé mirando los números de la nota, tratando de descifrar su significado. Después de malgastar un minuto dándole vueltas a la posible conexión lógica que hubiese entre ellos, volví a meterme el papel en la bota. Aquella era la segunda vez en una semana que me encontraba una nota encima, aunque al menos esta vez solo era una inocua serie de números.

Me paseé por la habitación y fui sacando libros y leyendo los lomos: física cuántica, genómica, ingeniería biológica… Al propietario de aquella habitación no le iban las lecturas ligeras.

Me dirigí al escritorio, en cuya superficie no había nada más que un pisapapeles. Parecía raro que una persona a la que le gustaban los temas tan complejos tuviera un escritorio tan desangelado. O sufría algún trastorno obsesivo-compulsivo, o nadie utilizaba aquel despacho.

Abrí los cajones del escritorio, uno tras otro. No había demasiadas cosas en su interior, lo que me llevó a concluir que, quienquiera que fuera el propietario de aquello, hacía mucho tiempo que no trabajaba allí, si es que lo había hecho alguna vez.

Fue cuando me aparté del escritorio cuando vi una caja fuerte incrustada en la pared posterior. A la derecha había un teclado numérico. Saqué la nota de mi bota.

¿Sería esa la lógica que había detrás de aquellos números? Cabía la posibilidad de que, si introducía los números erróneos, saltara una alarma, pero, si eso ocurría, lo más probable era que yo ya no estuviese allí el tiempo suficiente para descubrirlo.

Con cuidado, tecleé cada una de las cifras en el teclado. Cuando terminé, la caja fuerte emitió un prolongado pitido y la puerta se abrió.

Se me erizó el vello de la nuca; me daba miedo que hubiera funcionado…

Examiné la nota que tenía en la mano: había algo raro en ella, aquella no era mi letra. De hecho, me sorprendió lo mucho que se parecía a la primera nota que había encontrado en mi bolso, hacía una semana.

Miré mi atuendo; aquella camiseta negra y los *leggings* no eran algo que habría elegido ponerme yo misma.

Sentí como si toda aquella escena hubiese sido orquestada de antemano y, pensándolo bien, también lo parecía el club en el que me había materializado la semana anterior. No podía explicar cómo era posible, pero cuanto más lo pensaba, más segura estaba.

Lo más probable era que la mente que había detrás del destino de esa noche también me hubiera teletransportado al club la semana anterior.

Por un momento, solo sentí una inmensa sensación de alivio: resultaba que no era ninguna sádica. Pero entonces la ansiedad se apoderó de mí. Aquello no era casual.

«Alguien sabe que puedo teletransportarme», pensé. Y ahora, de algún modo, ese alguien se había aprovechado de mi habilidad. Noté que se me ponía la carne de gallina. Si aquello no era obra mía, entonces alguien había pasado a dirigirme a mis destinos como si yo fuera su marioneta.

Dentro de la caja fuerte había una pila de sencillos cuadernos de color negro, sobre los que descansaban tres piedras idénticas. Todas medían un par de dedos y tenían un corte similar a los cristales de cuarzo de la colección de minerales de mi infancia. Solo que aquellas tres eran de color cromo oscuro y estaban muy pulidas.

—¿Qué demonios crees que estás haciendo?

Me volví para hacer frente a aquella voz.

Reconocí el pelo oscuro y los hermosos rasgos: era Adrian.

—¿Tú? —dije antes de poder evitarlo.

Él se quedó en la puerta, con cara de estar igual de sorprendido que yo.

Su boca empezó a moverse, tratando sin éxito de formar alguna palabra. Tuve la clara impresión de que estaba intentando decidir cuáles eran las palabras más adecuadas en aquellas circunstancias porque, a fin de cuentas, ¿cómo reaccionas ante una chica que se cuela en tu fiesta, llevando encima una prueba irrefutable de que tiene la intención de matarte, y luego se esfuma sin más para regresar al cabo de una semana y abrir tu caja fuerte?

Habló al fin:

—¿Cómo eres posible?

—¿Qué?

¿Cómo se suponía que debía responder a eso?

Su incredulidad se desvaneció poco a poco y vi cómo su rostro asimilaba que aquella sucesión de acontecimientos imposibles estaba ocurriendo de verdad. Podía empatizar con aquella emoción, salvo por el pequeño detalle de que era yo la que estaba con el agua al cuello. A punto de ahogarme, de hecho. El intento de asesinato y el robo en grado de tentativa no eran delitos leves. Y ahora mis huellas dactilares estaban por todas partes, encima de las pruebas más incriminatorias.

Cerró la puerta y se dirigió hacia mí. Retrocedí con cautela cuando él se acercó. Saltar por la ventana no era una opción viable: desde aquella altura, los coches parecían juguetes de Hot Wheels.

Pero mis diez minutos tenían que estar a punto de agotarse. Estaba a salvo, siempre y cuando él no intentase matarme.

Rodeó el escritorio e invadió mi espacio personal. Levanté las manos haciendo la señal universal de rendición.

—¿Qué está pasando aquí? —preguntó.

—Créeme, no tengo ni idea —respondí.

—Eso tiene gracia. —Ladeó la cabeza—. No te creo para nada.

Me empujó con fuerza contra la pared.

Lancé un gruñido por el impacto.

—Muy bien, compórtate como un capullo. —Las palabras se me escaparon.

—¿Que yo soy un capullo? Eres tú la que lleva una lista con objetivos.

¿Cuándo saldría de allí?

—Está bien. Pues no me creas si no quieres —le dije—. Después de todo, ¿por qué deberías confiar en una chica que puede desaparecer?

—Exactamente —repuso—. Espera un momento, ¿qué…?

Pero su pregunta llegó demasiado tarde. Por suerte. Sentí el hormigueo que precedía al fin de otra excursión de diez minutos una fracción de segundo antes de que la escena se desvaneciese.

El recuerdo reapareció mientras estaba en la ducha, a la mañana siguiente. Solté un taco a voz en grito. El tatuaje no era nada comparado con el lío en el que me había metido.

CAPÍTULO 3

La clase me pareció insoportable. Aquel día, con el cuerpo tan tenso por culpa de la ansiedad, no podía prestar atención al profesor. Era tremendamente consciente de todo mi entorno, estaba en alerta y preparada para que la policía irrumpiera en cualquier momento para llevarme a la cárcel.

En clase de Anatomía, me convencí de que tenía una coartada sólida: Ava y mis padres podían situarme con absoluta certeza allí, en San Francisco, los dos días que había visitado a Adrian.

Sin embargo, dos clases más tarde, en Cálculo, estaba muerta de miedo. Era perfectamente posible que Adrian viviera en San Francisco o a poca distancia en coche de la ciudad, lo que significaba que yo podía haber llegado a su casa desde la mía, en el caso de que identificaran las huellas dactilares que, como una idiota, había dejado en la caja fuerte. Ese había sido un movimiento de aficionada; yo sabía hacerlo muchísimo mejor.

En mitad de la clase de Sistemas de Gobierno, estaba que me subía por las paredes. ¿Por qué me habían maldecido con aquella extraña habilidad de teletransportarme? Aquel don no había hecho más que ponerme en peligro y avergonzarme, y ahora me había metido en aquel lío monumental.

¿Y quién más sabía lo de mi habilidad? Nunca se lo había contado a nadie. Esa era la pregunta más inquietante de todas.

Mientras tanto, el profesor, el señor Culver, seguía hablando.

—Los poderes legislativos del Congreso sirven de equilibrio entre el poder ejecutivo y el poder judicial. Ellos, a su vez, sirven de equilibrio…

El teléfono del aula empezó a sonar. Agarré con las manos el borde de mi pupitre, sin importarme que los nudillos se me pusieran blancos ni que la chica sentada a mi lado me mirara con cara rara.

—Un momento —dijo un contrariado señor Culver. Odiaba las interrupciones en mitad de sus clases—. ¿Sí? —Hizo una pausa—. Ah, hola, Cynthia. —Hubo otra pausa y luego examinó la sala. Detuvo la mirada sobre mí—. Sí, está aquí.

Sentí que el corazón me martilleaba en el pecho.

—De acuerdo, la enviaré ahora mismo.

Ya estaba. Era el fin.

Colgó el teléfono.

—Ember, recoge tus cosas y ve al despacho de la directora.

A mi alrededor, mis compañeros hablaban en susurros.

—Ember está en un lío —murmuró alguien.

Un temblor se apoderó de todo mi cuerpo mientras recogía mis cosas y salía de la clase. Puse en práctica unas técnicas de respiración, más para evitar vomitar que para calmarme.

Mi madre me esperaba en la puerta del despacho. Tenía los ojos rojos. Había estado llorando.

—¿Mamá?

—Hola, Ember. Vámonos a casa.

Al notar cómo le temblaba la voz, el corazón se me aceleró aún más.

La secretaria de administración alternaba la mirada entre las dos con curiosidad. Supuse que mi madre no le había dicho la razón exacta por la que había ido a recogerme.

Permanecimos en silencio mientras nos dirigíamos al coche. No me costó trabajo adivinar qué estaba pasando, pero no tenía ni idea de por qué era mi madre, y no un policía, la que había ido a recogerme. Era lo bastante inteligente como para no abrir la boca hasta haberme enterado de cuál era mi situación exactamente, así que me quedé callada mientras mi madre sollozaba a mi lado.

Tan pronto como llegamos al Honda de mi madre, las palabras le salieron a borbotones.

—Ember, tengo muchas cosas que explicarte en muy poco tiempo. —Unas lágrimas le resbalaron por el rostro—. No estoy segura de por dónde empezar…

No era así como se suponía que se iba a desarrollar la situación. Para nada. Se suponía que era yo la que debía estar confesándole cosas, y no al revés.

—¿Recuerdas cuando tu padre y yo te dijimos que eras nuestro bebé milagro? —me preguntó.

Fruncí el ceño con gesto confuso y asentí. Recordaba vagamente la historia, pero no tenía ni idea de por qué justo ahora le daba por ponerse nostálgica pensando en el pasado.

—Bueno —continuó mientras iba sacando el coche del aparcamiento—, los dos intentamos durante años tener un hijo antes de que llegaras tú, pero no lo conseguimos. Y cuando empezamos a desesperarnos, acudimos a varias clínicas de fertilidad, para probar con todos los métodos, desde la inseminación artificial…

Arrugué la nariz. Ya había tenido bastante con la clase de Anatomía aquel día; aquello me estaba llevando al límite en cuanto a situaciones incómodas.

—… hasta la gestación subrogada. Ninguno de ellos funcionó. Luego encontramos un programa de fertilidad patrocinado por el gobierno. Subvencionaban el coste del tratamiento, por lo que no tuvimos que pagar nada. Su única condición era que, si el tratamiento tenía éxito, exigirían que el niño ingresara en el ejército durante un período mínimo de dos años.

Di un respingo al oír sus palabras y un pensamiento inquietante empezó a tomar forma en mi cerebro.

—Nos convencimos a nosotros mismos de que pasar un par de años haciendo el servicio militar no era tan malo, y pensábamos que nuestras probabilidades de concebir eran tan remotas que accedimos al trato. —Tomó una bocanada de aire—. Y entonces llegaste tú. Nuestro pequeño milagro. —Dejó escapar las palabras con un suspiro.

—¿Por qué nunca me lo habías dicho?

Estaba demasiado conmocionada para enfurecerme. ¿Cómo podían haberme ocultado ese secreto?

Mi madre parecía sentirse culpable.

—La clínica nos dijo que si se cancelaba el programa, los niños no estaríais obligados a alistaros. Unos años después de que nacieras, nos enteramos de que el programa se había quedado sin financiación y se había cancelado.

Sentí una leve esperanza.

—Entonces, ¿no tengo que alistarme en el ejército?

No quería ni imaginarme de soldado… Además de ser alérgica a recibir órdenes, no creía ser capaz de matar o atacar siquiera a alguien. En ese instante pensé en el club y en la pistola que llevaba en el bolso. Al menos una persona sí pensaba que era capaz.

Mi madre se echó a llorar.

Entendí lo que no podía soportar decir y, en ese momento, sentí pena por ella y por mí, porque las dos sabíamos que mi futuro ya no me pertenecía. De algún modo, el programa había conseguido la financiación que necesitaba y ahora se me exigía que me pusiese al servicio del gobierno.

Pasé el resto del trayecto en coche mirando por la ventanilla, oyendo la voz de mi madre prácticamente como si fuese un ruido de fondo. De vez en cuando, me llegaba el eco de una explicación:

—Teníamos miedo de que hubiesen vuelto a poner en marcha el programa…

»… Por eso nos mudábamos tan a menudo…

»… Van a reclutarte hoy.

Esa última frase consiguió acaparar toda mi atención.

—¿Cómo? ¿Van a reclutarme hoy?

Mi madre asintió.

—Por eso fui a buscarte a clase. En estos momentos, los agentes ya te están esperando en casa. Todos pensamos que era mejor que yo te explicara la situación antes de…

—¿Ni siquiera puedo decirle adiós a Ava? —Se me quebró la voz.

Mi madre negó con la cabeza.

—Lo siento mucho, Ember.

Mi situación actual era solo un poco mejor que ir a parar a la cárcel, pero a pesar de la injusticia que representaba todo aquello para mí, no estaba segura de con quién debía enfadarme: ¿con mis padres, lo bastante desesperados y egoístas como para negociar el futuro de un hijo? ¿O con el gobierno, capaz de explotar de ese modo la debilidad de una pareja?

El coche redujo la velocidad cuando mi madre dobló la esquina hacia nuestra calle. Había varios vehículos SUV de color negro aparcados frente a la casa.

Mi madre se detuvo en la entrada y me bajé de un salto, echándome la mochila al hombro. Tenía que encontrar a mi padre; él y yo nos entendíamos con una complicidad que no compartía con mi madre.

Entré a toda prisa en la casa. Había cinco funcionarios del gobierno en nuestra sala de estar, sin duda esperándome a mí. Mi padre estaba sentado en el sofá, frotándose la frente. Él y los demás levantaron la vista cuando la puerta se cerró a mi espalda.

Un rápido vistazo a los trajes de los funcionarios, a su pelo liso y a los auriculares me dijo que detrás de mi reclutamiento había más de lo que mis padres sabían o dejaban entrever.

—Hola, tesoro —dijo mi padre con voz cansada.

Corrí a sus brazos como cuando tenía cinco años, sin importarme estar montando una escena. Me abrazó con fuerza.

—Te quiero, Ember —me susurró al oído—. Por favor, perdónanos a tu madre y a mí.

Tragué saliva. Tenía la esperanza de que él me dijera que todo aquello no era más que un horrible malentendido, pero en vez de eso, sus palabras agudizaron mi creciente ira y la transformaron en una emoción aún más preocupante: la aceptación.

—Ember Pierce —dijo una voz detrás de mí.

Me volví y miré al hombre que había pronunciado mi nombre.

—Por fin estás aquí. Me llamo Dane Richards, soy jefe del Proyecto Generación.

Estreché la mano que me ofrecía.

Dane Richards era un hombre alto, de mediana edad, con cara de halcón. Sus ojos oscuros estaban coronados por unas cejas negras espesas y arqueadas, que le daban un aspecto inquietante. La nariz afilada y los labios carnosos acentuaban sus rasgos, ya llamativos de por sí. La edad había endurecido las arrugas en torno a su boca, en el entrecejo y en la frente.

De inmediato supe con certeza que aquel tipo iba a hacerme la vida muy desagradable.

Señaló a los hombres que lo rodeaban.

—Estos son los agentes Payne, Fields, Kjar y Griswold —dijo en rápida sucesión. Era imposible que pudiese recordar sus nombres—. Bueno —prosiguió Dane—, entonces, ¿tu madre te ha contado lo que pasa?

—Muy por encima.

Asentí con la cabeza, mirando a la puerta principal. Mi madre no había entrado. Estaba segura de que seguía sentada llorando dentro del coche.

—Estupendo. —Juntó las manos y miró alrededor de la habitación—. Bueno, entonces haz las maletas y pongámonos en marcha.

Lo miré con incredulidad.

—¿Ahora mismo?

Aquella sucesión de acontecimientos extraños y horribles me parecía casi increíble. Solo hacía una hora que me habían llamado al despacho de la directora.

Echó un vistazo al reloj.

—Bueno, dentro de los próximos treinta minutos. Tienes un largo viaje por delante.

Miré a mi padre en busca de alguna señal de que aquel delirante giro de los acontecimientos no era real, pero seguía sentado con los hombros caídos; parecía un hombre derrotado.

Sin embargo, sus ojos… sus ojos decían otra cosa. Miraban frenéticamente a la puerta principal y luego a mí. Había en ellos una orden tácita: «¡Corre! ¡Huye!».

A pesar de la advertencia de mi padre, no salí corriendo, al menos, no de inmediato. En lugar de eso, eché a andar con paso tranquilo hacia mi habitación, pero en cuanto hube cerrado la puerta a mi espalda, vacié mi mochila y empecé a llenarla con lo indispensable. Metí en ella la cartera y el teléfono. Tendría que deshacerme del *smartphone* enseguida, ya que podrían rastrearme con él, pero necesitaba copiar algunos números de teléfono antes de hacerlo.

A continuación vacié el dinero en metálico que siempre guardaba en una pequeña caja fuerte. Trescientos dólares; no me hacía falta contarlos. No era mucho, pero bastaría para sacarme de la ciudad.

Junto a la caja fuerte había una bolsa con material de supervivencia: una brújula, una linterna dinamo, un filtro de agua, un kit para encender fuego, una manta, unos envases de comida no perecedera, un libro sobre plantas silvestres comestibles, una navaja suiza y un botiquín de primeros auxilios. Sabía cómo usar todas aquellas cosas, aunque mi vida nunca había dependido de eso tanto como podría depender entonces.

Me había preparado para una situación como esa. Mi capacidad para teletransportarme era algo lo bastante excepcional como para ser consciente de que, si alguien lo descubría algún día, probablemente no me quedara más remedio que huir. Hacía tiempo que lo había aceptado. Sin embargo, ahora me preguntaba hasta qué punto sabía mi padre algo al respecto —hasta entonces yo pensaba que no sabía absolutamente nada— y cuánto sabía el gobierno.

Metí una muda y una foto de mi familia en la bolsa y la cerré. Ya había perdido cinco preciosos minutos haciendo la maleta; necesitaba ponerme en marcha.

Me quité la camisa fina y los tacones. Me calcé unas botas gastadas con las que poder correr y caminar por el bosque, me puse una camisa más resistente y una chaqueta de deporte ajustada.

El corazón me latía desbocado cuando miré a la puerta de mi habitación. Oí el murmullo de una conversación en voz baja al otro lado.

Me habían descubierto. Todos mis secretos, todas mis mentiras —incluso mi tatuaje—, todo lo que había hecho para pasar desapercibida y escapar de todos los radares no había servido absolutamente de nada.

Hacía más de dieciocho años, mis padres habían hecho una promesa al gobierno. A cambio de mi concepción, me entregarían para que cumpliera dos años de servicio militar. Hacía más de dieciocho años, el gobierno había contribuido a que mi existencia fuera posible y ahora venían a cobrarse su recompensa.

CAPÍTULO 4

Parpadeé para mitigar el escozor de las lágrimas en los ojos. No iba a poder decir adiós si huía. Sabiendo que se me agotaba mi precioso tiempo, dejé una breve nota para mis padres, diciéndoles lo mucho que los quería. La escondí debajo de mi almohada y miré hacia la puerta una vez más.

—Adiós —dije en voz baja.

Me colgué la mochila al hombro y me dirigí a la ventana. Mi habitación estaba en la parte de atrás de la casa y daba a un estrecho callejón. No eran unas vistas espectaculares, pero era una magnífica salida de emergencia.

Abrí la ventana con un movimiento brusco, haciendo una mueca cuando el armazón de madera deformada crujió como protesta. Primero pasé una pierna y luego la otra, y bajé de un salto al pavimento del suelo.

Recolocándome la mochila en el hombro, miré hacia el callejón. En el extremo más próximo había apostado un hombre vestido con traje negro y con un auricular, montando guardia, seguramente en previsión de que pudiera suceder algo así.

¿Qué estaba pasando?

El hombre miraba hacia otro lado, pero en cuanto fijé la vista en él, fue como si hubiera percibido mi presencia: volvió el cuerpo y nuestros ojos se encontraron.

Aquel fue el único empujón que necesitaba: salí corriendo en la dirección opuesta. Detrás de mí oía el ruido de los zapatos de piel del hombre al chocar contra el pavimento mientras me perseguía. También oí su voz sin aliento cuando se puso en contacto con sus colegas. Aquellos primeros minutos eran cruciales para que pudiera sacarle ventaja. Si no conseguía burlar a aquel tipo de inmediato, más agentes acudirían en su ayuda.

Llegué al final del callejón y giré a la derecha, a una calle muy concurrida de la ciudad. Corrí calle abajo y serpenteé entre el tráfico. Los coches me pitaban y los neumáticos chirriaban al frenar cuando me interponía en su camino.

—¡Mira por dónde vas, imbécil! —me gritó un conductor, pero yo ignoré sus improperios mientras seguía zigzagueando entre los coches.

Tan pronto como crucé la calle, atravesé a todo correr la entrada principal del edificio de piedra que había ante mí, el templo de la Iglesia unitaria.

En cualquier otra circunstancia, el silencio sagrado que me envolvió me habría resultado tranquilizador, pero en ese momento hacía que me sintiera expuesta.

Recorrí los pasillos de la iglesia, mis pisadas amortiguadas por la mullida moqueta, hasta que salí al patio que compartía con otros edificios circundantes, uno de los cuales alojaba varios consultorios médicos. Entré por la parte trasera del edificio y me dirigí al vestíbulo, donde una hilera de sillas forraba las paredes. En varias había sentados pacientes con cara de aburridos, esperando a que los llamaran para entrar en la consulta.

Miré por la ventana. Había una parada de autobús justo delante: ese iba a ser el vehículo que utilizaría para mi fuga.

Me senté en la sala de espera, alternando la mirada entre el pasillo por el que había entrado y el tráfico de la calle. Cuando no vi señales de los agentes que me perseguían, traté de hacer que mis músculos se relajaran. En ese momento fue cuando por fin me permití pensar en lo que significaba que me estuviesen buscando. Y me había escapado: eso era un delito.

Ahora sí que tenía que esforzarme por mantener la calma. Había infringido un montón de leyes cuando me teletransportaba, pero nunca me habían pillado. En ese momento, en cambio, era una posibilidad más que real.

Desde donde estaba, vi un autobús aproximarse hacia la parada. Me eché la mochila al hombro y me levanté de mi asiento. No corrí hacia él hasta que el autobús se detuvo y abrió las puertas.

Me uní a la muchedumbre que esperaba para subirse y traté de no llamar la atención. No funcionó.

Justo cuando estaba sacando mi tarjeta de abono de transporte, una mano me atrapó por la muñeca y me la retuvo en la espalda.

—Quieta ahí, fiera. —La voz hablaba en tono grave y sexi, y percibí la sonrisa en sus palabras. Eso no hizo más que cabrearme.

—¡¿Qué… mierda significa esto?! —exclamé a voz en grito.

Nosotros, los habitantes de San Francisco, somos gente generosa, tenemos un gran corazón, somos de ideología progresista y estamos siempre dispuestos a defender a los más débiles. Solo esperaba que los que estaban presenciando aquello me viesen así.

Al parecer, algunos lo hacían. Dos hombres que habían estado esperando para subir al autobús se acercaron a nosotros en ese momento.

El hombre que me retenía me quitó la mochila, me agarró del otro brazo y también me lo puso a la espalda.

—Buen intento —me susurró al oído. Por la forma en que habló, intuí que era guapo. Y que él también se sabía guapo.

Mi captor se dirigió a los dos hombres que teníamos delante:

—Tengo una orden para detener a esta jovencita. Si interfieren, conseguiré una orden para detenerlos a ustedes dos también.

Eso bastó para desmontar la misión de rescate. Con aire apesadumbrado, ambos hombres retrocedieron y al final se subieron al autobús.

Miré los zapatos de mi captor. A diferencia de los otros agentes, llevaba unas zapatillas deportivas y pantalones vaqueros. Por eso no me había fijado en él en el interior del edificio. Me pregunté si habría estado vigilándome todo el tiempo.

Tensé la pierna, visualizándome mientras le daba un pisotón en el pie. «Cuánto me gustaría quitarle ese tono arrogante…».

—Yo que tú no haría eso —dijo detrás de mí, como si me leyera el pensamiento—. No solo te acusarán de resistencia a la autoridad, sino que además tendré que empujarte al suelo y cachearte.

Una vez más, percibí la sonrisa en su voz.

Me volví para lanzarle una mirada asesina, pero cuando lo hice, me quedé sin aliento. Lo primero que advertí fue que tenía que levantar la vista para mirarlo a los ojos. No era un hombre bajo, al contrario; era un tipo enorme, musculoso, y lucía un intenso bronceado en cada centímetro de piel expuesta.

Lo siguiente que advertí fueron sus hoyuelos, que subrayaban una sonrisa de satisfacción. El pelo rubio dorado y desaliñado se le rizaba desde el nacimiento. Alguien tan cabrón no merecía ser tan guapo.

Los ojos color avellana me miraron y, a juzgar por las arrugas de expresión que fruncieron sus esquinas, me encontraba divertida.

—¿Te gusta lo que ves, princesa?

A la mierda la resistencia a la autoridad. Levanté el pie y lo aplasté contra el suyo.

Lanzó un gruñido.

—Esperaba que hicieras eso.

Me apartó los pies de una patada y me estrellé contra el suelo.

Un segundo después, mi captor aplastaba su sólido torso contra el mío. Nos miramos a los ojos un instante, el tiempo suficiente para que me diera cuenta de que, incluso tan de cerca, era tan guapo como su voz insinuaba que sería desde el principio, y no podía ser mucho mayor que yo.

Quién iba a decir que conocería a dos hombres increíblemente guapos la misma semana, y que uno me detendría mientras que el otro pensaría que tenía la intención de matarlo.

A veces la vida era injusta y punto.

Me dio la vuelta para ponerme boca abajo, me clavó la rodilla en la espalda y me puso unas bridas a modo de esposas. Me leyó mis derechos mientras me cacheaba, empleando una cantidad excesiva de tiempo en los bolsillos traseros de mis pantalones.

A nuestro alrededor, la gente nos miraba estupefacta, algunos sacaban fotos y vídeos con el teléfono.

Hasta ahí mi huida espectacular.

—Ya la tengo, jefe.

Mi captor no me quitaba el ojo de encima mientras hablaba por teléfono, deslumbrándome con otra de sus sonrisas asquerosamente perfectas. A nuestro alrededor, los coches pitaban y la gente pasaba de largo. La vida seguía como de costumbre para todo el mundo salvo para mí.

Apoyé la cabeza contra la pared del edificio de oficinas en el que me había escondido apenas unos minutos antes, con las manos atadas detrás de la espalda.

No oía lo que decía su interlocutor, pero debió de preguntarle dónde estábamos, porque mi captor le dio el nombre de calle.

Poco después, colgó el teléfono y se sentó a mi lado.

No me daba la gana de mirarlo a la cara, pero sí lo observaba con el rabillo del ojo. Estaba sopesando mi bolsa.

—¿Qué llevas aquí? Pesa una tonelada.

Cuando no contesté, abrió la cremallera y miró dentro.

—¡Pero qué haces! —exclamé, volviéndome hacia él.

—¿A ti qué te parece que hago? Examinar tu mochila. —Sacó mi filtro purificador de agua y arqueó las cejas con cierto aire de admiración—. ¿Es que pensabas desaparecer del mapa?

Le lancé una mirada asesina, pero, por lo visto, solo sirvió para animarlo. Volvió a mirar dentro de la bolsa y sacó mi brújula y el kit para encender fuego.

—Joder, estoy francamente impresionado… ¿Sabes cómo usar estos cacharros? —preguntó, mirándome.

—No, Sherlock —contesté—, solo los he metido ahí para llevar más peso en la bolsa.

El brillo en sus ojos y la sonrisa que me dedicó me dieron a entender que acababa de caer en su trampa: quería incitarme a hablar.

—¿También llevas comida? —preguntó, hurgando en la mochila. Sacó una bolsa de comida liofilizada, de la que hay que hervir en agua para poder consumirla.

Sin preguntar, abrió la bolsa e introdujo la mano. Sacó unos pedazos de comida y se los metió en la boca.

Hizo una mueca.

—Puaj. Esto está asqueroso… —exclamó. Dio la vuelta a la bolsa y la estudió—. ¿De verdad te ibas a comer esto?

—¿Tú qué crees?

Sin hacerme ningún caso, volvió a hurgar en la mochila y soltó un silbido.

—Vaya, vaya… —Sacó un tanga—. Esto sí que lo apruebo.

Si no hubiera ido esposada, lo habría estrangulado con mis propias manos. Maniatada, me dieron ganas de darle una patada, pero no iba a ser lo bastante rápida, y lo más probable era que terminase aplastada debajo de él. Otra vez.

Así que en lugar de eso, apoyé la cabeza contra la pared de nuevo y cerré los ojos. Me puse a tararear una canción de cuna de mi infancia, una que solía cantarme mi madre cuando no podía dormirme. A veces eso me ayudaba cuando me teletransportaba a situaciones horribles.

Hasta que terminé de tararear la canción no me di cuenta de que mi captor no había hablado en un buen rato. Abrí los ojos y lo sorprendí mirándome, con una expresión más benévola que antes.

—No me mires así —le dije.

—¿Así cómo?

—Como si sintieras lástima por mí.

«O como si te importara».

Es algo natural en el ser humano querer conectar con los demás y, decididamente, yo no quería sentir otra cosa más que animadversión por el tipo que me había detenido.

«Detenido». El término no me gustaba nada, como tampoco las palabras «agente de policía». Había empleado un lenguaje muy florido cuando me había reducido, pero ¿me había enseñado alguna placa acaso? No, no me lo parecía.

—Tú no eres agente de policía —le solté.

Sonrió.

—No, no lo soy.

Se me cayó el alma a los pies.

—¿Trabajas para el gobierno?

Su sonrisa adquirió un aire malicioso.

—Podrías decirlo así.

—¿Así que has venido con esos agentes para capturarme?

Levantó la pierna y dobló la rodilla. Luego pasó un brazo por encima de ella.

—No he venido con ellos, pero sí que trabajo con ellos. —A continuación, pronunció la siguiente frase con un aire deliberadamente indiferente—. Y cuando me dijeron que habían encontrado a mi compañera, a ti, solicité ir yo en persona para traerte.

¿Su «compañera»?

Me miró un instante.

—Tengo que decir que no me has decepcionado. En absoluto.

Sentí la extraña tentación de sonrojarme al oír sus palabras.

Se puso de pie y miró el reloj.

—Parece que se nos acaba el tiempo, princesa.

—Deja de llamarme así.

Sus ojos desprendieron un brillo travieso.

—Pero es que es muy divertido hacerte rabiar.

Cuando le lancé una mirada hostil, suspiró, como si su vida fuera muy dura.

—Te veré esta noche, Ember.

Sabía mi nombre. Arqueé las cejas, haciendo caso omiso de la quemazón en mi piel al oír sus palabras. Su reloj emitió dos pitidos y luego el hombre desapareció.

CAPÍTULO 5

Me quedé con la boca abierta durante varios minutos.

Él era como yo…

No sabía que hubiese más personas con mi misma habilidad, pero mi captor era una de ellas.

Mi captor. Se había desvanecido y me había dejado sola. Todavía podía escapar…

En cuanto ese pensamiento se formó en mi cerebro, varios SUV negros doblaron la esquina, con las sirenas encendidas. Frenaron de golpe delante de mí y luego unos agentes se bajaron de los vehículos.

Unas manos rudas me agarraron y me llevaron hacia uno de los coches. Por lo visto, no iba a salirme con la mía.

Dane Richards rodeó uno coche y me repasó de arriba abajo.

—Caden tenía razón: intentaste huir. Es bueno saber que el chico acertó de lleno con su corazonada.

—¿Caden? —exclamé.

—El chico que te atrapó.

Ahora tenía un nombre. Caden.

—Es un extractor —continuó diciendo Richards—. Y uno de los mejores que tenemos.

—¿Qué es un extractor?

Puso una mano en mi hombro y lo apretó.

—Todo a su debido tiempo, Ember. Por ahora, tu tarea consiste en concentrarte en familiarizarte con nuestro personal y con las instalaciones en las que vas a vivir.

Me soltó y los otros agentes me metieron en el asiento trasero de un SUV. Al cabo de un momento, mi mochila me golpeó el costado cuando uno de los agentes la tiró detrás de mí. La puerta se cerró de golpe a mi espalda y dos de los agentes que había conocido antes en mi casa se deslizaron en los asientos delanteros.

El conductor miró a la agente femenina que ocupaba el asiento del copiloto.

—¿Cuál es la hora de llegada estimada, Debbie?

La mujer miró el salpicadero e inclinó la cabeza.

—Deberíamos llegar alrededor de las siete, a las ocho a más tardar.

A dondequiera que fuésemos, nos llevaría entre cinco y seis horas llegar allí.

El motor rugió y nos incorporamos al tráfico.

Miré por la ventanilla y sentí un nudo en el estómago. El paisaje pasaba deslizándose y, con él, mi libertad.

—¿Adónde vamos? —pregunté, ya cansada de ver San Francisco desaparecer detrás de mí. Toda la escena me parecía una pesadilla, horrible pero demasiado increíble para que estuviera ocurriendo de verdad.

—El centro está en las colinas costeras de California, cerca de Big Sur —respondió Debbie, morena y de pelo rizado—. Está lleno de adolescentes que comparten la capacidad de teletransportarse.

Levanté la cabeza de golpe.

—Igual que Caden Hawthorne, el chico que te redujo y te puso las esposas —continuó.

Hawthorne. Ahora tenía un apellido además de un nombre de pila. Sin embargo, no me paré demasiado a pensar en esa información: las otras palabras de Debbie eran mucho más impactantes.

Había más como nosotros. Supongo que, al final, no era tan rara como yo creía.

Me froté las muñecas, aún rojas y doloridas. Había tardado veinte minutos en sacar mi navaja suiza de la bolsa y cortar las bridas de plástico. Los dos agentes no habían intentado detenerme, pero tampoco me habían ayudado. Lo más curioso era que no me habían quitado la navaja.

No me veían como una amenaza.

—Sé que esto debe de ser difícil para ti —dijo Debbie—, pero te prometo que el centro te va a encantar.

«Lo dudo».

Miré por la ventanilla, eligiendo cuidadosamente las palabras antes de hablar.

—No me vais a llevar a la cárcel ni me estáis reclutando para el servicio militar, ¿verdad que no?

Era una pregunta retórica, ya sabía que la respuesta era «no». Me estaban dispensando un trato especial: los SUV, el número de agentes, el trayecto custodiado hasta las instalaciones…

Ni un soldado ni un delincuente común recibirían esa clase de trato.

Silencio.

A continuación, obtuve mi respuesta:

—Nuestro programa se llama Proyecto Prometheus. Es una unidad de operaciones secretas financiada por el gobierno de Estados Unidos. Su objetivo es proteger y mantener la seguridad nacional. Para quienes no poseen acceso a la información clasificada, lo denominamos Proyecto Generación.

Aquel era el nombre del proyecto que Dane Richards había utilizado delante de mis padres. Me quedé de piedra ante aquella táctica del gobierno: ni siquiera habían permitido que mis padres, que habían aceptado participar en el programa, supieran su verdadero nombre. Podía parecer que eso no tenía demasiada importancia, salvo por el hecho de que si el verdadero nombre del proyecto era información clasificada, debía de haber otras cosas relacionadas con él también secretas.

Técnicamente, podía estar yendo a cualquier lugar y ser utilizada para cualquier propósito que el gobierno considerara necesario.

Debbie continuó hablando:

—El Proyecto Prometheus se puso en marcha hace más de dos décadas, cuando el gobierno de Estados Unidos contrató a un grupo de científicos para realizar mutaciones en genes humanos. Los científicos descubrieron que al manipular el código genético, podían alterar la apariencia y la inteligencia de una persona. Incluso podían crear habilidades inauditas en un ser humano. Una de dichas habilidades consistía en ver si el cuerpo humano podía teletransportarse.

Se calló para darme tiempo a asimilar sus palabras.

Noté un movimiento en la garganta, pero no me salía ninguna palabra. Me habían convertido en una especie de monstruo, en un bicho raro. A propósito. Aquello era imperdonable: no le deseaba poseer esa habilidad a nadie.

—Sin embargo, cuando nacieron los niños con esa mutación —prosiguió Debbie—, resultó que no eran capaces de teletransportarse, y después de siete años de pruebas sin que se consiguiesen resultados, se retiró la financiación y se cerró el programa.

»Más adelante, cuando el grupo más antiguo de teletransportadores alcanzó la pubertad, se puso otra vez en marcha el proyecto.

Recordé que mi primer viaje había sido poco después de cumplir los trece años; la adolescencia había sido el desencadenante.

—Cuando empezaron a aparecer extraños testimonios de gente que afirmaba haber visto aparecer y desaparecer a adolescentes, se reinició el programa. Desde entonces, hemos ido recuperando poco a poco a las personas con esas habilidades, la mayoría antes de cumplir los dieciocho años. Descubrimos que cuanto antes los recuperábamos, menos traumática era la experiencia.

Eso era quedarse muy corto.

—Por supuesto, hubo que hacer algunos ajustes —continuó Debbie—. No teníamos ni idea de que solo las etapas iniciales del sueño activaban el mecanismo de teletransporte. O que el cuerpo solo puede activar un viaje de diez minutos (nueve minutos y cincuenta y seis segundos, para ser exactos), una vez por cada ciclo circadiano.

Mmm… Eso era interesante. Supongo que explicaba por qué solo me teletransportaba una vez con cada noche de sueño.

—Pero hemos solucionado todos esos problemas. Ahora, el principal objetivo del Proyecto Prometheus es entrenaros a utilizar vuestras capacidades para proteger a nuestro país.

CAPÍTULO 6

El trayecto en coche fue largo, y no llegamos a las instalaciones hasta el anochecer. Aparte de la inquietante información que Debbie me había revelado al comienzo del viaje, apenas habíamos hablado, y el agente que conducía el vehículo ni siquiera había hecho un solo intento de entablar conversación.

Durante varias horas, lo único que vi fue la oscura silueta de las colinas costeras bajo un cielo igualmente oscuro. Después, en algún momento, abandonamos la solitaria autopista y nos adentramos en unas siniestras colinas. Intenté contar el número de todas las curvas que tomábamos, pero al cabo de un rato me di por vencida. Las colinas sinuosas y el cielo nocturno me hacían imposible orientarme.

El SUV salió de la carretera asfaltada y tomó un camino de tierra, así que me enderecé en el asiento. Circulamos durante otros quince minutos hasta que el cielo se iluminó levemente.

Luces. Debíamos de estar cerca del centro.

Efectivamente, nuestro coche redujo la velocidad. Me incliné hacia delante para vislumbrar mi nuevo hogar. Lo primero que vi fue una alambrada muy alta, coronada por un alambre de espinos. En el otro extremo había alguien montando guardia en una torre de vigilancia, con un arma en los brazos.

Tal vez todo aquello tuviera como objetivo mantener a la gente alejada de allí. Tal vez. Pero yo era desconfiada por naturaleza.

Tensé los músculos y, lo más sigilosamente posible, traté de accionar la manija de la puerta. No me sorprendió comprobar que ni siquiera se movía: me habían encerrado desde fuera.

Cuando nuestro vehículo se aproximó a las puertas, la alambrada se retiró de forma automática y el guardia de la torre de vigilancia nos indicó que entráramos.

Nuestro coche llegó a lo alto de una pequeña colina y entonces vi el edificio ante mí. Bajo el tenue resplandor de la luz artificial, las instalaciones parecían una nave industrial de color blanquecino de tres pisos de altura. El edificio era feo y nada impresionante, y detrás había una serie de edificios igual de horrorosos.

Genial. En mi opinión, aquello se parecía muy mucho a una cárcel.

Nos detuvimos frente al edificio principal. Nuestro conductor se dirigió al maletero del coche y sacó el equipaje mientras Debbie me abría la puerta.

—¿Nerviosa? —me preguntó.

Salí del vehículo, cargándome la mochila a la espalda.

Me encogí de hombros. La verdad era que, en aquel momento, un cúmulo de emociones se agolpaba en mi interior, y no quería que aquella mujer identificase ninguna de ellas.

—Siempre puedes acudir a mí si necesitas a alguien con quien hablar. Soy la orientadora residente, así que mi tarea consiste en ayudarte para que no tengas ningún problema de adaptación.

Dos años. Iba a pasar dos largos años, algunos de los mejores de mi vida, encerrada allí. Sentí un nudo en la garganta al pensar en cómo debería haber sido mi futuro. Ya había solicitado plaza en varias universidades, y habían empezado a llegar las cartas de admisión. Ahora ya no podría ir a la universidad.

Mis zapatos chirriaban sobre el suelo de linóleo barato mientras Debbie me acompañaba a mi habitación. Era una de las muchas que flanqueaban el pasillo.

—En esta sección de las instalaciones se encuentran los dormitorios, y es donde te alojarás durante tu tiempo libre junto con los otros teletransportadores. La zona de dormitorios es mixta, así que no te sorprendas si ves chicos en los pasillos.

Y en ese preciso instante, se abrió una de las puertas del pasillo y un chico salió de su habitación. Cuando advirtió nuestra presencia, saludó a Debbie y un brillo de curiosidad asomó a sus ojos cuando me repasó de arriba abajo con la mirada. Debbie le devolvió el saludo y luego lo observamos mientras se alejaba de nosotras.

Debbie abrió la puerta de mi cuarto y entramos. Lo primero que vi fueron las dos bolsas de lona que había junto a mi cama, dos bolsas que me resultaban muy familiares. Una de ellas era la que contenía el equipo de acampada de mi familia; el apellido «Pierce» llevaba mucho tiempo escrito a mano en las tiras de lona marrón que la atravesaban. Esbocé una sonrisa triste al reconocer la letra de mi madre.

La otra era mi bolsa de color morado, la que solía usar cuando hacíamos un viaje en familia. Me habían preparado las maletas con mis cosas, probablemente durante mi intento de huida.

Desplacé los ojos desde el equipaje hacia el resto de la habitación. Paredes blancas, moqueta de color marrón —de la que suele haber en los módulos prefabricados de algunos institutos—, una cama con sábanas blancas y una manta de lana.

«Desangelada». Ese era el adjetivo que me venía a la cabeza para describir mi habitación. Parecía diseñada para adaptarse a múltiples ocupantes, pero en el rincón solo estaba mi cama solitaria, junto con un escritorio y una cómoda.

En la pared a mi izquierda, una estrecha puerta daba a un baño. Al menos tenía mi propia ducha.

—¿Lista para dar una vuelta por las instalaciones? —me preguntó Debbie desde la puerta.

Me encogí de hombros.

—Vale.

No tenía otra cosa que hacer.

—Pero bueno, ¿se puede saber qué actitud es esa?

Debbie sonrió mientras decía esas palabras. Me limité a mirarla fijamente.

Tosió y siguió hablando:

—Está bien, por aquí.

Salimos del dormitorio y nos dirigimos a la zona de comedor. Parecía casi idéntico a la cafetería de mi escuela, con los suelos de linóleo y las mesas de madera sintética. Deprimente.

—Aquí está el comedor. Las comidas se sirven a las siete de la mañana, a las doce del mediodía y a las cinco de la tarde. Si te las saltas, pasarás hambre. Se anuncian avisos y noticias durante las comidas, por lo que es importante llegar a tiempo.

»Tus padres metieron tu portátil en la bolsa y nos dieron tu dirección de correo electrónico esta mañana, así que en cuanto la introduzcamos en el sistema, empezarás a recibir mensajes.

Noté un nudo en la garganta al recordar que ahora estaba lejos de mi familia.

—Recibirás los horarios de clase y los deberes que te asignen tus instructores por correo electrónico en tu cuenta, así que asegúrate de revisarla con frecuencia. Hasta que hayamos introducido todos tus datos en el sistema, tendrás que confiar en tu compañero para obtener esa información.

—¿Compañero? —Intenté evitar que mi voz dejase traslucir el pánico incipiente que sentía. No quería ningún compañero. No quería hacer amigos, punto. Sí, puede que tuviera que estar allí, pero eso no significaba que tuviera que disfrutar de mi estancia.

Debbie sonrió y, aunque había sido amable conmigo desde el primer momento, esa fue la primera vez que una calidez genuina le iluminó el rostro.

—Creo que ya lo conoces.

—¡¿Caden?! —exclamé, dando un respingo al pronunciar el nombre del único otro teletransportador que había conocido.

Asintió con la cabeza.

No, no, no, no…

—Estás de broma, ¿verdad?

—Me temo que no.

Parecía alegrarse demasiado con todo aquello, como si no hubiera ningún conflicto de intereses, teniendo en cuenta que era el tipo que me había esposado y me había metido a la fuerza en todo ese lío. De no ser por él, en ese instante habría estado de camino a México.

—¿Y qué es lo que hace exactamente un compañero?

Entonces me lanzó una mirada que decía que ya debería haberlo deducido.

—Los compañeros se ayudan mutuamente durante las clases, con los entrenamientos y, en última instancia, en las misiones.

—¿Misiones? ¿Qué somos, espías?

Debbie no respondió, lo que me hizo llegar a la conclusión de que para eso era exactamente para lo que estaba allí.

—Vamos —dijo—, tenemos que ver más cosas.

Salimos del comedor y Debbie me llevó por otro pasillo con las puertas numeradas.

—Estas son las aulas y los laboratorios. Aquí es donde pasarás la mayor parte del día. Todos tus compañeros de clase tienen los mismos poderes que tú, pero cada uno de vosotros ha desarrollado una habilidad particular. Los estudios están adaptados a vuestra composición genética única. Igual que en tu anterior instituto, las clases se dividen en grupos en función de la edad, y no según vuestras capacidades.

»Es muy importante que seas puntual y llegues a tiempo a clase. Cada instructor tiene diseñado su propio castigo personal para los alumnos que llegan tarde, y te aseguro que ninguno de ellos es divertido.

Cada vez estaba más agobiada; aquello tenía toda la pinta de que iba a pasar mis años universitarios reviviendo el instituto.

Tampoco me pasó desapercibido el hecho de que los pasillos estaban vacíos. Puede que no fuera la única con la capacidad de teletransportarme, pero, por lo visto, no éramos muchos.

A continuación nos dirigimos a la biblioteca y a la sala de estudio, donde los estudiantes estaban recostados en sillones reclinables, subrayando los apuntes o tecleando en el portátil.

No me había fijado en los alumnos antes, pero en cuanto lo hice, me fue imposible apartar la vista de ellos. Algunos parecían normales y corrientes, simples chicos del montón, pero había algo en ellos, cierto aire sibilino y mordaz, que me trajo a la mente la expresión «lobos con piel de cordero».

Y en cuanto al resto… eran perfectos. Eran muy guapos, tenían un cuerpo escultural y vestían de forma elegante. Algunos parecían más jóvenes que yo, pero la mayoría tenía mi misma edad. No vi a nadie que aparentara ser mucho mayor que yo.

Debbie me dio unas palmaditas en el brazo.

—Dejaremos las presentaciones para mañana. Vamos, te enseñaré el gimnasio y luego dejaré que te instales.

El término «gimnasio» era un poco equívoco: conectado al edificio principal a través de un pasillo, uno de los módulos satélite estaba ocupado únicamente por salas polivalentes equipadas para una amplia variedad de actividades. Empezamos por el segundo piso, que contenía unas canchas de baloncesto y voleibol, así como una sala de baile.

En el primer piso había dos salas de pesas, una con máquinas y la otra con bancos y mancuernas de distintos tamaños, pero la mayor parte de aquella planta estaba ocupada por una sala abierta repleta de esterillas.

Cuando llegamos a la planta baja, el aire olía a humedad. Oí el chapoteo antes de que Debbie abriera la puerta: dentro había una piscina olímpica y en ella había un único nadador, haciendo largos sin parar.

Tal como habíamos hecho en el resto de las salas, di por sentado que echaríamos un vistazo y luego seguiríamos adelante, así que me sorprendió cuando Debbie se apartó de mí y se acercó al borde de la piscina. Hundió la mano en el agua y la agitó de un lado a otro. Al parecer, estaba tratando de llamar la atención del nadador.

En cuanto el ocupante de la piscina empezó a reducir la velocidad, ella retrocedió. Él se acercó nadando hasta la pared y apoyó las manos en el borde de cemento de la piscina.

Intenté no mirar mientras tomaba impulso para salir del agua, mientras los músculos de sus brazos y sus hombros se contraían y se tensaban. El agua le resbaló por el pelo dorado y le chorreó por el torso.

Caden Hawthorne. Era toda una sorpresa verlo allí.

Salió de la piscina con un solo movimiento fluido y ágil, exhibiendo cada centímetro de su piel, tan bronceada y tonificada como ya imaginaba que debía de ser.

—¡Debbie! —La estrechó en un abrazo húmedo y ella chilló—. No sabía que eras tú.

—¡Caden, para! —exclamó ella, pero la alegría en su voz era innegable—. He traído a tu compañera para que pueda conocerte… otra vez.

Yo ya me había puesto a caminar antes de que Debbie acabase de hablar. Mi sorpresa se había transformado en ira. Aquel era el imbécil engreído que había frustrado mi huida y me lo había restregado por la cara.

Caden interrumpió el abrazo y se volvió hacia mí justo cuando acortaba la distancia entre los dos.

Extendí los brazos frente a mí y lo empujé con fuerza. Sus ojos se ensancharon durante una fracción de segundo y luego me agarró de las muñecas mientras se caía.

Grité y traté de apartarme, pero Caden no aflojó la presión. Sentí que mi cuerpo salía propulsado con el suyo.

«Primero me pone unas esposas, luego me cachea y ahora me ahoga bajo el agua». Aquel chico sabía exactamente cómo humillarme.

Caímos juntos a la piscina y entonces por fin me soltó las muñecas. El agua helada me envolvió y pataleé para alejarme de él, jadeando y nadando hacia la pared.

Por encima de nosotros, Debbie gritó:

—Me parece que vosotros dos vais a hacer muy buenas migas. Caden, cuida de Ember: van a ser unos días difíciles para ella. —Hablaba como si yo no estuviera delante.

—Sí, señora —dijo Caden.

—Os veo a los dos en la clase de perfiles dentro de un par de días —dijo a modo de despedida. Luego el ruido de sus pasos fue apagándose poco apoco.

—Hola, princesa —dijo Caden, volviéndose hacia mí en el agua con sus intensos ojos color avellana.

—Vete a la mierda.

Torció la comisura de la boca.

—Tan peleona como siempre…

—No hagas como si me conocieras —le dije, luchando por salir del agua.

Caden nadó hasta el borde y salió de la piscina con una facilidad pasmosa.

Se volvió hacia mí y, al mirarlo de cerca, vi unas líneas blancas entrecruzadas y unos cráteres del tamaño de un guisante desperdigados por sus brazos y el torso. Cicatrices. Quienquiera que fuera aquel tipo, llevaba una vida violenta.

Se agachó, extendiendo una mano hacia mí. A regañadientes, la tomé y dejé que me sacara del agua.

—Tienes razón —dijo, sujetándome la mano—. No te conozco, todavía. —Sus ojos relucieron—. Pero estoy decidido a descubrir cómo eres.

CAPÍTULO 7

Esa noche intenté llamar a Ava, pero allí, en mitad del puto culo del mundo, no tenía cobertura, así que, en vez de llamarla, me puse a escribirle un correo electrónico explicándole lo que había ocurrido. Tenía serias dudas de que fuese a creerme, porque yo, desde luego, no lo habría hecho. Luego redacté un breve mensaje de correo electrónico a mis padres para que supieran que estaba viva y que había llegado sana y salva allí.

Cuando al fin deshice mi equipaje con mis escasas pertenencias y me fui a la cama, reviví los acontecimientos del día una y otra vez en mi cabeza. No sentía tristeza, ni pena por haber perdido mi vida anterior. Supuse que era eso lo que se sentía cuando alguien estaba en estado de shock. Todavía no era del todo consciente de la magnitud de mi situación. Seguía asimilando lo rápido que había cambiado mi vida, en cuestión de apenas unas horas.

Al final el sueño se apoderó de mí y, sintiéndome agradecida por una vez, me dejé arrastrar por él.

Aparecí en una playa de arena blanca. Era justo después de la puesta del sol y el cielo era de un intenso azul verdoso. No había nada más que unas palmeras y una hamaca, eso era todo. El paraíso.

Y supe que no era yo quien me había enviado allí.

Así que aquello era lo que el gobierno podía hacer: utilizaban mi habilidad y la redirigían a un destino de su elección.

Debbie no había dicho nada de que el Proyecto pudiese controlar adónde se teletransportaba la gente, pero a ver, no hacía falta. No creía que fuera una coincidencia que el Proyecto Prometheus me encontrara precisamente el día después de que abriera la caja fuerte de Adrian. De algún modo, estaban enviando a gente como yo a lugares concretos.

Ahora llegaban las preguntas difíciles, como por ejemplo, cómo me habían encontrado y qué interés tenían por Adrian.

Me senté, hundí los pies en la arena aún cálida y tararé en voz baja la nana que me cantaba mi madre. No podía pedir un lugar más hermoso en el que estar y, sin embargo, ni todas las playas de arena del mundo podían devolverme lo que había perdido.

Aquella demostración señalaba algo mucho más aterrador que el hecho de haber perdido mi vida anterior: mi libertad futura estaba potencialmente en juego.

Mientras miraba a mi alrededor en aquella pintoresca isla, con la hamaca meciéndose con la brisa del atardecer, supe que aquello era lo mejor que iba a proporcionarme el gobierno, pero ¿qué pasaba si alguna vez decidía no cooperar? ¿Adónde enviaban a los teletransportadores delincuentes?

—Despierta.

—Vete —murmuré.

—Despierta. —Alguien me estaba zarandeando el hombro—. No, si ya sabía yo que esto iba a pasar.

Lancé un gemido y me volví hacia el otro lado.

—Escucha, Bella Durmiente, podemos hacer esto por las buenas o por las malas.

Me acurruqué más profundamente en la almohada.

—Decidido, entonces. Por las malas.

De repente, las sábanas desaparecieron y mi piel quedó expuesta al aire frío de la mañana.

Di un respingo e intenté recuperar la manta, tratando de taparme el cuerpo desnudo. Cuando levanté la vista, Caden estaba sonriendo, una expresión que indicaba lo mucho que estaba disfrutando con el espectáculo.

—¡Eres un cerdo!

Cuando me teletransportaba, volvía al lugar exacto donde me había quedado dormida. Sin embargo, nunca conseguía volver con la ropa puesta.

—Desearía poder decir que no me ha gustado lo que he visto. —Hizo una pausa—. Pero la verdad es que he estado esperando este momento desde que llegué aquí.

Y fue entonces cuando le di un puñetazo en la cara.

Lo oí gemir de dolor mientras recorría mi habitación, tapada con la manta, y sacaba algo de ropa de mi maleta. Entré en el baño y me cambié.

Cuando salí vestida, Caden estaba apoyado en la puerta de mi cuarto. A pesar de estar pellizcándose la nariz hinchada, conseguía parecer un niño en la mañana de Navidad.

—Joder, menudo gancho de derecha que tienes… —dijo, sonriendo.

Le lancé una mirada hosca cuando me abrió la puerta.

—Lo siento. De verdad que sí. —Contenía la sonrisa, pero aún se le veían los reveladores hoyuelos—. Debería haberte avisado con más antelación, pero íbamos a llegar tarde, y tu primer día de entrenamiento ya te va a dejar lo bastante hecha polvo como para que encima te pongan más ejercicios por retrasarte.

Lo miré con incredulidad.

—Guau, qué considerado por tu parte… Tu amabilidad no conoce límites —dije, siguiéndolo hacia el pasillo.

Se encogió de hombros y exhibió una sonrisa descarada cuando doblamos la esquina del pasillo.

—¿Qué puedo decir? Soy un buen chico.

No me lo podía creer.

Cuando llegamos al comedor, estaba vacío.

Caden soltó un taco.

—Pues vaya, parece que al final vamos a tener que hacer ejercicios de castigo por llegar tarde…

Miré a la sala vacía.

—Entonces, ¿cómo sé a qué clases debo ir?

Sacó un papel muy arrugado del bolsillo trasero.

—Somos compañeros y tengo el horario de nuestra semana.

Le arrebaté el papel de las manos y lo alisé. Los nombres eran casi ilegibles.

—¿Cómo has conseguido destrozar de esa manera un simple pedazo de papel? —pregunté mientras lo examinaba. Advertí la fecha y la hora impresas en la esquina superior derecha. Era la fecha de ese mismo día y, debajo, aparecía la hora en que se había imprimido la hoja, las 6:54 de la mañana.

—Espera un segundo —le dije, mirándolo—. ¡Estabas despierto! ¡Con suficiente tiempo de antelación! ¿Esperaste a propósito para despertarme?

Retrocedió unos pasos.

—Ahora mismo lo más importante es conseguirte algo de desayuno, porque la cocina está cerrada.

Entrecerré los ojos.

—Tiene gracia lo considerado que eres cuando te conviene.

Sin embargo, decidí no insistir más. Después de todo, no solo me había visto desnuda un montón de gente cuando me teletransportaba, sino que también —y lo que era más importante— tenía mucha hambre y Caden era el único que podía conseguirme comida. Aunque no pensaba olvidar aquello: mi compañero recibiría su merecido cuando menos se lo esperase.

Sacó una llave de detrás de unas cajas apiladas, abrió la puerta de la cocina y se coló en el área que normalmente se reservaba para los cocineros.

Unos minutos más tarde, salió con un plátano y un par de barritas energéticas.

—¿Eso es el desayuno? —No intenté disimular mi decepción.

Él arqueó una ceja.

—No sirven nada entre las comidas a menos que sea una ocasión especial, por lo que no hay muchas opciones en lo que al menú se refiere. —Caden me dio el plátano y una barra energética, guardándose la otra para él—. Vamos, nos queda una pequeña caminata por delante.

—¿Adónde vamos? Creía que todas nuestras clases estaban dentro del edificio.

—No siempre. A veces la clase de entrenamiento de combate cuerpo a cuerpo se hace fuera. Igual que la clase de manejo de armas de fuego.

—Lo siento, pero me parece que no te he oído bien. Me ha parecido oírte decir «combate cuerpo a cuerpo». —Y algo peor: «manejo de armas de fuego». Contuve un escalofrío.

Él sonrió con malicia.

—Es hora de ensuciarse, princesa.

CAPÍTULO 8

Tardamos unos veinte minutos en subir la colina donde se hallaban las instalaciones. Pasé toda la caminata respirando profundamente, pues no estaba acostumbrada al olor a bosque y naturaleza.

Tal vez podría acostumbrarme a aquello, a la forma en que la luz del sol se filtraba entre los árboles, al canto de los pájaros al despertar, a la manera en que Caden se volvía de vez en cuando para sonreírme, a pesar de que aún no lo había perdonado del todo.

Sin embargo, cuando llegamos a la clase de entrenamiento, todo mi optimismo se vino abajo.

Un grupo de chicos y chicas de mi edad formaban un semicírculo alrededor de nuestro entrenador, la mayoría de ellos naturalmente guapos y todos con un aire letal.

—Vaya, Caden, un detalle por tu parte que te sumes a nosotros —exclamó nuestro entrenador. Parecía un poco gruñón, el tipo de hombre que nunca perdía ocasión de hacer un comentario mordaz. Por lo general, esa clase de hombres también tenían sus puntos débiles.

—He tenido que ayudar a la chica nueva —se justificó Caden, señalándome.

Todos los que no nos estaban mirando todavía se volvieron entonces para ver quién era yo.

—Ah, sí. Bueno, tráela aquí y preséntanosla.

El entrenador nos hizo una seña.

Seguí a Caden, abriéndome paso a través del grupo hasta situarnos al lado del instructor.

—Esta es mi compañera, Ember Pierce —dijo Caden.

Oí algunas exclamaciones de sorpresa entre los alumnos y advertí que un par de ellos estiraban el cuello para verme mejor.

¿Qué pasaba allí?

Nuestro entrenador se aclaró la garganta.

—Soy el entrenador Painter. Soy el responsable principal de tu entrenamiento físico. —Lo saludé con la cabeza—. Siento tener que poneros ejercicios extra por llegar tarde a ti y a Caden en tu primer día, pero las reglas son las reglas. Espero que a partir de ahora a tu compañero se le dé mejor informarte sobre vuestro horario. —Lanzó a Caden una mirada dura.

—Yo también lo espero —dije, mirando a Caden mientras hablaba.

Entrecerró los ojos y aparecieron sus hoyuelos. Supe perfectamente cómo interpretar su expresión. Un desafío divertido, así me veía él.

El entrenador Painter apartó su atención de nosotros y se dirigió al grupo.

—Muy bien, chicos, hoy nos centraremos en la guerra de guerrillas, específicamente en lo que tendréis que hacer si alguna vez os veis acorralados por el enemigo. Parejas a la izquierda, alumnos solos a la derecha.

¿«Guerra de guerrillas»? Aquello era una locura. Me dije a mí misma que no pasaba nada, que yo podía con aquello. Cada vez que me iba a dormir me exponía a una guerra de guerrillas.

¿Y por qué narices había alumnos solos? ¿No debíamos estar todos emparejados?

Una chica guapa con el pelo varios tonos más oscuro que el mío se separó del grupo y se dirigió hacia Caden. Me ignoró deliberadamente mientras lo abrazaba por un espacio de tiempo un pelín demasiado prolongado.

—Hola, guapetón —lo saludó, soltándolo para, acto seguido, rodearle la cintura con el brazo.

—¿Qué hay, Desirée? —Caden desplazó la vista un momento hacia mí—. ¿Ya conoces a Ember?

A regañadientes, Desirée apartó los ojos de Caden para mirarme de arriba abajo. Curvó la boca en una sonrisa falsa.

—Aún no. Encantada de conocerte —dijo, sin molestarse en tenderme la mano. Un segundo después, volvió a mirar a Caden—. Parece que ya no nos divertiremos juntos en el grupo de alumnos solos —añadió, haciendo pucheros. Toda aquella escenita estaba diseñada específicamente para mí, a pesar de que ni siquiera había reconocido mi presencia.

Caden la miró y vi en sus ojos un afecto genuino.

—No, ya no, pero eso no cambia nada entre nosotros —le dijo.

—Supongo que tienes razón. Después de todo… —Se inclinó y le susurró algo al oído, sonriendo.

Él reaccionó sonriendo también.

Saltaba a la vista que aquella chica estaba marcando su territorio, lo cual me parecía perfecto: por mí, podía quedarse con el ladrón de sábanas, se lo regalaba enterito.

Aun así, memoricé su cara. Las chicas como ella habían nacido para hacerme la vida imposible, pero ahora que había enseñado sus cartas, yo ya sabía cuáles eran algunos de sus puntos débiles. Desirée estaba colada por Caden, presentía que yo era una amenaza y, básicamente, utilizaba su físico para conseguir lo que quería. Me guardé esa información a buen recaudo; quién sabía cuándo podría resultarme útil.

La guerra de guerrillas resultó ser varios entrenamientos de diez minutos cada uno en los que los alumnos se juntaban con sus parejas —o con otro alumno solo— y utilizaban los recursos a su alcance para atacar y eliminar objetivos.

Me pareció espectacular, teniendo en cuenta mis amplios conocimientos en el arte de la guerra de guerrillas.

Lo que faltaba…

Caden ya me había visto esposada, mojada y desnuda, y ahora iba a ver cómo me molían a palos. Empezaba a vislumbrar un desafortunado patrón en todo aquello.

Echando mano de un poco de creatividad, tal vez consiguiera pasar por aquello sin hacer el ridículo por completo. Al fin y al cabo, yo ya sabía algo sobre supervivencia: desde la adolescencia, había sido eso o morir.

Cuarenta minutos más tarde, ya estaba cuestionándome seriamente mi capacidad para sobrevivir, después de la quinta vuelta corriendo alrededor de los edificios principales que formaban las instalaciones, la actividad destinada a todos los alumnos que no participaban en una ronda de entrenamiento concreto en ese momento. En mi instituto, había sido la mejor corredora de mi equipo de *cross-country*. Al término de la temporada, seguí saliendo a correr todos los días, pero ni siquiera mi rigurosa rutina podía haberme preparado para las subidas y bajadas infernales por la ladera de aquella montaña.

Mientras corría, examiné mi entorno. El circuito alrededor de las instalaciones era inmenso, pero a pesar de eso, todavía no había visto la alambrada que las rodeaba. Eso significaba que aquel lugar debía de ser enorme. Tendría que salir a explorar un poco más tarde.

Los alumnos que corrían a mi lado lo hacían con una facilidad pasmosa, lo que me hizo deducir que la mayoría de ellos debían de llevar allí bastante tiempo. ¿Los habría encontrado el gobierno, igual que a mí? ¿Había más chicos como nosotros ahí fuera, o era yo una de las últimas que, hasta el día anterior, aún andaba suelta?

Cuando regresé al punto de encuentro para reunirme con los otros teletransportadores, me hinqué de rodillas en el suelo, concentrándome en no vomitar. Fruncí el ceño cuando vi que Desirée aún parecía estar contenta y relajada, incluso después de cinco insoportables vueltas.

—¡Hawthorne! —gritó el entrenador—. ¡Trae aquí a tu compañera! El resto de vosotros… corred otra vuelta.

Caden me dio un codazo.

—Esos somos nosotros.

Me pasó el brazo alrededor de la cintura.

Justo cuando estaba dejando que me ayudara a levantarme, Desirée me lanzó una mirada asesina. La miré con cara de exasperación: definitivamente, no era así como quería empezar mi estancia allí.

—Está bien, chicos. —Nuestro entrenador se inclinó y nos puso una mano en el hombro a cada uno—. Una vez que entréis en el almacén, tenéis diez minutos para coger un pañuelo rojo y volver a salir. —Se refería al edificio que teníamos frente a nosotros. Estaba encima de la ladera, de manera que me era imposible saber si era un edificio grande o pequeño.

Era un módulo de entrenamiento de diez minutos: la misma cantidad de tiempo que pasábamos teletransportándonos por las noches. El Proyecto nos estaba preparando para realizar tareas en el mismo lapso que tardábamos en desaparecer y reaparecer, lo cual confirmaba mi teoría de que podían controlar adónde íbamos una vez que nos quedábamos dormidos.

—Si os eliminan antes de que se agoten los diez minutos —continuó el entrenador Painter—, el módulo se cerrará y habréis suspendido la sesión de entrenamiento…

—Espere —le interrumpí—, ¿es que nos ponen notas?

El entrenador me miró como si fuera imbécil.

—Lo siento —murmuré.

—Muy bien, y ahora, ¡en marcha!

Nos zarandeó los hombros por última vez y nos empujó en dirección al almacén.

Nos dirigimos caminando despacio hacia el edificio.

—¿Hay algo que deba saber sobre este módulo antes de entrar ahí? —pregunté.

Caden negó con la cabeza.

—La verdad es que nada de lo que te diga te va a ayudar en este momento. Simplemente, observa bien el entorno, haz caso a tu instinto y no dudes.

Atravesé los matorrales aplastándolos con fuertes pisotones. Aquello iba a ser desagradable, estaba segura.

Caden observó mis pasos, para nada sutiles.

—Y también, aunque ya sé que podría resultarte difícil, procura no hacer ruido.

Cogí una piña que había por el suelo y se la tiré.

—¡Ay! —exclamó—. Vaya, has sido muy bruta.

Cruzamos las puertas y entramos en un pasillo estrecho. La puerta metálica se cerró de golpe a mi espalda y el eco retumbó por todo el edificio.

Caden me lanzó una mirada muy elocuente.

Me encogí de hombros.

—Lo siento —dije, y mis palabras resonaron por el edificio.

Caden se estremeció. Me pareció oírlo mascullar «La peor compañera de la historia», pero, teniendo en cuenta todo lo que me había hecho pasar desde el momento en que nos habíamos conocido, estaba segura de que era a mí a quien le había tocado la peor parte.

Cuando no salió nada de detrás de las muchas puertas cerradas que flanqueaban el pasillo, empecé a preocuparme. Allí nos aguardaba algo malo. Sabía cómo sobrevivir durante diez minutos en el mundo real, pero no en uno donde hubiese que luchar cuerpo a cuerpo.

—Tengo un plan —susurró Caden—. Tú vigila el pasillo mientras yo compruebo una a una las habitaciones.

—De acuerdo. —Montar guardia me parecía lo menos peligroso.

Él asintió y abrió poco a poco la puerta más próxima. No pasó nada. Cruzó la puerta con cautela. Un minuto después, salió.

—Despejado.

—¿Vamos a hacer esto con cada puerta? —Se estremeció de nuevo al oír mi voz—. Porque creo que ya hemos malgastado casi una cuarta parte de nuestro tiempo, y nos quedan todavía cinco puertas más.

—¿Tienes alguna idea mejor, princesa?

—Mmm… sí. Se llama «ataque exprés»: abrimos de una patada dos puertas a la vez, nos apartamos rápidamente, ya que ahora es más que probable que alguien nos esté esperando, examinamos el contenido de las habitaciones y seguimos adelante.

Caden parecía medio convencido cuando preguntó:

—¿Y qué pasa si los atacantes nos superan en número?

Me encogí de hombros.

—Que fracasamos.

A regañadientes, el rostro de Caden esbozó una sonrisa.

—Una idea aventurera y atrevida —dijo, asintiendo—. Me gusta.

—Genial. Hagámoslo entonces.

Empezamos por las dos puertas del fondo, pensando que sería más fácil salir del edificio de atrás adelante en lugar de hacerlo al revés.

Empecé a contar.

—A la de una… A la de dos… A la de… ¡tres!

Echamos abajo las puertas de una patada al mismo tiempo. En mitad de mi habitación estaba el pañuelo rojo.

—¡Mierda! —oí maldecir a Caden a mi espalda. Supuse que él tenía enfrente más problemas que yo.

Eché un vistazo a la habitación y decidí que no parecía haber ninguna trampa obvia. Rápidamente, atravesé la habitación y me agaché recoger el pañuelo.

—Quieta ahí o disparo.

Levanté la cabeza de golpe al oír la voz. Un hombre se apartó de la pared, apuntándome con un arma de aspecto muy real.

Un gruñido retumbó en la habitación de Caden. Maldita sea.

—Dame una razón para no dispararte ahora mismo.

Solo era un ejercicio de entrenamiento. Mentir debería haber sido fácil.

Tragué saliva.

—No puedo.

Levantó el arma y disparó.

CAPÍTULO 9

Genial. Primero, ejercicios de castigo por llegar tarde, y ahora había suspendido mi primer módulo de entrenamiento con mi compañero.

—Ufff… Ufff… —jadeaba entre una flexión y la siguiente. No sabía que el cuerpo humano pudiese soportar tanta actividad física en un solo día.

—¡No quiero oír ni una mosca! —gritó el entrenador Painter. Me parecía que se estaba tomando nuestro fracaso como algo personal.

«Al menos la pistola estaba descargada», pensé. Aun así, había estado a punto de orinarme encima cuando el tipo que me apuntaba con el arma apretó el gatillo y oí el clic de una recámara vacía.

Después de la clase de gimnasia, Caden y yo pasamos el resto de la mañana y la primera hora de la tarde yendo a clase de relaciones internacionales, seguida de adquisición de lenguas. Al parecer, esas no eran las únicas clases a las que iba a asistir; también tenía clases de manejo de armas de fuego, de etiqueta y de elaboración profesional de perfiles psicológicos a finales de esa misma semana.

En teoría, la jornada tendría que haber terminado después de la clase de relaciones internacionales, pero por haber llegado tarde esa mañana, ahora estábamos haciendo ejercicio físico por segunda vez.

Mis débiles brazos ya no podían seguir empujando mi cuerpo hacia arriba y hacia abajo. Me desplomé sobre la colchoneta, con los músculos temblorosos por el esfuerzo.

—¡Pierce! —El entrenador había pasado rápidamente de no saber ni mi nombre a llamarme por mi apellido cada dos por tres—. ¿Por qué has parado?

—No puedo hacer más flexiones.

—¿Y por qué no lo has dicho antes? —Supe por su tono de voz que aquel entrenador era un listillo—. Pues no pasa nada, las cambiamos por unos estadios.

Me dieron ganas de llorar mientras me rascaba el cuerpo al levantarme del suelo y me dirigía hacia las escaleras de cemento del estadio que rodeaba la pista. No me habían enseñado el estadio de fútbol en mi recorrido por las instalaciones, probablemente porque estaba escondido en lo más profundo del bosque, detrás de los edificios.

—¡Pierce! —gritó a mi espalda. Me volví para mirarlo por encima del hombro—. Haz cinco series de cuatro y ya habrás terminado por hoy.

—¿Quiere que suba veinte veces la escaleras del estadio? ¿Hasta arriba?

Tenía que haber al menos cuarenta escalones. Cuarenta. Además, ¿quién narices usaba ese estúpido estadio? ¿Todos los animales del bosque? No había gente suficiente en ochenta kilómetros a la redonda para llenar aquellas gradas.

—No, Pierce —dijo el entrenador—, solo quiero que hagas las dos primeras series, y solo hasta la mitad.

—¿De verdad? —exclamé, esperanzada.

—¡No! Y ahora, ¡muévete! Y Hawthorne, levántate del suelo y ve con ella. Serán cinco series de ocho para ti.

—Entrenador… —empezó a decir Caden.

—Oíd, chicos, esto no es una clase de retórica. No me importan vuestras dotes de oratoria ni vuestra capacidad para argumentar. Ahora, poneos en movimiento. Quiero irme a casa antes de que salga el sol.

Aquello era peor que la cárcel: me habían reclutado para ir al mismísimo infierno.

Esa tarde, a la hora de la cena, después de llenarme el plato hasta arriba con comida, pasé por delante de las hileras de mesas ocupadas y me dirigí directamente al fondo de la sala. Sentí un hormigueo en la piel caliente mientras varios pares de ojos seguían mis pasos. Me fijé en un par de ojos en concreto.

Por un instante, Caden y yo cruzamos la mirada. Estaba sentado en medio de una mesa llena de gente, al lado de Desirée, y era el centro de atención. A pesar de lo bien que se me daba interpretar el lenguaje corporal, la expresión de sus ojos era inescrutable. Aparté la vista, demasiado cansada para intentar ser sociable.

Me desplomé en una silla vacía al fondo del comedor, con las piernas aún débiles por subir las escaleras del estadio. Había logrado completar las veinte, pero me había costado una hora y mucha fuerza de voluntad. Y yo que creía que estaba en forma… Tratar de sobrevivir durante diez minutos cada noche era incentivo suficiente para hacer ejercicio, pero aquello era distinto. Sabía que iba a tener agujetas durante varios días.

Me puse a dar vueltas a la comida en el plato, triste porque me habían arrebatado mi vida y enfadada por no haber podido hacer nada para evitarlo. No fue hasta ese momento cuando fui plenamente consciente de que iba a estar encerrada allí dos años.

El plástico repiqueteó sobre la mesa.

—Hola. Me alegro de que nos hayas agenciado una mesa vacía.

Levanté la vista de la comida y vi a Caden sentado delante.

—¿Es que no te vas nunca? —le pregunté, molesta. Él era la última persona a la que quería ver.

—Lo siento, princesa. —No parecía sentirlo en absoluto—. Pero somos compañeros, lo que significa que tenemos que estar siempre juntos.

Genial.

—¿Has conocido ya a algunos de los otros teletransportadores? —me preguntó, señalando con la cabeza hacia el resto del comedor.

—He visto a algunos en clase.

—Ver y conocer son dos cosas muy diferentes. Espera, que llamo a mis amigos.

—Caden, no…

Se volvió hacia la mesa en la que había estado sentado y lanzó un silbido, llamando a sus amigos y pasando olímpicamente de mí. Al menos media docena de chicos se levantaron y echaron a andar hacia nosotros.

La sangre me palpitaba en los oídos y se me tensaron los músculos. Lo único que quería era comer sola. Agarré mi bandeja y me puse de pie. La mano de Caden salió disparada y me agarró del brazo, obligándome a sentarme de nuevo en mi asiento.

—¿Qué crees que estás…?

Se inclinó y me confesó muy serio:

—Nos observan todo el tiempo, estudian nuestro comportamiento. Si quieres pasar desapercibida, tienes que mezclarte con el grupo. Si vas por libre, tú sola, pensarán que no tienes capacidad de adaptación, y no quieres que piensen eso.

Lo miré durante mucho rato, asimilando aquella faceta táctica de Caden. Sus amigos, mis compañeros de clase, casi habían llegado a nuestra mesa.

—Si tanto te preocupa eso, ¿por qué te empeñas en llamar la atención? —pregunté, pensando en la forma en que se movía por las instalaciones, como si fuera el amo del cotarro.

—Confundes interpretar un papel con llamar la atención.

La lógica que había detrás de sus palabras sonaba extrañamente familiar. ¿No había hecho yo lo mismo ocultando mis marcas con un tatuaje? Además, me había estado escondiendo a plena vista durante los últimos cinco años, hasta que había llegado allí.

—Todos tenemos un papel determinado que interpretar —continuó Caden—. ¿Acaso no te había medio convencido ya de cómo era?

Sí. Yo había supuesto que Caden era arrogante, egoísta y capaz de camelarse a cualquiera con su encanto para conseguir lo que quería. Ahora ya no estaba tan segura de que no hubiese algo más detrás de esa imagen.

Sus amigos se sentaron a nuestro alrededor.

—Encuentra tu papel y adáptate a él.

Con esas palabras, Caden zanjó la conversación y pasó a concentrarse con toda naturalidad en uno de sus amigos, entrechocando los puños con él y riéndose de algo que le decía.

Sus palabras me produjeron escalofríos: nos estaban vigilando.

Un chico con la piel de color caramelo fue el primero en presentarse.

—Me llamo Jeff —dijo, mientras extendía una mano al otro lado de la mesa para estrechar la mía.

Lo había hecho a menudo en mi vida anterior: presentarme. Era lo que tenía trasladarse continuamente de domicilio. También había aprendido a mantener las distancias, a hacer solo unos pocos amigos superficiales, excepto Ava, porque cuando cambiabas de ciudad muy a menudo, era inevitable que, poco después, hubiese una despedida.

—Yo soy Ember —le dije, estrechándole la mano.

Sus espectaculares ojos verdes relumbraron con interés.

—Encantado de conocerte, y es una lástima que ya tengas compañero.

Aparté mi mano de la suya.

—No mantengo ninguna relación con nadie, si es a eso a lo que te refieres —contesté. Lancé una mirada a Caden.

Los ojos de Caden brillaron con malicia y volví a ver un desafío en ellos.

Jeff arqueó las cejas.

—¿Ah, no? —Una sonrisa asomó a sus labios, pero no dijo nada más.

Al otro lado de Caden, Desirée me observaba. Cuando la miré a los ojos, me sostuvo la mirada el tiempo suficiente para darme a entender que no le importaba que la hubiera pillado mirándome, antes de volverse y hacerle una pregunta a Caden.

—No le hagas caso —dijo una chica rubia a mi derecha.

La miré.

—Hola, soy Serena —se presentó—, y este es mi compañero, Eric. —Señaló al chico rubio que estaba a mi otro lado y él me saludó con la cabeza.

—Ember —le dije—. Encantada de conoceros.

Puse una cara afable, aunque hacer amigos era lo último que me apetecía.

—Encantada de conocerte yo también —contestó Serena. Recorrió la mesa con la mirada y bajó la voz—. Lo siento por Desirée —dijo, inclinándose hacia delante—. Es una gran persona, pero tiene problemas, sobre todo cuando se trata de Caden.

—Ya me he dado cuenta. —Sonreí. Aunque no es que me importara. No tenía la menor intención de enrollarme con aquel tipo. No, puede que tuviera que estar encerrada en aquel sitio una temporada, pero no planeaba quedarme allí mucho tiempo.

***

Me encontraba en una habitación de hotel, con una cama de matrimonio a mi derecha, cubierta por un fino edredón con un estampado hortera de florecillas verdes y marrones. Unas cortinas gruesas tapaban la ventana y la única fuente de luz provenía del baño a mi espalda y de las grandes lámparas de la mesita de noche situadas a cada lado de la cama.

Dondequiera que estuviese, no era dentro del recinto de las instalaciones.

Delante de mí, un hombre metía ropa dentro de una maleta. Contuve la respiración. No me había visto todavía, pero las probabilidades de que no detectase mi presencia durante diez minutos eran más bien escasas.

Se volvió para coger otra prenda de ropa y me vio. Adrian.

—¡Mierda! —exclamó, sobresaltándose y dando un respingo al verme. Intenté disimular mi propia sorpresa. Se llevó la mano al corazón y volvió a soltar un taco—: ¡Deja de seguirme, joder!

—La verdad es que a mí tampoco me hace ninguna gracia estar aquí.

Me miré sutilmente mi propia ropa para ver si había ido allí por voluntad propia o me habían dirigido a aquel sitio. Llevaba una camiseta lisa y unos vaqueros. Pensé que debía de haber ido en busca de Adrian por mi cuenta. Eso, o el gobierno ya conocía mis gustos en cuanto a mi forma de vestir.

Me lanzó una mirada incrédula.

—Tengo que huir por tu culpa, ¿sabes? —dijo, metiendo otra prenda en la bolsa.

Arqueé las cejas.

—¿En serio?

—Como si tú no lo supieras.

Me encaminé hacia la ventana y, cuando pasé por su lado, retrocedió unos pasos.

—Seguramente no me vas a creer —dije—, pero lo diré de todos modos: es muy probable que yo entienda aún menos que tú lo que está pasando. —Sus ojos brillaron y abrió la boca para hablar, pero lo interrumpí—. De hecho, creo que es posible que mi igno-rancia te haya salvado la vida dos veces.

—¿Llamas a esto salvarme la vida? —exclamó—. Ya no tengo vida.

—Nadie había controlado nunca mi capacidad de teletranspor-tarme hasta la noche en que te conocí…

—¿Controlar tu capacidad de teletransportarte…? —repitió Adrian. Se frotó los ojos.

Continué hablando como si no me hubiera interrumpido.

—Definitivamente, alguien me envió a esa fiesta tuya con ins-trucciones de matarte. Y luego, esa otra noche, cuando abrí tu caja fuerte…

—De mi padre —interrumpió—. Era la caja fuerte de mi padre.

—Bueno, lo que sea, el caso es que no estoy intentando matarte, pero alguien sí quiere verte muerto. Quienquiera que sea está utili-zándome para llegar hasta ti.

Adrian me miró con recelo.

—Sabes que no puedo confiar en ti ni en nada de lo que me has dicho.

Aparté las cortinas y miré fuera. Estaba oscuro, así que me encontraba en una parte del mundo donde aún era de noche, pero no tenía idea de en qué ciudad estábamos.

—Pues la verdad, no es que yo sí confíe en ti precisamente —le contesté—. Que yo sepa, podrías ser un criminal que merece que lo estén persiguiendo. Pero resulta que tampoco confío en mi nuevo jefe, el gobierno.

Adrian dejó de hacer las maletas para atravesar la habitación y apartar mi mano de las cortinas.

—No hagas eso; vas a conseguir que me maten.

Me quedé mirando la mano con la que me agarraba de la muñeca y luego desplacé la mirada hasta su cara.

Tenía la mandíbula cuadrada, los labios sensuales, los pómulos marcados y las cejas esculpidas. Era tan guapo como los teletransportadores con los que entrenaba.

La mirada acerada de sus ojos verde oscuro apenas vaciló un momento cuando nuestros ojos se encontraron, y luego la misma expresión dura reapareció en ellos.

—¿Trabajas para el gobierno? —preguntó.

—A mi pesar. La verdad es que no me dejaron otra opción.

—Supongo que eso lo explica.

Me tiró de la muñeca que aún me tenía agarrada y empezó a llevarme a rastras por la habitación.

—¡Eh! —Me dio un fuerte tirón en el brazo cuando me resistí y di un traspié al verme obligada a seguirlo—. ¡Ay! Eh, que eso duele, imbécil.

—Sinceramente, me importa un bledo —dijo Adrian, sin molestarse en mirarme siquiera.

Abrió la puerta y, dándome un último tirón fuerte y brusco, me echó de su habitación.

Al cabo de un segundo, la puerta se cerró de golpe, y oí un clic cuando Adrian echó el cerrojo.

Me froté la espalda y me quedé mirando la puerta con ojos asesinos. Adrian me había dado una patada en el culo, literalmente.

—¡Me caes muy mal, que lo sepas! —le grité a la puerta.

—El sentimiento es mutuo —respondió una voz apagada.

Así era como me agradecía que no le hubiese pegado un tiro cuando tuve la oportunidad. Supongo que ninguna buena acción queda impune.

CAPÍTULO 10

—Ember, despierta.

Sentí que el colchón se hundía ligeramente y que una mano me apartaba el pelo de la cara.

—No —murmuré.

—Vaya, parece que esto se está convirtiendo en una costumbre…

—Mmm…

Alguien me arrancó bruscamente el edredón. Por segundo día consecutivo, me encontré desnuda y expuesta.

—¡Caden! —grité al abrir los ojos de golpe y tratar de recuperar mi edredón. Solo que en cuanto me moví, noté una punzada de dolor insoportable en todo el cuerpo.

Lancé un grito por la quemazón que me recorría los músculos y luego me desplomé de nuevo sobre la cama.

—¿Estás bien? —preguntó Caden, tocándome el hombro y con cara de preocupación.

—Sí, estoy bien. —Me froté los ojos—. Espera, ¿se puede saber qué haces todavía en mi habitación? ¡Largo de aquí!

Caden retrocedió unos pasos, con una sonrisa pícara en los labios.

—Dime si necesitas ayuda para vestirte.

Salió por la puerta antes de que tuviera ocasión de gritarle de nuevo; supongo que hasta él sabía cuándo se había pasado de la raya.

Diez minutos más tarde, salí cojeando de la puerta, sintiendo un dolor punzante con cada movimiento. Caden me esperaba apoyado en la pared del pasillo, junto a mi habitación. Me repasó de arriba abajo. Supe por su expresión que estaba recordando exactamente el aspecto que tenía sin ropa.

—¿Por qué no me dejas en paz? —le pregunté con exasperación.

—Somos compañeros —respondió, como si eso lo explicara todo.

—Está bien, entonces vamos a dejar algo claro: no vuelvas a despertarme de esa manera.

Se apartó de la pared e invadió mi espacio personal.

—¿O de lo contrario? —preguntó, mirándome a los ojos.

—¿Lo dices en serio? —dije—. O de lo contrario, acabaré contigo.

Sus ojos se arrugaron por las comisuras; no me estaba tomando para nada en serio.

—Tranquila, princesa. No lo volveré a hacer.

Ignoré su molesto apodo, solo me llamaba así para hacerme rabiar.

—Te juro que si vuelves a hacerlo, me pasaré todo mi tiempo libre pensando en las formas más creativas de avergonzarte.

Su sonrisa se ensanchó, como si el hecho de que me tomara más interés por él fuera exactamente lo que quería.

Desayunamos y luego seguí a Caden a través de las puertas traseras. Algunos de los demás alumnos salieron con nosotros. Vi que empezaban a correr por el camino de tierra que serpenteaba por la montaña. Era un camino distinto del que habíamos tomado el día anterior y eso me hizo preguntarme hasta dónde llegaría la extensión de terreno dentro del recinto de las instalaciones. En pocos segundos, ya habían desaparecido entre los árboles.

—¿La clase de manejo de armas de fuego también es fuera? —pregunté mientras las hierbas silvestres crujían bajo mis pies.

Se desperezó.

—Hoy sí. —Me miró de arriba abajo—. Espero que no tengas demasiadas agujetas, princesa; tenemos mucho trabajo por delante.

Tan arrogante como siempre. Me molestaba que su actitud de suficiencia empezase a gustarme.

En lugar de responder, eché a correr, siguiendo el mismo camino que había visto tomar a los otros alumnos. Me mordí la mejilla para no soltar un taco por el dolor que me recorría los músculos. Iba a tardar días en desaparecer del todo.

Oí el ruido de unos pasos ligeros cuando Caden me dio alcance. Era inquietante lo sigiloso que podía ser para tratarse de alguien tan voluminoso. Tendría que aprender cómo lo hacía.

Se volvió para mirarme mientras corríamos.

—¿Qué pasa? —dije.

Él negó con la cabeza, sonriendo.

—Nada.

Pero no era nada. Caden había bajado la guardia y yo advertí algo, algo que hizo que mi corazón hiciera una pirueta. Que se hiciese preguntas.

Aquella emoción estaba tan fuera de lugar, fue tan sumamente inesperada, que no sabía muy bien qué pensar. De modo que me la quité de la cabeza.

Corrimos en silencio el resto del camino hacia el campo de tiro, aunque no olvidé en ningún momento quién estaba corriendo justo a mi lado. Caden tenía una presencia que no podía pasarse por alto fácilmente.

El campo de tiro al aire libre estaba situado en una franja de la ladera de la montaña que había sido allanada. En todos los lados, unos enormes promontorios de tierra impedían que las balas perdidas salieran fuera del espacio delimitado, y a lo lejos habían instalado como objetivos las figuras de unos individuos armados con pistolas.

—Qué suerte la tuya —señaló Caden—: hoy el teniente Newman ha decidido que practiquemos con objetivos inmóviles.

—Ah, pues qué bien —exclamé sin alegría ninguna.

El segundo día de mi humillación estaba a punto de empezar oficialmente.

Veinte minutos después, estaba en el borde del campo de tiro con Caden. Al igual que en la clase de combate cuerpo a cuerpo del día anterior, mi instructor de manejo de armas de fuego, Charles Newman, nos había dividido en dos grupos, de parejas y de alumnos solos, para que practicásemos nuestra técnica entre nosotros.

Estaba plantada con los pies separados el ancho de los hombros, con una pistola en la mano. El arma estaba cargada con —atención— bolas de *paintball*, aunque no es que se lo recriminase a la organización: armar con pistolas cargadas a unos adolescentes encerrados en aquel recinto sería, lisa y llanamente, una insensatez.

Caden examinó mi postura. Se inclinó y me recolocó una de las piernas. No me pasó desapercibida la manera en que dejó las manos allí unos segundos más de lo normal.

—¿Te sientes cómoda? —preguntó.

Parpadeé varias veces antes de darme cuenta de que se refería a mi centro de gravedad y no al hecho de notar sus manos en mi pierna.

Asentí con la cabeza, sin confiar en mi voz en ese momento.

Se enderezó.

—Ahora levanta la pistola y sujétala con las dos manos.

Hice lo que me decía. Estudió mi postura y me levantó y estiró los brazos un poco más. Lo observé, fascinada por ser testigo de aquella faceta seria en él. Al concentrarse de esa manera, había vuelto a bajar la guardia, y vi en sus ojos el brillo de una inteligencia que daba miedo.

Inteligencia alterada. Esa era una de las mutaciones que Debbie había mencionado cuando me habló sobre los científicos que nos habían desarrollado. Me pregunté hasta qué punto habrían modificado nuestros genes.

—¿Sabes? Todavía estoy enfadada contigo —dije con toda naturalidad mientras Caden corregía la forma en que yo sujetaba el arma.

Pasaron varios segundos y casi di por sentado que no me había oído. Luego me rodeó y se inclinó para hablarme al oído:

—Pero eso es porque al fin has conocido a alguien que está a tu altura: la horma de tu zapato.

Su voz grave hizo que se me erizara la piel, y deslizó la mano con que me había corregido la postura por mi brazo. Sabía exactamente el efecto que tenía sobre mí.

—Tú me impediste escapar —le dije.

Me miró a la cara.

—No, fue el gobierno quien lo hizo, desde el preciso instante en que te creó. Yo simplemente me limité a atraparte un poco antes de que lo hicieran ellos, aunque… —Se inclinó con aire cómplice—. La verdad es que por un momento me planteé dejarte marchar.

Fruncí el ceño.

—¿Y qué fue lo que te hizo cambiar de idea?

Me bajó los brazos, sin apartar los ojos de mí ni un segundo.

—Cuando te vi… —Un destello parpadeó en los ojos de Caden—. Eras real, de carne y hueso. Hasta entonces, solo habías sido un fantasma.

—Hablas de mí como si supieras de mi existencia antes incluso de que nos conociéramos —le dije. Trasladé el peso de mi cuerpo al otro pie con aire incómodo.

A Caden le brillaron los ojos.

—Es que así era: Ember Elizabeth Pierce, nacida el 28 de febrero, hija de Lila y Gordon Pierce, en Buffalo, Nueva York.

Sus palabras me pillaron desprevenida y retrocedí un paso, tambaleándome. Empuñé la pistola con más fuerza. Las bolas de pintura no eran balas, pero a una distancia tan escasa, podían hacer mucho daño.

Como si me hubiese leído el pensamiento, Caden me retorció la muñeca y me desarmó.

—Eh…

—Todos tenemos nuestro expediente, Ember —dijo, vaciando el cargador de la pistola de *paintball* y colocando las bolas de colores en la mesa, junto a nosotros—. He memorizado unos cuantos más además del tuyo, así que ya puedes dejar de sentirte especial.

Pero el mío significaba algo para él, de eso estaba segura.

—Tú eras una teletransportadora que había desaparecido de verdad —dijo, volviendo al tema—. Al menos sobre el papel. No había ninguna pista sobre ti.

Negué ligeramente con la cabeza. Él sabía cosas sobre mí, pensaba en mí, antes de conocerme, y a juzgar por su voz y su lenguaje corporal, yo le importaba, aunque no estaba segura de por qué.

—Cuando el Proyecto te encontró, supe que tenía que verte en persona. Y ahora aquí estamos, princesa.

—¿Me devuelves mi arma, acosador?

Sus labios dibujaron una sonrisa al oír que lo llamaba así.

—Aún no. Todavía tienes pinta de querer dispararme.

—No lo hagas más.

Se cruzó de brazos.

—¿El qué? —dijo, ladeando la cabeza—. ¿Leerte el pensamiento?

No dije nada, lo cual era una respuesta más que suficiente.

Se inclinó de nuevo.

—Tengo razón, ¿verdad? —dijo con voz áspera.

Me aparté para mirarlo a la cara.

—¿Respecto a qué?

—Te cabrea que sea igual de bueno que tú, que esté a tu altura.

Dios, qué arrogante era… Y tenía razón. Me había ganado una y otra vez. Eso no había sucedido en mucho tiempo, y me sacaba de quicio.

Le sostuve la mirada.

—Crees que me conoces, ¿verdad?

Una sonrisa se desplegó lentamente por su rostro.

—Ni por asomo —contestó—, pero estoy progresando.

Y maldita la gracia que me hacía reconocerlo, pero tenía razón.

***

—No ha estado mal para ser el primer día, pero podrías hacerlo mejor —comentó Caden cuando entramos en el edificio principal.

—Cállate.

Se refería a mi malísima puntería en la clase de manejo de armas de fuego.

—Tu vista y tu coordinación están por encima de lo normal; sabes que puedes hacerlo mejor.

Disimulé mi reacción a sus palabras. Ahora que sabía que nuestros genes estaban modificados, suponía que el Proyecto era el responsable de la ventaja que había tenido siempre en comparación con los demás niños y compañeros del colegio cuando era pequeña. Aun así, me resultaba extraño escuchar a Caden confirmar mis sospechas.

—Lo dices como si eso me importara —le contesté.

Me miró fijamente un momento.

—Tarde o temprano, tendrá que importarte.

Un escalofrío me recorrió la espalda mientras leía entre líneas. En algún momento, más adelante, me encontraría en una situación en la que mi puntería sería lo único que me mantendría con vida. Esperaba largarme de allí antes de que me convirtieran en una asesina.

Caden me aguantó la puerta y entré. El aula no parecía muy distinta de las de mi antiguo instituto, con los mismos escritorios de madera sintética y sillas de plástico. Solo que las paredes de aquella clase estaban recubiertas de carteles y diagramas dedicados al estudio de la psicología necesaria para trazar perfiles de personas.

En la parte delantera de la sala, Debbie estaba sentada a su mesa viendo entrar a los alumnos. Su mirada era distante y, cuando me vio, frunció el ceño.

—Ven, siéntate a mi lado —dijo Caden, soltando la mochila bajo su escritorio y dando unas palmaditas en el asiento que tenía al lado.

—¿Qué harías si te dijera que no? —repuse.

Caden desvió la mirada hacia mi boca y torció las comisuras de los labios hacia arriba.

—Me esforzaría aún más para convencerte.

—¿Ah, sí? —dije, arqueando una ceja y alejándome de él—. Porque no estoy segura de querer sentarme a tu lado. Creo que quiero sentarme… —Miré alrededor y escogí el pupitre más próximo; había muchos libres donde elegir—. Aquí.

Me senté en una silla vacía y le sonreí.

Habíamos captado la atención de los otros compañeros de clase, la mayoría sentados en parejas, todas formadas por un chico y una chica.

Caden recogió su bolsa y se dirigió a la mesa junto a la mía.

Chasqueé con la lengua:

—¿Ese es tu intento de convencerme?

—Ya sabes, como suele decirse: «El que la sigue, la consigue». A la cuarta vez que te cambies de mesa y yo te siga, estarás más que convencida, o al menos harta de cambiar de sitio.

Me dedicó una sonrisa radiante y sus adorables hoyuelos se hicieron aún más profundos.

Me sorprendí mirando embobada su sonrisa.

—Está bien. Supongo que puedes sentarte a mi lado.

—Como si eso hubiese estado en duda en algún momento… —dijo Caden, recostándose en su asiento y cruzando los brazos por detrás de la cabeza.

No pude contener una sonrisa. Menudo engreído estaba hecho…

Volví a examinar la sala, pero esta vez me fijé en todos los detalles. Reparé de nuevo en las curiosas parejas de estudiantes y sentí que se me ponía la piel de gallina: una idea empezó a tomar cuerpo en un recoveco de mi mente, pero la rechacé enseguida. Era demasiado retorcida para considerarla en serio siquiera.

Debbie empezó la clase unos minutos después. Encendió un proyector y en la pantalla apareció la imagen de una persona con las fosas nasales hinchadas y las cejas fruncidas.

—¿Alguien sabe decirme cuál es la expresión de esta persona?

Un teletransportador levantó la mano y ella lo llamó por su nombre.

—El individuo está furioso —contestó el teletransportador.

Estudié la imagen.

—No está furioso. —Las palabras se escaparon sin más de mis labios. Caden volvió la cabeza para mirarme con aire divertido y con algo extrañamente parecido al orgullo.

No había sido mi intención intervenir: cuanto más hablaba, más sabía el Proyecto sobre mí. Sin embargo, ahora tenía que terminar lo que había empezado.

—«Furioso» es una emoción demasiado fuerte —dije—. Esa persona no está fuera de sí… aún. Yo diría que está enfadado.

Noté la mirada de Caden, escrutándome, y volví a percibir el mismo sentimiento de orgullo que irradiaba de él.

Debbie asintió.

—Muy bien, Ember, y no puedo estar más de acuerdo con tu análisis. ¿Alguien puede decirme qué aspectos de la expresión del individuo revelan ese estado?

La clase se enzarzó en una discusión que duró cinco minutos, hasta que la cara de otro individuo apareció proyectada en la pantalla.

Los ojos entornados, las pupilas dilatadas y una leve sonrisa. Había visto esa expresión antes.

—Ese tío va supercolocado —dijo Jeff, y toda la clase se rio.

No. Las drogas no producían esa expresión, aunque sí algo igual de estimulante: la lujuria. Aquella era la expresión del deseo intenso e insatisfecho.

—Buen intento, Jeff —comentó Debbie.

Me abstuve de responder, a pesar de las ganas que tenía de expresar mi opinión. Nunca había llegado a alardear de esa habilidad mía. Algunos de mis amigos solían bromear diciendo que era adivina, cuando en realidad se me daba francamente bien interpretar los rasgos físicos más sutiles. Respondió otra persona.

—Es la expresión del deseo.

—¿De qué tipo? —preguntó Debbie.

—El deseo sexual.

La respuesta del teletransportador apenas rascaba la superficie del asunto: aquello no era simple deseo sexual, sino el desesperado deseo físico de una persona por otra. Los rasgos carecían de la saciedad indolente o de la felicidad radiante que podría indicar que parte de ese deseo se había satisfecho.

—Muy bien —lo felicitó Debbie—. ¿Cuáles son las señales?

Una vez más, el grupo empezó a discutir sobre el tema y me forcé a mí misma a permanecer en silencio.

Caden dio una patadita en el borde de mi mesa.

—¿Por qué no has respondido eso?

Lo miré.

—¿Qué?

—Tú ya habías identificado la expresión —me acusó.

—¿Me estabas vigilando? —susurré.

—No, y no cambies de tema. ¿Por qué no has contestado?

Como si fuera a explicarle mis razones para permanecer callada al mismo tipo que me había capturado…

Sonreí con dulzura, aunque seguro que la sonrisa no me alcanzó a los ojos.

—Supongo que eso es otra cosa más que tendrás que averiguar sobre mí.

Entrecerró los ojos para mirarme fijamente y tuve que hacer un esfuerzo sobrehumano para no retorcerme en mi asiento. Caden sabía que le estaba ocultando información, pero no sabía en qué consistía esa información, y menos mal: si hubiese sabido mis motivos, si adivinaba mi deseo de escapar, entonces tal vez nunca tendría la oportunidad de lograrlo.

Puede que Caden fuese mi compañero, pero también era el enemigo.

Una vez que terminó nuestra clase de perfiles psicológicos, Caden y yo salimos juntos del aula.

—¡Ember! —me llamó Debbie.

Me di media vuelta y la miré desde el otro lado de la puerta. Caden se detuvo detrás de mí.

—¿Sí? —dije.

—¿Podrías quedarte un momento? Caden, tú también.

Miré a Caden arqueando las cejas.

—Sí, claro.

Desde luego, se tomaban muy en serio aquel tema de los compañeros: Caden parecía estar involucrado en todo lo que yo hiciera.

Nos acercamos a su mesa y soltamos nuestras cosas.

—Ember, ¿te ha dicho alguien qué papel tendrás en tus simulaciones y, en última instancia, en tus misiones?

«Misiones». Ahí estaba esa palabra de nuevo, la prueba de que nos iban a utilizar como armas. Con el rabillo del ojo vi a Caden ponerse tenso.

—¿Mi papel?

—Interpretaré eso como un no. —Debbie tomó una carpeta y rodeó su mesa—. Todos los alumnos han sido modificados genéticamente de alguna manera. Esas modificaciones os brindan ciertas ventajas, características para las cuales tenéis una facilidad especial. El Proyecto Prometheus ayuda a perfeccionar esas modificaciones a través de la práctica y el entrenamiento. Y los compañeros entrenan en tándem —dijo, mirando a Caden de reojo.

—Entonces, ¿cuál es mi papel? —pregunté.

Abrió mi carpeta.

—«Una habilidad excepcional para el trato con la gente».

Me entraron ganas de reírme al oír eso. Sí, claro, por eso había sido tan popular y me habían querido tanto en mi última escuela…

—«Una notable capacidad para saber interpretar a la gente». —Cerró la carpeta y me miró de arriba abajo despacio—. Atlética. Guapa. Eres una especialista en distracción.

Miré un momento a Caden, que estaba tensando la mandíbula. Al menos parecía tan disgustado como yo con aquella noticia.

—Y Caden es un especialista en extracción —continuó Debbie—. Esos serán vuestros papeles principales en estas misiones.

—¿Qué es una especialista en distracción? —le pregunté.

—Es, literalmente, alguien que distrae a nuestros objetivos —respondió Debbie—. Tú, Ember, centrarás tus misiones en ganarte la confianza de ciertos individuos y, hasta cierto punto, en seducirlos, mientras que Caden extraerá lo que sea que necesite el gobierno.

—Lo dirás de broma, ¿no?

¿Seducción?

—No pongas esa cara —dijo—. No te estamos pidiendo que mantengas contacto físico con nadie, solo que distraigas a la gente.

—¿Me lo prometes? —le pregunté.

Me miró a los ojos durante un buen rato. Desplazó la vista al suelo antes de volver a mirarme a la cara otra vez.

—Te lo prometo.

Conocía bien esa expresión: me estaba mintiendo.

CAPÍTULO 11

Tictac. Ese fue el primer sonido que oí.

—Aaah, tú otra vez, no… —La voz venía de detrás de mí, e hizo que se me pusiera la piel de gallina.

Adrian.

Me volví. Estaba sentado a un escritorio, con un lápiz detrás de la oreja y una carpeta en la mano. Había varios libros abiertos y papeles desperdigados por toda la mesa, frente a él. El sol asomaba por detrás de las cortinas pálidas. Junto a él había un reloj de pared, de donde provenía el tictac.

Me crucé de brazos.

—No vuelvas a echarme de una habitación nunca más.

Me miró entrecerrando los ojos.

—No respondo bien a las amenazas.

—Mala suerte —repuse—. Yo no respondo bien a que me traten mal.

Me miró fijamente.

—No te echaré, siempre y cuando te comportes mientras estés aquí.

—Está bien. —Podía comprometerme a eso.

Desplacé la mirada de él a la luz natural que iluminaba la superficie del escritorio.

—¿Ya no estamos en Estados Unidos? —pregunté.

—¿Cómo lo has sabido?

Señalé con la cabeza hacia la ventana.

—Por la luz del sol.

Me miré; llevaba una camisa negra ajustada y unos vaqueros, lo que sugería que era yo misma la que me había llevado allí, y no el gobierno.

—¿Por qué no me dejas en paz? —Por su voz, parecía cansado.

Lancé un suspiro.

—Creí que ya habíamos hablado de eso. No tengo ningún control sobre los lugares donde aparezco.

—Pues… deja de acecharme.

Puse cara de exasperación y estiré los músculos.

—No soy un fantasma. —Me dolía todo, por el exceso de ejercicio—. ¿Dónde estamos?

—No pienso decírtelo.

Me dirigí a la ventana y aparté la cortina. Se veía la Torre Eiffel a lo lejos.

—Ah, en París. La última vez que estuve aquí, aparecí desnuda dentro de Notre-Dame. Eso sí es un sacrilegio. Nunca me había gritado tanta gente en un idioma extranjero.

—Tengo que darte las gracias —dijo Adrian, haciendo caso omiso de mi confesión. Por su tono, no parecía ni mucho menos sincero.

Volví el cuerpo para mirarlo y arqueé las cejas.

—No pude acceder a la caja fuerte de mi padre hasta la noche en que tú lo hiciste por mí —explicó—. Dejó… unas notas sobre su trabajo, la mayoría de las cuales tienen que ver con la gente como tú.

—¿Gente como yo? —Eso sí que era una novedad. Me preguntaba para qué querría el gobierno esas notas, y lo que era aún más importante, me preguntaba qué decían.

—Era algo así como un proyecto genético en el que mi padre participó hace dos décadas.

—¿Él estaba… fue él quien me hizo esto?

Adrian frunció el ceño.

—No lo sé.

***

A la mañana siguiente, el entrenador Painter entró en el gimnasio donde Caden y yo estábamos esperando con el resto de nuestra clase.

—Buenos días, muchachos. Hoy os tengo preparado un entrenamiento muy bueno: combate en parejas.

No, por favor… Otro día compitiendo para ver quién es mejor, no…

Caden parecía entusiasmado con la idea.

—Buscad a un compañero para que haga de *sparring* y empezad a practicar. Os llamaré de dos en dos para los combates oficiales.

En pleno revuelo entre los alumnos, me dirigí hacia el entrenador Painter.

—¿Entrenador?

—¿Sí, Pierce?

Estaba muy nerviosa.

—No sé hacer de *sparring*.

—Ah, pues qué bien, porque hoy es tu día de suerte.

—Pero, entrenador…

—Pierce —dijo, poniéndome la mano en el hombro—, como a la mayoría de los alumnos de esta sala, la gente te ha subestimado toda tu vida. Yo sé que puedes hacerlo. Aprenderás la técnica observando lo que hacen los demás, pero lo que quiero que aprendan mis alumnos, lo que quiero que aprendas tú, es que boxear consiste, en gran parte, en pensar bajo presión, en improvisar y en controlar tus emociones. ¿Puedes hacer eso?

La forma en que formuló la pregunta me empujó a asentir con la cabeza, como si realmente quisiera complacer al entrenador. Sin embargo, cuando me separé de él me sentí como si acabase de caer en una trampa.

Cuando Debbie me había enseñado aquella sala, no había reparado en las líneas de las colchonetas del suelo. Ahora que veía al resto de alumnos ordenados a su alrededor, me fijé en los bordes de ocho áreas de entrenamiento y un ring principal donde el entrenador Painter arbitraría los combates oficiales.

—¡Hawthorne! ¡Sorenson! —gritó el entrenador—. ¡Os toca!

Vi cómo Caden y Eric se dirigían al área principal de combate, se colocaban unos cascos blandos y unos guantes y entraban en el ring. Me acerqué. Los dos eran gigantes. Se entrechocaron mutuamente las manos enfundadas en los guantes y luego retrocedieron unos pasos.

El entrenador silbó y los dos empezaron a moverse en círculos, uno alrededor del otro. Ambos se movían sin parar, manteniéndose de puntillas. Eric atacó primero, lanzando una patada alta y apuntando al pecho de Caden. Este esquivó la maniobra y sacó partido de la posición de Eric. Giró sobre sí mismo y le dio una patada a su contrincante y el golpe hizo que este último perdiera el equilibrio.

Eric tropezó y Caden aprovechó para lanzarle unos golpes dirigidos al tórax. Su contrincante cayó y en cuanto tocó el suelo del ring, el entrenador Painter hizo sonar el silbato.

Hicieron esto durante dos *rounds* más. En el segundo asalto, Caden perdió, si es que aterrizar en el suelo era el factor determinante.

Observé con atención el último asalto, tomando notas mentalmente sobre cómo trasladaban el peso del cuerpo de un pie a otro, cómo atacaban y cómo se defendían cada uno de ellos. Los dos eran verdaderas máquinas y se desenvolvían con movimiento experto.

Cuanto más veía, más reticencia sentía ante la perspectiva de tener que pelear. Había visto suficientes vídeos y practicado suficientes movimientos rudimentarios por mi cuenta para saber cómo lanzar un golpe con todo mi peso, pero no tenía la estructura que Caden y Eric parecían tener.

Me alejé del ring principal y examiné el resto de la sala. Tendría que practicar algunos movimientos si no quería pasar vergüenza.

Un brazo sudoroso me cubrió el hombro.

—¿Te ha gustado lo que has visto, princesa? —me preguntó Caden.

Me quité su brazo de encima, pero sonreí. Debía de haberme visto observándolos.

—Que no se te suba a la cabeza.

—Es demasiado tarde para eso. —Reaparecieron sus hoyuelos y le centellearon los ojos—. ¿Quieres practicar? —preguntó, señalando con la cabeza a las áreas de entrenamiento.

—Sí, eso estaría genial, la verdad —contesté—. Pero te lo advierto: no tengo ni idea de luchar.

Caden se secó la frente con el dorso de la mano.

—La tendrás cuando acabe contigo.

Hay que ver lo seguro de sí mismo que estaba aquel hombre… Esta vez, sin embargo, le agradecí la confianza.

Esperamos a que se quedara libre una de las zonas de entrenamiento y, cuando lo estuvo, nos dirigimos allí.

—Está bien —dijo Caden, volviéndose para mirarme una vez que entramos en el ring—: cuando empieces, mantente con los pies bien firmes en el suelo pero afloja los músculos. Eso significa que tienes que colocar los pies separados más o menos el ancho de los hombros, las rodillas ligeramente flexionadas y los brazos firmes delante del pecho.

Hice lo que me decía.

—Muy bien —dijo, examinando mi postura.

Como en la clase de manejo de armas de fuego, a Caden se le cayó parte de la máscara tras la que se ocultaba su verdadero yo y vi que no se le escapaba nada. Me pregunté si yo también me comportaba así cuando bajaba la guardia.

—Bueno, cuando empieces, no dejes de moverte en ningún momento —dijo—. Eso hará que a tu oponente le resulte más difícil golpearte y a ti te permitirá identificar alguna debilidad que haya quedado expuesta. —Mientras me daba las instrucciones, un mechón de pelo dorado le cayó en la cara.

Se lo aparté antes de poder contenerme. Los ojos de Caden miraron rápidamente a los míos y advertí en ellos el mismo brillo extraño que había visto el día anterior. Una sonrisa lenta y llameante le desdibujó los labios.

Carraspeé, haciendo caso omiso de los latidos acelerados de mi corazón.

—¿Cómo sabes cuándo hay una debilidad expuesta? —pregunté, devolviéndonos a los dos al tema.

Su sonrisa adquirió el punto malicioso justo para hacerme saber que para él, yo era como un libro abierto.

—Ahí es donde entran en juego tus dotes de observación. Algunas personas son agresivas; normalmente, eso significa que tratan de compensar con agresividad una defensa débil. Los contrincantes más fuertes y voluminosos tienden a ser más lentos. La clave es analizar los puntos fuertes y los puntos débiles de tu oponente, así como su propia percepción de su capacidad.

Modificó mi postura, recolocándome los brazos para cubrirme mejor, y me empujó el torso un poco hacia atrás. Traté de ignorar la forma en que mi estómago se tensaba ante el contacto de sus manos.

—¿Cuál crees que es mi punto débil?

Caden, que todavía estaba estudiando mi postura, me miró a los ojos. La intensidad de su mirada me pilló desprevenida; me observaba como si pudiera ver todos y cada uno de mis secretos. Eso no me gustó nada. Me hacía sentir vulnerable.

—Bueno, me imagino que, al principio, lo que te faltará es seguridad en ti misma. Eso solo mejora con la práctica, pero una vez que le cojas el tranquillo a luchar, creo que tu punto débil será tu percepción del oponente: creo que subestimas a la gente; creo que piensas que la mayoría de la gente es predecible.

No estaba preparada para eso y la verdad es que fue como un golpe en el estómago.

Los ojos de Caden se desplazaron sobre mí, sin perder detalle. Se encogió de hombros.

—Si tengo razón, entonces tendrás que andarte con mucho cuidado. La mayoría de nuestros compañeros de clase y los individuos que trabajan en nuestro sector son cualquier cosa menos predecibles, y se aprovecharán de esa debilidad tuya.

—Bueno, ¿y cómo lo soluciono? —pregunté, sin molestarme en negar nada.

Caden se cruzó de brazos.

—Bah, unos meses aquí deberían bastar para solucionar eso.

—Porque…

Me lanzó una mirada sombría.

—Porque descubrirás que aquí nadie es lo que parece.

—¡Pierce! ¡Payne!

Me sobresalté al oír mi nombre.

Caden me apretó el hombro.

—Tú puedes, princesa.

—Eres un mentiroso —dije—, pero te lo agradezco.

Apenas habíamos practicado diez minutos; todavía no le había pillado el tranquillo a aquello.

Me aparté de él y seguí notando su persistente mirada sobre mí.

Cuando llegué al ring, el entrenador Painter me dio un casco y unos guantes.

—¿Estás lista? —me preguntó.

—Para nada —le contesté, poniéndome el casco.

Sacudió la cabeza.

—Todo el mundo tiene que empezar en algún momento. Ahora, entra ahí.

Entré en el ring y me puse los guantes.

—¿Lista para que te pateen el culo?

Levanté la vista y lancé un gemido al ver a mi contrincante: Desirée Payne. Qué apellido tan apropiado: sonaba igual que *pain*, «dolor» en inglés…

Por desgracia, parecía saber lo que se hacía; se envolvió las manos con cinta aislante antes de ponerse los guantes. La idea que de aquella cabrona rabiosa me derrotase me ponía de muy mal humor.

Apreté los puños dentro de los guantes y la estudié detenidamente.

«Engreída, eso es evidente. Y seguro que no me equivoco si doy por sentado que va a jugar sucio si puede».

Era una chica menuda y ligera, por lo que seguramente sería rápida. Y estaba segura de que sabía perfectamente qué golpes provocaban más daño y más rápido: los riñones, la cara y otras zonas de tejidos blandos. Saber eso no me servía de mucho, pues no me indicaba cómo proteger esas tres partes tan distantes —cabeza, parte baja de la espalda y estómago— a la vez.

¿Cuál era mi punto fuerte? Desirée no me conocía, no tenía una gran opinión sobre mí, y muy probablemente, y con razón, daba por sentado que yo nunca había boxeado antes. Yo era impredecible, y ella me subestimaba.

Con el rabillo del ojo, vi a Caden acercarse a un lateral del ring. Me volví hacia él y me miró levantando el pulgar hacia arriba.

—¡Adelante! —gritó el entrenador.

Se me aceleró el corazón, aunque no dejé traslucir la expresión en mi rostro. Desirée y yo nos acercamos la una a la otra, entrechocamos los guantes como había visto hacer a otros y esperamos.

El entrenador Painter tocó el silbato. Había llegado la hora.

Desirée salió disparada hacia delante y me dio un puñetazo en la cara. Eché la cabeza hacia atrás por el impacto, y me caí como si fuera un saco de patatas.

Menuda estrategia.

El entrenador tocó de nuevo el silbato para señalar el final del primer asalto. Solo tendría que pasar por dos asaltos más antes de tener ocasión de recoger los restos de mi orgullo del suelo.

Me quedé allí tendida, mirando al techo. ¿Cómo me había traído mi vida hasta allí?

—¡Vamos, Pierce! —gritó el entrenador—. Necesito ver un poco más de esfuerzo.

Me eché a reír… por no llorar. «Tienes que estar de broma», pensé.

Me levanté del suelo y miré a mi oponente, que me dedicó una sonrisa maliciosa.

—¿Ya has tenido suficiente?

—¿De ti? —exclamé. Esa chica me había cabreado oficialmente—. Desde luego. ¿Pero de tu novio? —Miré rápidamente hacia Caden, para que Desirée tuviera claro de a quién me refería—. Apenas he empezado a divertirme con él…

Lo dije para provocarla, y funcionó.

Desirée torció la boca y me soltó algo desagradable con un gruñido. Fuera del ring, vi a Caden pegándose con otro chico. Hombres…

—¡Pierce! ¡Payne! —gritó el entrenador—. Dejad vuestras diferencias personales fuera del ring u os pasaréis toda una semana haciendo ejercicios de castigo, juntas.

La amenaza bastó para que pusiéramos a raya nuestras emociones.

—Segundo asalto: ¡adelante!

El entrenador tocó el silbato.

Desirée se abalanzó sobre mí de nuevo, pero yo no me chupaba el dedo: me agaché y le di un puñetazo en el estómago. A pesar de mi sed de sangre tras ese último comentario, no conseguí arremeter con todas mis fuerzas. Me parecía mal machacar así a una compañera.

La oí gruñir, con el cuerpo inclinado sobre el mío. Sentí un dolor punzante en la parte baja de la espalda cuando me clavó el puño en el riñón: una, dos, tres veces. Me desplomé en el suelo.

—Jódete —me susurró Desirée al oído antes de retroceder.

¿He dicho ya que me caía muy mal?

Oí a la multitud, cada vez más numerosa, burlarse de mí. Qué suerte la mía, ahora mismo era su mayor fuente de entretenimiento, así que me puse de pie e hice lo que sabía, por propia experiencia, que podía acabar con las burlas: seguirles el rollo. Sonreí a mi público e hice una reverencia.

Las burlas se convirtieron en risas y coseché varios aplausos.

Sonreí y miré a mi contrincante.

Desirée me lanzó una mirada hostil.

—¿Esto te parece gracioso? —escupió.

Percibí la frustración en su voz. Quería humillarme, hacerme pedazos, pero no estaba funcionando como ella quería.

—¡Tercer asalto! —gritó el entrenador, y sonó el silbato.

Esta vez, Desirée no se abalanzó hacia delante, sino que se limitó a mirarme fijamente, trasladando el peso de su cuerpo de un pie a otro. ¿Cuál era su estrategia?

«Deja de pensar a la defensiva, Ember, y haz algo».

Ni siquiera lo pensé: avancé rápidamente hacia Desirée y le lancé un puñetazo a la cara. Ella lo bloqueó y yo reaccioné torpemente dándole un golpe en el estómago. Ella esquivó mi segundo intento y empezó a golpearme la cara.

—¡Vamos, Pierce! —gritó el entrenador—. ¡Pon un poco de energía detrás de esos golpes!

Retrocedí y utilicé los guantes para ayudar a bloquear los golpes, pero en cuanto levanté los brazos, Desirée me golpeó con fuerza en el estómago.

Me tambaleé hacia atrás y me propinó un fuerte puñetazo en la cara. Me dio con tanta rabia que me castañetearon los dientes y sentí un dolor indescriptible en el hueso de la nariz. La potencia del golpe me tumbó.

El entrenador Painter tocó el silbato y el asalto terminó.

Desirée salió del ring, dedicándome una sonrisilla cruel al pasar por delante.

Me levanté despacio. Me quité los guantes y el casco y los arrojé a un rincón del ring cuando el entrenador llamó a la siguiente pareja de compañeros para que pelearan. Me pellizqué la nariz hinchada, pero no rota, mientras salía del ring.

Absurdo. Toda aquella experiencia había sido absurda. ¿Por qué narices iba a pelear con alguien de una forma tan controlada? Eso solo había servido para humillarme.

—¡Pierce! —me llamó el entrenador cuando pasé por su lado—. Ven aquí un momento.

Resoplé y me acerqué a él.

Tocó el silbato y dio comienzo al siguiente combate.

—¿Qué ha sido eso? —me preguntó, con la voz áspera de desaprobación.

Le dirigí una mirada incrédula.

—¿No lo dirá en serio?

—Has dejado que Payne te hiciera picadillo. Lanzabas unos puñetazos muy débiles, has presentado una defensa lamentable y no has analizado la situación ni una sola vez.

—Lo he hecho lo mejor que he podido —dije, con la voz temblorosa por la ira.

—Sé que puedes hacerlo mejor. —El entrenador me dio la espalda—. ¡Caden! —lo llamó—. Voy a encargarte personalmente que te ocupes de que Ember practique boxeo todos los días durante el próximo mes, media hora como mínimo. No dejes que se escaquee y haga ni un minuto menos: os evaluaré a los dos en función de cómo se desenvuelva al final del trimestre.

Genial. Empezaba a darme cuenta de que captar la atención del entrenador nunca era algo bueno.

Caden lanzó un gemido.

—¿En serio, entrenador? La hemos visto los dos: haría falta un milagro para que estuviese preparada al final del trimestre.

—¡Eh! —exclamé, indignada. Él se había pasado los últimos veinte minutos antes de mi combate tranquilizándome y asegurándome que lo iba a hacer bien.

—Entonces supongo que lo mejor será que entrenes a Ember más en serio —contestó el entrenador Painter, mirándome antes de continuar—: Tendrá que estar lista para entrar en combate dentro de un par de semanas.

Caden abrió los ojos como platos.

—Espere, ¿cómo dice? ¿La van a enviar tan pronto?

Uno de los compañeros del ring cayó al suelo y nuestra conversación quedó interrumpida hasta que empezó el siguiente *round*.

—A ella y al resto de vuestra clase —respondió el entrenador—. Pronto enviarán a todos los teletransportadores mayores de edad.

El entrenador entrecerró los ojos, lo cual me dio a entender que no estaba de acuerdo con la decisión.

—Pero ¡eso es una locura! —estalló Caden.

El entrenador Painter bajó la voz.

—Esto no es algo que pueda discutirse en clase ni es una decisión que pueda cuestionarse así como así. La orden ha venido directamente de Richards.

Por un momento, no logré identificar aquel nombre, pero entonces se me encendió la bombilla: Dane Richards. Era el hombre de aspecto rudo que había conocido en mi casa el día que me fui, el líder del Proyecto.

—Pero ¡morirá si la envían sin el entrenamiento adecuado! —añadió Caden.

Alarmada, levanté la cabeza de golpe.

El entrenador desplazó la mirada hacia mí antes de responder.

—Sí, morirá.

CAPÍTULO 12

Esa noche, después de cenar, Caden me llevó de vuelta al gimnasio vacío. Yo caminaba arrastrando los pies, con el cuerpo dolorido tras dos días de ejercicio intenso.

—¿De verdad tenemos que hacer esto? —le pregunté en tono de súplica.

Encendió las luces del gimnasio, que parpadearon, tenues al principio pero cada vez más luminosas conforme pasaban los segundos.

—Sí.

Lancé un gemido de protesta. Apenas podía mantener los ojos abiertos, y tenía que teletransportarme antes de poder descansar por fin.

Caden se encargó de reunir el equipo mientras yo me dirigía hacia el ring, con los pies rechinando sobre la colchoneta de espuma. Llevaba de mal humor y mostrándose muy posesivo desde que el entrenador Painter le había dicho que el Proyecto planeaba enviarme a una misión.

Cuando se acercó, me dio los guantes y el casco.

—Créeme, te conviene aprender todo lo que puedas antes de que nos envíen en una misión. No siempre voy a poder protegerte.

Lo miré entrecerrando los ojos.

—Yo nunca te he pedido que me protegieras. A pesar de lo que pienses, puedo cuidarme sola.

Caden invadió mi espacio personal y sentí que se me aceleraba el pulso al tenerlo tan cerca.

—Es más fácil morir que vivir en esas misiones. No puedo permitirme el lujo de confiar en tu palabra.

Me contempló con esa mirada suya, la que me hacía pensar que significaba algo para él.

Lo aparté de mí.

—¿Cómo crees que he sobrevivido los últimos cinco años?

—No me importa cómo has vivido los últimos cinco años —repuso—. Me importa cómo vas a vivir los próximos cinco, y preferiría que no acabaras pudriéndote en algún ataúd.

—Vete a la mierda —dije, pero me agaché para ponerme los guantes y el casco.

Él había hablado muy claro. Yo tampoco quería morir. Simplemente odiaba que me subestimasen.

Lo oí aspirar aire mientras yo hacía lo mismo.

Enderecé la espalda.

—¿Qué pasa? —dije, con la voz impregnada de hostilidad.

—Llevas un tatuaje.

Aflojé la tensión de mis músculos a medida que mi frustración se iba disipando; debía de haber visto los bordes del tatuaje asomando por la parte superior de mi top.

—Sí, ¿y?

—No me parecías de las que se hacen tatuajes, eso es todo.

Lo miré sin pestañear.

—¿Qué era eso que dijiste acerca de que las apariencias engañan?

Sonrió, y su hostilidad anterior se desvaneció.

—Ay. —Se acercó y estudió mi tatuaje—. ¿Qué es?

—Parte de un ala —respondí, sin ofrecer más detalles ni enseñarle todo el dibujo.

Noté que el dedo de Caden se deslizaba por el tatuaje y cómo, de pronto, mi piel percibía el contacto con la suya. Lo recorrió con el dedo.

—Ah.

—¿Qué?

—Aquí no tienes la piel lisa.

—¿Qué?

¿Cuándo había ocurrido eso? Me pasé la mano sobre el omóplato donde sabía que estaba el tatuaje.

Maldita sea, Caden tenía razón; noté la protuberancia de las venas en el mismo punto donde habían aparecido las líneas deformadas originales, hacía una semana. Se habían negado a desaparecer.

Caden las miró fijamente, frotándose el cuello con aire distraído.

—¿Es esa tu huella? —preguntó.

—¿Mi qué?

Negó con la cabeza.

—No importa.

Por la forma despreocupada en que había cambiado de tema supe que allí había algo más. Mucho más.

Supongo que no era la única en ocultar sus secretos.

Me puse los guantes y miré a Caden de frente.

—Está bien —dijo—, empezaremos con un asalto de práctica.

—Creo que ya ha quedado claro que esto se me da de puta pena —le dije.

—Te guiaré durante todo el tiempo esta primera vez.

—Genial.

—Vamos, empecemos.

Le di un golpecito en su guante y, por segunda vez el mismo día, me puse a pelear.

Trasladé el peso de mi cuerpo de un pie a otro y observé a Caden, que esperaba a que yo hiciera el primer movimiento. Sus ojos color avellana brillaban con malicia, por lo que era difícil concentrarse en pelear.

—No te quedes ahí parada a menos que forme parte de tu estrategia. La vacilación es letal.

Sonrió, adivinando de algún modo el curso de mis pensamientos. El impulso de borrarle esa sonrisa de la cara era irresistible.

Avancé hacia él y levanté la pierna, apuntando al pecho. La atrapó entre sus manos enguantadas.

—¡Caramba! ¿Por qué no probaste eso con Desirée?

—No me sé las reglas. ¿Cómo iba a saber yo que podía liarme a patadas como una posesa?

Sin embargo, esa no era mi verdadera razón para contenerme con Desirée; ya había visto a Caden y a Eric darse patadas, así que sabía que estaban admitidas. No, la verdadera razón era que todavía no me sentía cómoda con la violencia gratuita. Aunque Caden hacía que la idea me resultase increíblemente tentadora.

—¿Como una posesa? —Caden contrajo el labio.

—Suéltame la pierna.

—Mmm… No, creo que no. —Caden me miró—. Me gusta lo que ven mis ojos.

Lancé un resoplido y, con mi otro pie, le planté una patada en mitad del pecho.

Caden gruñó pero logró agarrarme el otro pie.

La habitación se hizo borrosa, cono tonos de blanco y gris, cuando caí al suelo. Me golpeé contra la colchoneta de espuma y me quedé sin aliento.

Encima de mí apareció un halo de pelo dorado. Y luego esos hoyuelos. Caden me miró, sujetándome aún las piernas.

—Ahora sí que estoy empezando a disfrutar de verdad de lo que ven mis ojos.

Resoplé y retorcí las piernas para zafarme de él.

Caden se arrodilló y apoyó el brazo junto a mi cabeza.

—Recuerda controlar tu ira —dijo—. Estás luchando de manera emocional: te vuelves predecible.

Sus palabras renovaron mi determinación.

Volví la cabeza y examiné el brazo bronceado a mi lado. Los músculos fibrosos se marcaban en su piel. Por un momento, me sentí fascinada de que algo tan simple como un brazo pudiera parecer tan atractivo.

Lo recorrí con la mano y Caden se quedó inmóvil. Dirigí la mirada a su cara y él frunció las cejas, confuso. Desplacé la mirada hacia abajo hasta concentrarla únicamente en sus labios.

Volví a mirarlo a los ojos y advertí que ya no parecían confundidos. En vez de eso, habían ganado en intensidad.

Envolví una mano alrededor de su cuello y tiré de su cabeza hacia mí, centrándome en la forma en que su pecho se acercaba al mío.

En el momento en que nuestros labios estaban a punto de cubrir la distancia que los separaba, me llevé las rodillas al pecho y, en el último segundo, empujé con los pies contra su torso y lo tumbé de espaldas.

Ahora era mi turno de arrodillarme frente a él.

—Recuerda no luchar de manera emocional: te vuelves predecible.

—Dios… Ha valido la pena —dijo Caden, aturdido y complacido—. ¿Quién eres?

Practicamos durante dos horas. Cuando terminamos, el sudor me empapaba la ropa y creía que los brazos se me iban a desprender del cuerpo. Caden me había ganado, una y otra vez, pero también me había enseñado unos cuantos movimientos ofensivos y defensivos.

Me apoyé en la pared del gimnasio para recuperar el aliento, mientras Caden recogía nuestras cosas y apagaba las luces.

Se acercó a mí y no pude evitar fijarme en la agilidad de sus movimientos.

«Madre mía, qué sexi es...». Con razón se comportaba como un gilipollas. Con una cara y un cuerpo como aquellos, podía conseguir todo lo que quisiera.

—¿Lista? —me preguntó.

—Solo un momento. —Me aparté de la pared a regañadientes y lancé un gemido. Me dolían todos los músculos del cuerpo. Bueno, pensaba que me dolían, pero habría que ver cuánto me dolerían al día siguiente.

—¿Estás bien?

—Menos por el dolor que siento cada vez que me muevo, sí, estoy bien.

—¿Necesitas ayuda en la ducha?

Le di un golpecito en el hombro.

—¡Ay! Oye, creía que te dolía cada vez que movías algo.

No hice caso del comentario y salimos juntos del gimnasio. Por primera vez desde que había llegado allí estaba verdaderamente relajada. No contenta —no estaba segura de que pudiera llegar a sentirme así en aquel recinto—, pero al menos sí relajada.

—Quedaremos para practicar otra vez mañana por la tarde —dijo Caden mientras nos dirigíamos de regreso a los dormitorios—. ¿Te va bien a las cuatro?

—Perfecto —dije, tratando de no hacer una mueca. La lucha y yo no éramos amigos, pero hasta que encontrara la manera de escapar de aquel lugar, más me valía aprender a pelear. Puede que lo necesitase.

Caden me acompañó a mi habitación. El silencio era cómodo, pero mi cerebro seguía trabajando a toda velocidad.

—Oye, Caden —dije al fin.

—¿Sí?

—Gracias por dedicar parte de tu tiempo a enseñarme a luchar.

Aunque el combate cuerpo a cuerpo no me gustaba nada, lo decía completamente en serio: Caden estaba empleando su tiempo libre para ayudarme.

—De nada. Eres mi compañera.

La forma en que dijo la palabra «compañera» hizo que un estremecimiento me recorriera el cuerpo. Como si fuéramos algo más que simples compañeros de clase.

—¿Y eso que significa? —pregunté una vez más, recordando las curiosas parejas de alumnos que había visto ese día.

Caden se encogió de hombros, pero su postura era rígida. Sabía mucho más de lo que daba a entender.

—Es la manera como está estructurado el programa, simplemente —contestó.

Lo miré mientras él me miraba de reojo.

—Si el proyecto Prometheus quiere que trabajemos en parejas, ¿por qué hay alumnos solos?

Caden se quedó en silencio durante unos minutos y luego habló al fin:

—Sus parejas han desaparecido o están… muertas.

CAPÍTULO 13

Me encontraba en una casa oscura y desconocida.

Qué raro. Juraría que me había quedado dormida pensando en mis padres.

Me desplacé por la casa, frotándome los brazos. Por la forma en que se empañaba mi aliento al respirar y por los muebles desnudos y de líneas sobrias, deduje que en ese momento no vivía nadie allí. Entré en el dormitorio principal para asegurarme de que tenía razón.

La cama vacía confirmó mis suposiciones. Deambulé por la casa: dos plantas, tres dormitorios.

Miré por la ventana de uno de los dormitorios del segundo piso. Las siluetas de los árboles de hoja perenne oscurecían el cielo nocturno.

Desde que había llegado a las instalaciones, aquel era el más parecido a mis viajes nocturnos habituales, pero eso no significaba que el Proyecto no me hubiera enviado allí.

Mi ropa se parecía a la que llevaría normalmente. Me metí las manos en los bolsillos de los vaqueros. No había mensajes crípticos en su interior. Me pasé las manos por el pelo y examiné los zapatos que calzaba.

No había ninguna nota. Nada.

Qué raro. No sabía qué grado de control tenía el Proyecto sobre mis destinos nocturnos. Estaba segura de que el Proyecto no había programado mis visitas a Adrian —y aquel viaje parecía haber salido directamente de mi imaginación—, pero podía estar equivocada.

Me encaminé a la cocina, encendí el interruptor de la luz y abrí los cajones hasta que encontré lo que estaba buscando. Extendí un mapa.

Era un mapa del estado de Montana. Así que ahí era donde estaba.

Volví a subir y revisé el resto de las habitaciones. Ya había visto el dormitorio principal, así que eché un vistazo a uno de los otros dos cuartos. Este tenía una cama individual cubierta con un edredón rosa pastel. Había un solo animal de peluche colocado cerca de la cabecera. La habitación de una niña.

Crucé el pasillo hacia la otra habitación. Estaba decorada como una oficina, pero no había ningún ordenador ni papeles por ninguna parte.

Amueblada pero vacía. Salí de la habitación, fui a la sala de estar y me tendí en el sofá. Me froté el labio inferior, pensando.

Si el gobierno me había enviado allí, ¿por qué motivo lo había hecho? Y si no eran ellos quienes me habían enviado, ¿por qué no estaba en casa de mis padres?

Eran preguntas para las que aún no tenía respuestas.

***

—Buenos días, princesa.

Caden se sentó en la mesa de al lado.

—Vete, y deja de llamarme así.

Gracias a mi extraño horario, estaba a punto de empezar mi primera clase de etiqueta. Puaj.

—Vaya, vaya, pues sí que te has levantado gruñona… —comentó, sacando un bolígrafo y una libreta.

—Odio a la gente a la que le gusta madrugar —gruñí.

Un río de gente de aspecto muy atractivo y vestida de forma impecable entró en la clase. Fruncí el ceño. Gente madrugadora.

—Definitivamente, alguien se ha levantado con el pie izquierdo —dijo Caden.

—A menos que tengas analgésicos en cantidades industriales, no te conviene estar cerca de mí ahora mismo, créeme.

—¿Te duele?

—¿Tú qué crees? —Lo fulminé con la mirada.

—Buenos días a todos —nos saludó nuestra profesora, la señorita Elba, a juzgar por la caligrafía redondeada con que había garabateado su nombre en la pizarra. Tenía que ser una mujer de mediana edad, pero a primera vista nadie lo diría: vestía mucho más moderna que la mayoría de mis compañeras de clase.

Echó a andar por el pasillo, con un ajustado vestido azul que le sentaba como un guante. Varios pares de ojos masculinos la siguieron. Miró a ambos lados emitiendo murmullos de afirmación al caminar.

Al llegar a la altura de mi mesa, se detuvo. Unas uñas de color carmesí tamborilearon sobre la superficie de madera sintética, delante de mí.

—Una chica nueva —dijo—. ¿Cómo te llamas?

—Mmm, Ember.

—Hola, Mmm Ember. Endereza la espalda, echa los hombros hacia atrás y levanta la barbilla, pero antes de hacer cualquiera de esas cosas… —Repasó con la mirada mis pantalones elásticos y mi camiseta—: ve a cambiarte y ponte algo medio decente.

Oí a Desirée reírse desde el otro lado de la sala.

Sentí que se me desencajaba la mandíbula.

—No lo dirá en serio…

—Huy, reina, ya lo creo que sí.

Conque aquella era la clase de etiqueta… Básicamente, un lugar para fingir que la buena educación todavía era importante. Estaría encantada de saltármela, así que me guardé la libreta de nuevo en la mochila y me puse de pie.

Oí el chirrido de una silla a mi lado.

—Caden —advirtió la voz de la señorita Elba.

Lo miré a los ojos y vi un brillo de vacilación antes de que volviera a sentarse de mala gana. Se me hacía raro ver a alguien tan seguro de sí mismo, aparentemente tan peligroso, recibir órdenes de otra persona. Pero eso era lo que Caden había estado haciendo todo el tiempo que llevaba allí, supongo.

Aun así, había algo significativo en su dócil reacción, pero no conseguía señalar qué era exactamente lo que me molestaba. Después de todo, aquello no tenía nada que ver con él.

—Y quiero que vuelvas inmediatamente a clase.

—Sí, seguro — murmuré.

—¿Qué has dicho? —exclamó.

—Nada. —La miré con aire inocente—. Solo estaba diciendo que sí, de acuerdo.

Pasé la siguiente hora viendo un programa de televisión en mi portátil y pintándome las uñas de las manos y los pies de color turquesa. Si quería verme guapa y presentable, me pasaría toda su hora de clase tratando de cumplir sus expectativas.

Miré el reloj de mi ordenador.

Maldita sea. Solo me quedaban cinco minutos para que se acabara la clase. Me puse un vestido ceñido y unos tacones. Luego rebusqué entre mi neceser de maquillaje y me puse un poco de máscara de pestañas y de brillo de labios. Lista.

Los alumnos de mi clase de etiqueta estaban saliendo al pasillo cuando me encaminaba de regreso al aula. Vaya. Culpa mía.

Alguien del grupo lanzó un silbido de admiración al verme y me alisé el vestido con aire avergonzado.

La señorita Elba estaba anotando algo cuando entré. Se levantó de su mesa y me repasó de arriba abajo por encima de sus gafas de lectura.

—Ah, Ember, veo que al final te has decidido a aparecer.

—Solo quería asegurarme de lucir un aspecto medio decente.

Se quitó las gafas y el movimiento hizo que sus rizos sueltos resplandecieran bajo las luces fluorescentes.

—¿Acaso crees que esto es un juego? —me preguntó, ladeando la cabeza—. ¿Que estás aquí para divertirte? —Su voz adquirió un deje inquietante.

—No —contesté—. Estoy aquí porque no tengo otra opción. No tiene nada de divertido.

Suspiró.

—Escucha, Ember, no te he humillado públicamente porque disfrute haciendo daño a la gente.

¿Ah, no?

Se dio cuenta de que yo no estaba muy convencida.

—Tienes que tomarte esto en serio —continuó—. El gobierno te va a colocar en situaciones muy peligrosas. Debes destacar por las razones correctas, no por las equivocadas. Si no sabes cómo comportarte profesionalmente en situaciones de altos niveles de estrés, harás que alguien muera, y ese alguien podrías ser tú.

Más adelante, esa misma tarde, me salté el entrenamiento con Caden y me puse las zapatillas de correr. Llevaba acumulada mucha indignación plenamente justificada, indignación que debía quemar, y no conocía una mejor forma de liberarla que corriendo. También había otra razón: quería examinar el perímetro de las instalaciones.

Saludé con la cabeza al cruzarme con otros teletransportadores de camino a la salida de atrás.

Crucé las puertas y miré hacia arriba, al camino de tierra que horadaba el suelo. Ya había asistido a dos clases al aire libre, fuera de las instalaciones, pero todavía no había visto de cerca la valla que nos mantenía encerrados. Ese día me aseguraría de verla.

Eché a correr cuesta arriba hasta apartarme del camino de tierra para explorar el borde del perímetro. Las agujas secas de los pinos crujían bajo mis pies.

El aire allí era más ligero pero también más fresco, así que inhalé profundamente para interiorizar el bosque que me rodeaba. Miré hacia atrás a las instalaciones, ahora apenas visibles entre las ramas y los troncos de los árboles.

A medida que corría, me dejé llevar por el impulso de mis emociones: las expectativas poco razonables de mis instructores, los planes que el gobierno tenía para mí, la presencia de Desirée en mi vida… todo eso reforzaba el empuje de mis piernas.

El sudor me resbalaba por la cara y mis músculos aullaban de dolor, pero a mí me daba igual: seguiría corriendo hasta que las endorfinas eliminasen ese dolor.

Percibí un destello plateado entre los tonos parduzcos y verdes que conformaban mi entorno. Aminoré la velocidad y me acerqué allí.

Una alambrada se elevaba hasta una altura de seis metros. Habría sido fácil de escalar si la valla no hubiese estado coronada por un tramo enrollado de alambre de espinos. Para escapar, tendría que pasar por debajo o a través de la alambrada.

Alguien había colocado cámaras a lo largo de la valla de alambre, separadas entre sí por una distancia de unos doce metros. Nos estaban observando, vigilando nuestros movimientos en las proximidades del perímetro.

Seguí el recorrido de la alambrada cuesta arriba hasta que apareció una torre de vigilancia. Distinguí la silueta de un individuo en su interior.

Recorrí con la mirada el resto de la valla y vislumbré otra torre de vigilancia más abajo, lo bastante grande para albergar a una persona.

Aquello no presagiaba nada bueno.

Al otro lado de la valla, en paralelo, se extendía un camino de tierra. Oí el rugido de un motor a lo lejos y retrocedí hacia los árboles: sentía curiosidad por saber qué era lo que se dirigía hacia mí. Pasaron los segundos y el ruido aumentó poco a poco, acercándose cada vez más.

Vi el coche, un vehículo militar pintado de un color verde barro apagado. Se movía muy despacio y los hombres de su interior llevaban uniformes de combate. No vi que llevaran ninguna arma, pero por su aspecto, tenían que ir armados.

Conducían despacio, vigilando el perímetro.

Maldije para mis adentros. Aquel lugar estaba muy bien protegido, lo que significaba que escapar sería un objetivo mucho más a largo plazo, mayor de lo que había planeado.

Sin embargo, si encontraba una manera de huir, ¿de verdad me atrevería a hacerlo? Ya me había escapado una vez y me habían atrapado. No me habían castigado por ello, pero si huía y me pillaban de nuevo, tenía la impresión de que esta vez el gobierno no se mostraría tan indulgente. Además, si lo conseguía tendría que ir a México; tendría que dejar Estados Unidos para siempre.

Habiendo tanto en juego, ¿podría hacerlo?

Sí.

Vi pasar el coche y esperé para ver cuánto tiempo tardaría otro vehículo en patrullar junto a la alambrada.

—No te vas a ir a ninguna parte, princesa.

«No me lo puedo creer…». No me dejaba en paz ni un segundo.

Me volví y me di de bruces con Caden, que me miraba con un destello duro en los ojos. Estaba tan concentrada en el perímetro que no lo había oído acercarse a hurtadillas.

—Me has seguido —dije.

Sentí una llamarada de ira en mi interior, aunque no era Caden el causante, sino mi situación. Sin embargo, el hecho de que me hubiera seguido hasta allí no hacía más que alimentarla aún más.

Se cruzó de brazos, frunciendo el ceño.

—Te has saltado el entrenamiento.

Lo aparté de mi camino y volví a internarme en el bosque.

—No tenía ganas de ir —dije. Tenía que quitarme de encima como fuera aquella ira renovada y pensar en qué iba a hacer ahora que sabía lo bien custodiadas que estaban las instalaciones.

—Eso me ha quedado claro. —Caden me siguió, sin dejar de hablarme con voz áspera—. Estabas demasiado ocupada tratando de planear tu huida.

Me volví hacia él.

—Está bien, eso es lo que estaba haciendo. Me conoces taaan bien…

Quise empujarlo, pero Caden me agarró las manos en el momento en que le toqué el pecho.

Su mirada se había dulcificado, igual que el día que me atrapó y me esposó.

—Déjame —dije—. No me mires como si te importara. Si te importara, sabrías que odio estar aquí. Si te importara, me ayudarías a escapar.

No me soltó las manos.

—¿Crees que no sé lo desgraciada que te sientes? —me preguntó, con ojos tristes—. Ten un poco más de fe en mí, Ember. —Me estremecí cuando dijo mi nombre. Nunca lo pronunciaba—. ¿Quieres saber cómo salir de este lugar?

Asentí.

—Te lo diré, pero primero tienes que ganártelo.

—¿Que tengo que ganármelo?

¿Qué clase de oferta era esa?

Me miró y dijo:

—Hay un lago un poco más arriba en la montaña, más allá del campo de tiro.

Tracé un mapa mental de dónde podría estar el lago desde el punto donde estábamos nosotros. Tenía una idea bastante aproximada de la distancia a la que estaba aquel lugar.

—Llega hasta el lago antes de que llegue yo —continuó— y te responderé una sola pregunta y te haré un solo favor.

Arqueé las cejas.

—¿Quieres que te eche una carrera hasta el lago?

Un lago que no había visto en mi vida.

—No —dijo—. No quiero competir contigo, para nada, pero si quieres mi ayuda, ese es mi precio.

Me froté el labio inferior y sopesé sus palabras. Sabía que aquella era la mejor oferta que Caden iba a hacerme, y no tenía demasiado que perder.

—Está bien —le dije—. Te echaré una carrera.

Los hoyuelos asomaron a sus mejillas.

—No te he dicho qué pasa si no me ganas.

—Eso es porque no va a ocurrir —contesté, con una seguridad que no sentía.

Sus hoyuelos se hicieron aún más profundos.

—La arrogancia es una característica atractiva en una chica, pero no te engañes: no hago apuestas a la ligera. Vas a querer saber cuáles son mis términos si te gano yo a ti.

Me crucé de brazos.

—Venga, adelante, dime cuáles son.

Sonrió mientras me contestaba.

—Si llego antes que tú, tendrás que confesarme un secreto. ¿Y ese lago? Tú y yo nos bañaremos en él. Desnudos.

CAPÍTULO 14

—¿Se puede saber qué manía tienes con verme desnuda? ¿Es que no me has visto ya suficientes veces? —pregunté, mirándolo de arriba abajo. La luz jaspeada se derramaba por la cara de Caden y hacía resplandecer su pelo y sus ojos. Opté por hacer caso omiso de la forma en que se me aceleraba el pulso.

—Para nada.

Negué con la cabeza.

—Pervertido

—«Pervertido». Mmm… Ya estoy un nivel por encima de un simple acosador.

Él siempre tan optimista…

—Está bien, acepto tus condiciones —dije.

Puede que Caden fuese rápido y estuviese en mejor forma, pero yo estaba mucho más motivada que él para ganar. Si quería escapar de allí, iba a necesitar todos los recursos que pudiese conseguir.

Extendió la mano.

—Trato hecho.

Le estreché la mano y nos miramos mientras sellábamos el pacto. Una lenta sonrisa se desplegó por su rostro: pensaba que yo ya había perdido. Le apreté la mano con más fuerza.

Iba a ganar a aquel tipo. Tenía que hacerlo.

Me soltó la mano y salió disparado.

—¡Eh!

Mis piernas empezaron a moverse un segundo después.

El pelo dorado de Caden se balanceaba delante de mí mientras zigzagueaba entre los árboles. Su cuerpo se contraía al avanzar y tuve que reprimirme para tratar de sacarle ventaja.

«Más vale ir más lento pero con paso constante y sostenido». Ese mantra me había ayudado a ganar muchas competiciones durante la temporada de las carreras de fondo, y ese día me iba a ayudar de nuevo.

En el momento en que la figura de Caden desapareció muy por delante de mí fue cuando apreté el paso y mis piernas adquirieron un ritmo que podía mantener fácilmente. Los árboles desfilaban a toda prisa por mi visión periférica. Era como si estuviera volando. Continué así durante más de un kilómetro y medio, moviéndome en la dirección aproximada del lago y sin dejar de estar atenta a la presencia de mi compañero.

Mientras corría, me pregunté si también nos habrían alterado los genes relacionados con nuestra velocidad máxima. Siempre había sido excepcionalmente rápida, pero ahora parecía deberse sin más a otra modificación genética.

Un destello de pelo dorado me sacó de mi ensimismamiento.

Bingo.

Continué incrementando la velocidad y seguí a Caden hasta que vi algo brillar entre los árboles: el lago.

Aumenté el ritmo e hice un *sprint*. A medida que me acercaba se iba formando un mosaico de agua por detrás de los árboles. Seguí dando impulso a mis piernas e irrumpí a través del follaje. La tierra se convirtió en arena y luego chapoteé con los pies en la orilla del lago.

Me doblé sobre mi estómago y me paré un instante a recobrar el aliento. Una sombra se cernió sobre mí.

—Buen intento, princesa.

Maldita sea.

Levanté la vista y mis ojos siguieron la piel dorada de los brazos de Caden en sentido ascendente hasta alcanzarle la cara. Su sonrisa era como la del gato que se comió al canario.

Sentí que todo el aire abandonaba mis pulmones. Me había ganado. Tendría que encontrar otra forma de escapar.

—Supongo que ahora alguien va a tener que zambullirse en el agua conmigo. —Ni siquiera trató de ocultar la alegría; Caden se las había arreglado para conseguir verme desnuda por tercera vez. Alucinante.

Apreté los dientes para no ponerme a discutir con él. Un trato era un trato.

«Tómatelo con deportividad, Ember».

—Muy bien —dije, quitándome la camiseta sudorosa—. Vamos a acabar con esto.

Caden concentró la mirada en mi sujetador deportivo, de color rosa intenso. Luego me miró a la cara de nuevo, otra vez con la misma sonrisa traviesa. Se quitó la camiseta.

A continuación, nos quitamos los shorts. Miré los calzoncillos bóxer de Caden, que se ceñían a sus musculosas piernas, y tragué saliva con gesto discreto.

Luego me desabroché el sujetador y lo dejé caer.

Caden contuvo el aliento y se quedó inmóvil, fijando la mirada en mis pechos.

—¿Ya has terminado? —le pregunté, cruzando los brazos sobre el pecho.

Se recuperó y deslizó las manos por el borde de la cinturilla elástica. Tras dedicarme una última sonrisa, se bajó los bóxer y se los quitó.

Madre del amor hermoso…

Mis cejas salieron disparadas hacia arriba. Ver a un hombre desnudo era una experiencia muy distinta de ver a un hombre casi desnudo, y él parecía bastante contento de verme a mí.

Joder, ¿todos los atributos masculinos eran así de grandes?

—Deja de mirarme como si fuera un objeto —dijo Caden—. No soy un trozo de carne.

Sus palabras rompieron la tensión sexual y me eché a reír.

—Ahora te toca a ti.

Bueno, habían roto la tensión sexual hasta que dijo eso.

Respiré hondo, tratando de reunir la seguridad que poseía durante los viajes nocturnos. No lo logré.

Había estado desnuda en público muchas veces, a causa de mis talentos ocultos, así que no entendía por qué esta vez me resultaba tan difícil…

No tardé en dar con la respuesta: el teletransporte era real, pero no siempre lo sentía así, porque muchas veces se parecía más bien a una especie de sueño lúcido. Y era fácil aparentar seguridad cuando solo ibas a quedarte ahí unos minutos.

Caden, en cambio, me veía todos los días, y estaba descubriendo rápidamente todos mis pequeños secretos y mis peculiaridades. Estar desnuda frente a él de forma deliberada me hacía sentir vulnerable.

Y con ese último pensamiento tan sumamente patético, me despojé de las bragas.

Caden me devoró con los ojos, que brillaban con energía exagerada.

No dejé que me mirase demasiado tiempo, sino que me di media vuelta y empecé a caminar hacia el agua. Las piernas me temblaban con la necesidad de correr hacia el lago lo más rápido posible, pero las obligué a moverse despacio.

En cuanto el agua me llegó a los muslos, me tiré de cabeza y sentí un cosquilleo que me recorrió toda la piel desnuda. Mi cuerpo se arqueó al contacto con el líquido y rocé con los pies el fondo embarrado del lago. Sentí un estremecimiento al percibir la sensación de la tierra blanda. Iba a tener que flotar en el agua si no quería volver a tocar el fondo con los pies.

Para cuando salí a la superficie, Caden ya se había metido en el agua.

Zambulló la cabeza y volvió a emerger, pasándose las manos por el pelo mojado. Recorrí su piel brillante con la mirada. El agua que chorreaba de su cuerpo le daba un aspecto mucho más sexi.

Me pilló mirándolo embobada.

—¿Ves algo que te guste?

Le dediqué una sonrisa.

—Qué va.

—Mentirosa —dijo. Ambos lo sabíamos. Podía leerme el pensamiento igual que yo podía leer el suyo—. Puedes acercarte —me sugirió, con el agua lamiéndole el cuerpo—. Te prometo que no muerdo. —Contrariamente a lo que decían sus palabras, me miraba como si estuviera a punto de abalanzarse sobre mí.

Negué con la cabeza, moviendo los brazos y piernas para mantenerme a flote.

—Somos compañeros, y si pasara algo raro entre nosotros, mañana nos arrepentiríamos.

Noté cómo el calor se acumulaba en mi estómago.

Desplacé los ojos a sus labios y luego aparté la mirada.

Leyó entre líneas e, incapaz de desaprovechar una oportunidad, Caden cubrió la distancia que nos separaba tan rápido que parecía que estaba tratando de ganar una medalla.

—¡Eh! —exclamé—. Quieto, parado, colega. Eso no era una invitación.

El corazón me latía desbocado en el pecho y mi estómago se estremeció con un movimiento incómodo.

En lugar de obedecerme, me rodeó la cintura con el brazo y empleó sus propias piernas para mantenernos a los dos a flote.

—¿Así está mejor? —preguntó, refiriéndose al hecho de que no tenía que seguir moviéndome para flotar ahora que él lo hacía por los dos.

Y era mucho mejor, pero ahora estaba demasiado cerca, y eso hacía que me costara respirar y que se me contrajesen los músculos de la parte baja del abdomen.

Apoyé la mano en sus pectorales para apartarlo, pero la piel suave debajo de mis dedos me dejó maravillada. Sin querer, deslicé la mano hacia abajo y recorrí su pecho, percibiendo cada hendidura y cada curva de sus músculos.

Bajo el tacto de mi mano, Caden se quedó inmóvil.

—Tienes un secreto que quiero conocer —me dijo en voz baja—. Un secreto que ahora me debes.

Lo miré con recelo. Estaba a punto de sentirme desnuda de una forma completamente nueva. Por extraño que sonara, me parecía mucho peor revelar un secreto que revelar mi piel.

Me observó durante un buen rato.

—¿Podrías llegar a enamorarte de mí? —me preguntó al fin.

¿Qué? ¿Era ese el secreto que quería arrancarme?

—¿Qué clase de pregunta es esa? —exclamé.

—Una simple.

—No creo que eso cuente como un secreto —le respondí, estudiando cuidadosamente la forma en que los mechones de su pelo mojado le caían sobre la frente y la leve depresión que formaban sus hoyuelos cuando estaban a punto de aparecer.

—Por supuesto que cuenta —dijo—. No es algo que le contarías a cualquiera, así que es un secreto.

Un secreto emocional, eso era lo que quería de mí. Y por experiencia, esos eran siempre los peores para compartir.

—Elige otra cosa —le dije.

—No. Ese es el secreto que tienes que confesarme.

Miré fijamente a Caden. Una comisura de su boca se curvó hacia arriba, dejando un hoyuelo al descubierto. A pesar de la expresión despreocupada, sus ojos estaban serios.

Era una mujer de palabra, así que le respondería, aunque odiaba lo vulnerable que me hacía sentir.

¿Podría llegar a enamorarme de Caden? Reflexioné sobre la pregunta.

Deslicé la mano hacia abajo para palpar la piel áspera de sus cicatrices y su estómago se contrajo bajo mis dedos. Llevaba una vida violenta, era arrogante e insoportablemente protector… y era el único chico que había llegado a desafiarme de todas las maneras posibles. Era mi igual.

Lo miré a los ojos.

—Fácilmente. Podría enamorarme de ti muy fácilmente.

Las palabras me quemaron al salir de mi boca. Los secretos emocionales no se revelaban en voz alta porque lo cambiaban todo.

Su mirada era intensa.

—Dios, confiaba en que dijeras eso… —Y luego se inclinó y me besó.

Cerré los ojos cuando sus labios presionaron los míos, mientras con la mano libre me agarraba una mejilla. Sin pensarlo, le devolví el beso, deslizando los brazos alrededor de su cuello.

Y entonces sentí el calor abrasador en todas las zonas en contacto con su piel. De repente, toda la situación cobró una intensidad arrolladora. Estaba desnuda con Caden en un lago en una propiedad del gobierno, y estábamos a unos pocos pasos de hacer algo realmente estúpido, mejor dicho: algo más estúpido de lo que ya estábamos haciendo.

¿En qué narices estaba pensando?

Interrumpí el beso y lo aparté de mí con más determinación. Mi respiración entrecortada seguía el ritmo de la suya.

—Eso… no debería haber ocurrido —le dije.

Caden todavía me miraba con ojos hambrientos, a todas luces listo para continuar donde lo habíamos dejado. Tardó unos segundos, pero finalmente se contuvo.

—Tienes razón, eso no debería haber sucedido. —Exhaló el aire—. Tengo una confesión que hacerte.

Me quedé inmóvil, mientras el agua me daba golpecitos en la piel expuesta.

—¿Qué confesión es esa? —pregunté.

—La carrera hasta el lago. Me has ganado tú a mí, no yo a ti.

CAPÍTULO 15

Tardé unos instantes en procesar lo que me acababa de decir.

—Espera, ¿cómo?

—Me has ganado tú.

—¿Qué…? —Parpadeé, y por un momento, el único ruido que oí fue el del agua que nos rodeaba.

Me acerqué a él y le hice una aguadilla.

—¡Serás cabrón! —grité mientras el agua hacía espuma y burbujeaba a nuestro alrededor.

Salió a la superficie riendo y volvió a abrazarme por la cintura.

—¡No! —dije, apartándome de él—. No te mereces un abrazo desnudo.

Me alejé de él y salí del agua, sin importarme ya que estuviese completamente desnuda.

—Vamos, ¡ha valido la pena! —exclamó.

Lo más chocante de sus palabras era que, efectivamente, había sido así. A pesar de su manipulación, había valido la pena.

Me tumbé sobre una roca con vistas al lago, a tomar el sol crepuscular, y Caden se sentó a mi lado.

—¿Por qué has admitido que te he ganado? —le pregunté. No acababa de entenderlo: por qué reconocerlo una vez que ya había conseguido lo que quería, sabiendo que me iba a cabrear. Aunque no habría permanecido enfadada mucho tiempo. Supongo que ya había descubierto eso sobre mí también.

—Me gusta sacar provecho de una situación, pero no soy ningún tramposo.

Recorrió con suavidad el trazo del tatuaje. Me estremecí con el contacto, pero no le aparté la mano.

—¿Tienes frío? —preguntó.

—Como si no supieras el efecto que tiene lo que me haces… —le contesté, dejándolo en evidencia.

Ya estaba adivinando su sonrisa satisfecha. Ahora que conocía mis sentimientos, Caden no había perdido ni un minuto en conseguir que afloraran a la superficie.

Sus dedos se detuvieron.

—¿Te dolió mucho? —me preguntó, refiriéndose a mi tatuaje.

—Una pasada.

Continuó siguiendo el trazo de mi tatuaje.

—¿Por qué te lo hiciste?

Me puse de lado y levanté la cabeza para poder verlo mejor.

—Ya me has arrancado un secreto que no te correspondía arrancarme; no te pienso confesar otro.

Me miró, con expresión abrasadora. El corazón me latía con fuerza. Las cosas entre nosotros ya parecían diferentes. Caden no solo se había vuelto más atrevido desde que le había revelado mi secreto, sino que ahora lo veía desde otra perspectiva, como a alguien de quien pudiera llegar a sentirme muy próxima. La idea de que los dos pudiéramos estar juntos me hacía sentir muy ligera, más que el propio aire.

Pero no podía ser. No si quería escapar de allí.

—Ahora me debes una pregunta y un favor —le dije.

La sonrisa de Caden se desvaneció y su cuerpo se puso en tensión.

—Cierto. ¿Qué quieres?

Le lancé una sonrisa maliciosa.

—Tengo que pensarlo. A diferencia de alguien que conozco, no me gusta tomar decisiones rápidas.

—La vacilación es letal.

Lo miré fijamente a los ojos de color avellana. Multitud de tonalidades diferentes formaban el complejo patrón de sus iris. Aunque me doliera reconocerlo, mi confesión anterior era cierta: podría enamorarme de él muy fácilmente. Y Caden tenía razón; esa vacilación podría ser letal… para mis planes.

**

Pestañeé tratando de adaptar mis ojos a la oscuridad. Hice un par de estiramientos y sacudí los músculos, aflojando la tensión del cuerpo.

Vi a mi alrededor lo que parecía una oficina anticuada. Me miré la ropa que llevaba y me quedé sin aliento.

Eran unos vaqueros negros y unas botas de cuero, pero fue la camiseta la que me dejó de piedra: el rostro de un hombre muy enfadado encima de la frase: «El Gran Hermano te vigila».

Hurgué en los bolsillos y saqué una pequeña linterna y una nota.

Cajón inferior del escritorio. Tercer cajón desde arriba.

Era la misma letra de la vez anterior.

«No lo hagas, Ember. No mires».

Esas notas solo me habían causado problemas. A pesar de eso, encendí la linterna y cuando el débil haz de luz iluminó un escritorio, me dirigí hacia él.

En el lateral del escritorio había tres cajones. Me arrodillé, abrí el cajón inferior y enfoqué el contenido con la linterna: unos clips usados, una bola de gomas elásticas y un rollo de cinta adhesiva.

¿Por qué me había indicado la nota que abriera ese cajón? Analicé una vez más el mensaje y entonces lo entendí: la nota no decía que fuese a encontrar nada dentro del cajón inferior del escritorio.

Con eso en mente, palpé la parte de abajo del cajón. Mis dedos se deslizaron por la madera áspera hasta que detectaron una pequeña protuberancia. Allí abajo había algo sujeto con cinta aislante.

Retiré la cinta y examiné el objeto: era una llave.

Volví a pensar en la nota: Cajón inferior del escritorio. Tercer cajón desde arriba. El cajón inferior también era el tercer cajón contando desde arriba, pero dudaba que la nota quisiera simplemente ser enfática para asegurarse de que encontraba la llave y nada más. Al fin y al cabo, no podía llevármela conmigo cuando desapareciera de la escena. No, se suponía que debía utilizarla.

Pasé la linterna por el resto de la habitación y me detuve cuando el haz de luz iluminó un archivador metálico bastante alto. Conté cuatro cajones, todos ellos con una cerradura junto al tirador.

Me acerqué a los cajones e intenté abrir uno. Cerrado. Saqué la hoja de papel otra vez. Quizá la segunda frase no se refería a los cajones del escritorio, sino a los del archivador. Me puse en cuclillas para tener el tercer cajón a la altura de los ojos. Junto al tirador había una ranura para introducir una llave. Metí la que había encontrado y la hice girar.

El cajón estaba abarrotado de carpetas de documentos. Iluminé las carpetas de papel manila y descubrí que cada una tenía una pestaña con las palabras «Proyecto Prometheus» y un nombre.

Saqué la carpeta de Gregory James. En la parte delantera aparecía la palabra «Expirado» estampada en rojo.

Un temblor se apoderó de mis manos cuando abrí la carpeta. En el interior, alguien había sujetado con un clip una foto de Gregory. Debajo de la foto estaban sus datos más básicos: según el documento, Gregory era tres años mayor que yo y un teletransportador, aunque eso ya lo había dado por sentado, pero fueron las palabras al final de la página las que llamaron mi atención:

«Causa de la muerte: hemorragia aguda causada por una herida de bala en el tórax. Empalme».

Tragué saliva y examiné el resto de la carpeta. Las fotografías de las siguientes páginas ilustraban muy gráficamente y con perfecto detalle la brutal muerte de Gregory.

Sentí náuseas. No parecía haber muerto de una sola herida de bala. No, a juzgar por la forma en que sus entrañas habían quedado expuestas, el «empalme», fuese lo que fuese eso, había sido el responsable.

Volví a guardar la carpeta en el cajón y saqué otra con el nombre de Danielle Jackson en la parte superior. También aparecía la palabra «Expirado» en rojo, y al igual que en el caso de Gregory, una de las causas de muerte de Danielle era el «empalme».

Guardé su carpeta en el cajón y saqué otra más. Todos eran más o menos de mi edad, todos estaban involucrados en el Proyecto Prometheus y todos habían muerto. Cada causa de muerte incluía una herida violenta, por arma blanca o por herida de bala, y aquel extraño nuevo término, el «empalme».

Tardé unos minutos en sumar dos y dos, pero cuando lo hice, sentí que me tambaleaba y retrocedí para recuperar el equilibrio.

Naturalmente. Esas heridas debían de haberse producido mientras los teletransportadores estaban en una misión, y cuando volvieron a materializarse en sus camas… Bueno, en lugar de que sus cuerpos volvieran a recomponerse, algo había salido muy mal.

Habría puesto la mano en el fuego a que el resto de las carpetas contenían el mismo sello rojo con la palabra «Expirado» y que todos habían muerto de la misma forma espantosa.

Se me erizó la piel. «Empalme». Así era como moríamos nosotros.

***

El lunes por la mañana conseguí por fin llegar al comedor a tiempo para el desayuno. Había pasado una semana desde mi llegada y poco a poco me estaba acostumbrando a mi nueva vida en el centro.

Me desplomé en uno de los dos asientos vacíos junto a Jeff, haciendo un ruido metálico con mi bandeja al chocar contra la mesa. Desde que había empezado a comer con ellos, el grupo de amigos de Caden nos reservaba siempre dos sitios vacíos.

Al cabo de unos minutos, Caden se sentó a mi lado.

—Buenos días, princesa.

—Las mañanas no tienen nada de bueno.

Me froté los ojos. El mundo todavía tenía ese aspecto empañado y borroso.

—Creo que te has puesto la parte de atrás de la camiseta delante —señaló Eric.

—No me importa.

Me metí una cucharada de muesli insípido en la boca. La comida de allí necesitaba serias mejoras urgentemente.

Caden se acercó a mí y tiró de una etiqueta de tela blanca que sobresalía justo debajo de la base de mi garganta.

—Y te la has puesto al revés, además —dijo, usando la etiqueta para tirar de mí hacia él.

Su cara estaba demasiado cerca, y le estaba haciendo cosas raras a mi estómago.

—Dice el tipo al que le huele el aliento a café.

Caden sonrió y le aparecieron los hoyuelos.

—Lo dices como si fuera algo malo.

—Ah, es que lo es.

—Por favor, ¿por qué no os vais a una habitación los dos? —dijo Serena.

Antes de que Caden o yo pudiéramos responder, Debbie entró en la sala. El nivel de ruido se redujo a un susurro antes de desvanecerse por completo.

—Buenos días a todos —dijo. Tenía toda la atención de la sala—. Como muchos de vosotros ya habréis oído, esta semana todos los alumnos mayores de dieciocho años empezarán las simulaciones. —La sala estalló en murmullos. Cuando miré alrededor, advertí que la mayoría de mis compañeros parecían nerviosos, incluso aquellos que no podían tener la edad suficiente para participar—. Puesto que esto ocupará todo el día, y todos los días de esta semana, a los participantes se les asignará un entrenamiento independiente durante la duración de las simulaciones. Vuestros profesores ya os han enviado por correo electrónico las tareas que debéis hacer cada día, así que aseguraos de revisar el correo.

»Después del desayuno, se publicará una lista en el comedor con la fecha y las horas de cada simulación; cada uno de vosotros tendrá programadas dos. Si trabajáis en parejas, participaréis en la simulación como una sola unidad.

Las manos empezaron a temblarme al oír sus palabras. El temblor fue ascendiendo desde mis manos a los brazos y luego a los hombros y la espalda.

Caden me miró.

—¿Estás bien? —Su mirada era demasiado intensa, demasiado cargada de preocupación. Lo único que pude hacer fue asentir y mirar hacia otro lado.

No le había hablado de la oficina. Desde que me había teletransportado allí, tenía un miedo atroz a acabar siendo víctima de un «empalme». Teletransportarse era ya de por sí bastante peligroso, pero ahora que nos iban a enviar a una misión, la posibilidad de que alguien resultara herido se multiplicaba, y con ella, la de morir en un empalme.

—Es imprescindible que cada uno esté en su habitación treinta minutos antes de las simulaciones. Recordad los entrenamientos: estas simulaciones serán increíblemente reales, así que no os las toméis a la ligera. Podéis sufrir daños.

Empecé a dar golpes nerviosos con el pie por debajo de la mesa. Ahí estaban, las palabras que tanto temía oír. Una mano me apretó la pierna y miré al par de ojos que acompañaban a esa mano.

—Todo saldrá bien —dijo Caden para tranquilizarme, lanzándome una mirada elocuente—. Vamos a hacer esto los dos juntos, y me encargaré personalmente de que no te pase nada.

Asentí y esbocé una sonrisa tensa. Sus palabras deberían haberme tranquilizado, pero en lugar de eso, las imágenes de Caden herido me inundaron la cabeza. Si él estaba ocupado protegiéndome a mí, ¿quién lo protegería a él?

Volví a sentir la misma vacilación de aquel día en el lago, removiéndome las entrañas. De algún modo, Caden debía de saber que arrancarme ese secreto era la clave para retenerme allí, porque sí, tal vez quería sobrevivir, pero todavía no había huido, y él era la razón por la que no lo había hecho.

Me volví hacia Caden. Debió de ver un parpadeo en mis ojos mientras lo miraba fijamente, porque inclinó la cabeza y sonrió con picardía.

¿De verdad había ganado yo la carrera? ¿O había sido otro de los trucos de Caden? ¿Y si lo que quería era ver qué haría yo cuando me ofreciera la libertad, saber si vacilaría o me aferraría a esa libertad?

Me levanté del asiento. Ya no sabía qué parte era real y qué parte era yo dándole demasiadas vueltas a las cosas. Maldito lugar; me estaba dando dolor de cabeza. Si las simulaciones no acababan conmigo, la guerra psicológica lo haría.

Regresé a mi habitación sin mirar el letrero colgado. Encendí el ordenador y revisé mi correo electrónico por primera vez desde la noche en que había llegado.

Más de cincuenta mensajes nuevos llenaron la pantalla. Primero eliminé el correo no deseado y eché un vistazo al resto de mensajes.

Se me encogió el corazón cuando me di cuenta de que ninguno de ellos era de Ava ni de mis padres. Antes de revisar el resto, les escribí un mensaje a cada uno, pidiéndoles explícitamente que me respondieran.

Cuando los envié, examiné el resto de mi bandeja de entrada. Muchos de los otros eran de distintos profesores, incluido el código de vestimenta para la clase de etiqueta. Ay… Uno de los más recientes repasaba nuevamente las simulaciones. Revisé el primer párrafo y lo borré cuando vi que no decía nada nuevo.

Leí los mensajes que contenían mis tareas para la semana. Me subió la tensión arterial al ver todo el trabajo que tenía por delante: no es que hubiera demasiadas, sino que todas mis tareas me parecían incomprensibles. No sabía cómo montar un SSAK-47, ni tampoco sabía cómo insertar un cargador de 9 milímetros en una Glock 19.

Mis instructores tenían razón: no estaba lista para una misión sobre el terreno. Ni de lejos.

Pasé unos minutos más leyendo los mensajes de correo electrónico antes de decidir cerrarlo. Cuando moví el cursor para cerrar la sesión, mi ordenador emitió un pitido y apareció un nuevo correo electrónico en la pantalla. Leí el título:

«Saludos de tu exvíctima».

La dirección de correo electrónico era una combinación aleatoria de letras y números para ocultar la verdadera identidad del remitente. Creía saber de quién era aquel mensaje. Hice clic en el encabezado y lo abrí.

Ember:

¿Pensabas que eras la única que podía ir por ahí acosando a la gente? Por desgracia para ti, tengo muchos recursos. Encontrar tu dirección de correo electrónico fue muy fácil. Pero en realidad, por lo que te escribo es por el Proyecto Prometheus.

Escucha, Ember, he decidido confiar en ti, sobre todo porque eres demasiado incompetente para suponer una amenaza. Como mi vida está en peligro, gracias a ti, he estado investigando un poco sobre ti y el proyecto del gobierno del que formas parte.

Todavía no he averiguado mucho, aparte de que es peligroso tanto para ti como para el resto de personas involucradas. Si puedes encontrarme de nuevo, te lo explicaré en términos menos crípticos. Por ahora, cuídate y trata de no confiar demasiado en las figuras de autoridad.

Cordialmente,

Tú ya sabes quién

P.D.: Si no quieres tener más acosadores, quita tu dirección de correo electrónico de tu cuenta de Facebook.

Adrian. Había sido lo bastante valiente —o estúpido— como para enviarme un correo electrónico. Al menos no había escrito su nombre. No sabía qué parte de nuestros mensajes cribaba el Proyecto, pero no me sorprendería que tuvieran acceso a nuestros correos electrónicos.

Abrí un recuadro para redactar una respuesta. Asegurándome de no incluir ninguna información capaz de identificar a Adrian, escribí una breve respuesta.

Hola, Bicho Raro:

En primer lugar, no soy una incompetente, y ¿acaso hace falta que te recuerde otra vez que te salvé la vida? En segundo lugar, gracias por la advertencia. Por último, intentaré verte pronto.

Besos,

E.

Le di al botón de enviar y cerré el ordenador. Maldita sea, mi vida estaba muy jodida.

Trabajé en lo que pude durante las siguientes dos horas. Justo cuando estaba a punto de tomarme un descanso, alguien llamó a la puerta.

—¡Adelante! —exclamé, sin apartar los ojos de la pantalla del portátil.

La puerta se abrió, y un hombre y una mujer de uniforme asomaron la cabeza.

—Ember Pierce, ¿estás lista para tu simulación?

—¿Simulación…?

Mierda. Doble mierda. No había revisado el maldito horario.

—Ejem. —Me aclaré la garganta—. Quiero decir, sí, estoy lista —dije.

Me levanté de inmediato y me puse unas zapatillas de deporte.

—Muy bien —dijo el hombre—. Acompáñanos.

Un millón de pensamientos desfilaron por mi cabeza mientras caminaba por las instalaciones con ellos. ¿Adónde íbamos? ¿Qué pasos habría que seguir exactamente? ¿Saldría airosa de la simulación? ¿Me harían daño? ¿Dónde estaba Caden? ¿Cuántas personas me verían desnuda cuando volviera?

Me quedé mirando las paredes blancas y oí cómo mis zapatillas golpeaban el suelo de linóleo.

Los dos individuos uniformados se detuvieron y llamaron a una puerta. La abrió una mujer con una bata blanca de laboratorio.

—¿Sí? —Me miró por detrás de ellos—. Ah. —Examinó su portafolios—. ¿Ember Pierce?

Asentí con la cabeza y ella abrió la puerta de par en par para que pasara. Eché un vistazo a la habitación. El lugar era un extraño cruce entre un laboratorio y una sala de control. En las paredes que tenía más cerca había armarios y cajones. Varias piezas de instrumental médico ocupaban la superficie del mostrador que recorría una de las paredes.

En las paredes de fondo había instalada una serie de ordenadores delante de cuyos monitores tecleaban dos técnicos. Encima de los ordenadores había una hilera tras otra de pantallas de televisión, todas apagadas por el momento.

Por último, el centro de la habitación lo ocupaba una especie de camilla, como las que se suelen encontrar en un consultorio médico. Supongo que ya sabía el lugar que iba a ocupar. Había un pequeño escritorio junto a la camilla y, encima de él, otro ordenador.

—Adelante, siéntate —dijo la mujer, señalando hacia la camilla. Me senté a regañadientes, y el papel barato se arrugó bajo el movimiento de mi cuerpo. La científica se acercó al escritorio y tomó una carpeta.

—¿Qué voy a hacer en esta simulación? —inquirí.

—Lo que sea que se te dé mejor —respondió de forma evasiva.

—¿Cómo sabré qué hacer y cuándo?

—Eso tendrás que averiguarlo tú misma. —Me dedicó una sonrisa forzada, como dando a entender que ya estaba cansada de responder a mis preguntas.

Me removí en el asiento y cambié el peso del cuerpo, arrugando aún más el papel.

La científica murmuró para sí mientras leía el contenido de la carpeta. Luego la cerró de golpe y se inclinó hacia mí.

Me limpió la parte interna del codo con un algodón.

—¿Qué hace? —pregunté. La pregunta me salió con un tono un poco más hostil de lo que pretendía.

—Limpiarte el brazo —dijo, como si fuera la chica más idiota del mundo.

—Quiero decir, ¿por qué?

Sacó una jeringa y un frasco de vidrio lleno de líquido transparente.

—Vamos a sedarte para proceder a tu teletransporte.

Mi boca formó una o enorme. Eso tenía sentido. Observé mientras la jeringa extraía el líquido del vial. Una vez que estuvo lleno, la mujer lo tocó un par de veces.

—¿Dónde está Caden? —pregunté.

La científica apartó la mirada de la jeringa para mirarme a mí.

—¿Es ese tu compañero?

Asentí.

—Está en otra habitación; lo verás cuando empiece la simulación. Hasta entonces, los directores del Proyecto han decidido aislar a los teletransportadores para analizaros mejor de forma individual.

—¿Así que ahora mismo estoy siendo observada y evaluada? —pregunté.

—Por supuesto.

De modo que si los directores del Proyecto me habían estado observando, ahora ya sabían que hacía muchas preguntas. Y eso seguramente no era nada bueno.

La mujer con la bata de laboratorio se sentó en la silla que había junto a la camilla y consulto el reloj de su ordenador. Los segundos parecían alargarse, pero en un momento dado se apartó del ordenador.

—¿Lista? —me preguntó, tomándome la muñeca.

—¿Acaso tengo elección?

—No.

—Entonces, adelante, supongo.

La aguja se deslizó bajo mi piel, y me retorcí mientras veía el líquido salir de la jeringuilla y penetrar en el torrente sanguíneo.

La imagen me aterrorizó. Ahora estaba indefensa.

Empecé a notar los efectos en cuestión de segundos: se me cerraron los ojos, la habitación empezó a tambalearse a mi alrededor y los colores se volvieron borrosos. Justo antes de que los ojos se me cerraran del todo, mi cerebro formuló un último y lúcido pensamiento: ese era el penúltimo lugar en el mundo en el que quería estar. En cuanto al último, estaría allí en breve.

CAPÍTULO 16

Me hallaba en mitad de un callejón, entre dos edificios. Era de noche. Examiné mi vestimenta y vi que llevaba un vestido brillante de lentejuelas y una pulsera de oro en la muñeca. La inspeccioné más de cerca y advertí que, en la parte inferior de la muñeca, el oro se convertía en un temporizador digital. Sonreí para mis adentros cuando vi que iban pasando los segundos: me habían proporcionado algo para poder cronometrar mi visita.

Deslicé la mirada hacia abajo y vi que llevaba unos botines muy elegantes. No era el mejor calzado para salir corriendo, desde luego, pero podría hacerlo igualmente. De uno de ellos sobresalía un trozo de papel.

Usa la puerta trasera.

Segundo piso, primera puerta a la izquierda.

Me dio un vuelco el corazón. La nota estaba escrita con la misma letra que todas las demás. No sabía lo que significaba. ¿Por qué me había enviado el gobierno, antes de contactar conmigo siquiera, a matar a Adrian o a abrir su caja fuerte, y luego me había enviado a esa oficina para que viera esos horribles expedientes de teletransportadores muertos?

Cuando levanté la vista de la nota, Caden estaba delante de mí.

—¡Joder! —Me tambaleé hacia atrás y me llevé la mano al corazón.

—¿Estás bien? —Era la segunda vez que me lo preguntaba ese día. Quizá empezara a notar lo loca que estaba…

—Estoy bien.

—Bien, entonces, vamos.

No tenía ni idea de lo que íbamos a hacer, así que dejé que Caden fuera el primero, aprovechando ese tiempo para admirar la forma en que la musculosa espalda se le ondulaba por debajo de la camiseta ajustada.

Caminamos por el callejón hasta que llegamos a una puerta entreabierta. Caden la sujetó.

—Las damas primero.

Crucé la puerta y Caden me siguió. Continuamos por un pasillo oscuro. Las luces estroboscópicas y la odiosa música tecno palpitaban en el otro extremo, pero ese no era nuestro destino. Una escalera cerrada mediante una cadena se bifurcaba a la izquierda del pasillo.

El corazón se me aceleró en cuanto la vi: lo que buscábamos estaba allí arriba.

Caden me tomó de la mano y me la apretó, mirándome a los ojos.

—Concéntrate en tu respiración, inhala y exhala.

Seguí sus instrucciones y eso me relajó, hasta que vi nuestras manos entrelazadas.

En cuestión de días, Caden se estaba convirtiendo en algo más que un simple compañero, y ahora iba a arriesgar su vida conmigo. Ese pensamiento me llenó de temor. Yo no sabía cómo proteger a otra persona durante aquellos viajes; nunca había tenido que hacerlo hasta entonces.

Me soltó la mano y pasó por encima de la cadena. Lo seguí a regañadientes y juntos subimos las escaleras.

Cuando llegamos a lo alto, un pasillo trazaba una amplia curva frente a nosotros. Unas bombillas desnudas colgaban del techo y emitían apenas luz suficiente para poder ver algo con claridad. Delante teníamos la puerta, a la izquierda.

Caden me agarró del brazo cuando empecé a caminar hacia ella. Me hizo volverme y se llevó un dedo a los labios. Asentí. A continuación, se situó delante de mí y sacó una pistola del bolsillo. Me puse rígida en cuanto la vi.

No. No me importaba qué clase de simulación era aquella; una pistola era una pistola, y si alguien la utilizaba, podíamos acabar muertos, por culpa del llamado «empalme».

Negué con la cabeza frenéticamente; al fin y al cabo, se suponía que yo era la que debía realizar las maniobras de distracción.

Caden me lanzó una mirada elocuente, dándome a entender que estaba loca por pedirle que guardara el arma. Toqueteó la pistola y oí un clic. Fuera lo que fuese lo que indicara aquel sonido, su expresión me decía que no tenía la menor intención de ir desarmado.

—Caden, no —le susurré.

—No me he teletransportado aquí con un arma para hacer de pacificador —me susurró en respuesta.

—Muy bien, pues entonces quédate aquí para que pueda hacerlo yo.

Eché a andar hacia la puerta de nuevo, sacudiendo las manos como si eso fuese a calmar mis nervios.

—Ember —dijo Caden, mientras me seguía—, no sé qué habrá ahí dentro, pero seguro que es peligroso. No puedes entrar sola.

Me di media vuelta y lo señalé con un dedo.

—Quédate ahí.

—No sabes lo que haces. Todavía no has entrenado lo suficiente.

—Hazme caso por una vez —dije, empujándolo hacia atrás. Solo que lo empujé un poco demasiado fuerte.

Caden se golpeó contra la pared del pasillo. Vi el momento del impacto y la forma en que este le recorrió los brazos, como un latigazo. Sus muñecas dieron un chasquido cuando golpearon la pared y el arma emitió un disparo. El ruido retumbó en mis oídos mucho después de que se disparara la bala.

Un error garrafal.

—Pero ¿qué coño, Ember?

No tuve ocasión de responder: casi inmediatamente, la primera puerta a la izquierda se abrió, junto con otras tres más al final del pasillo; todo sucedió tan rápido que las puertas debían de estar vigiladas desde el interior, y de ellas salieron unas personas de aspecto aún más aterrador que la vez que me teletransporté a un bar de moteros. Y todos iban armados. Hasta ahí mi patético intento de tratar de evitar morir víctima de un empalme.

Caden me empujó detrás de él, empuñó el arma con ambas manos y disparó varias veces. Solo tuve tiempo de ver caer a unas cuantas personas antes de que Caden me agarrara de la mano y corriéramos para salvar la vida.

—¿En qué diablos estabas pensando, Ember? —gritó Caden mientras bajábamos volando las escaleras.

—No quería que nadie resultara herido, y ya está. —Aquello sonaba del todo ridículo ahora que varios hombres se estaban desangrando en el suelo detrás de nosotros.

—Somos compañeros —gritó Caden para que lo oyera pese al estruendo de la música—. No puedes deshacerte de mí sin más e ir a la tuya.

—¡Pensaba que esto era una simulación! —repuse, recurriendo a la ira para enmascarar mi miedo.

—Y lo es, pero eso no significa que no sea real.

¿Qué demonios…?

Pasamos saltando por encima de la cadena. A nuestras espaldas, oímos el ruido de disparos y unas chispas restallaron en la barandilla metálica, justo detrás de nosotros.

Caden se volvió hacia la salida y tiré de él en la dirección opuesta.

—Por ahí estamos demasiado expuestos.

Miré el reloj: seis minutos y cincuenta y siete segundos. Eso era una eternidad cuando alguien te perseguía. Si corríamos por una calle vacía, tal vez podríamos sobrevivir, pero lo más probable era que nos acertasen con los disparos. Y luego seríamos víctimas de un empalme.

—Nos queda aún demasiado tiempo antes de regresar a las instalaciones —dije—. Vamos a tener que escondernos dentro de la discoteca.

Nos esconderíamos entre la multitud.

Tras unos segundos de vacilación, Caden accedió. La música sonaba tan fuerte que el ruido sofocaba el resto de los sonidos. Nos abrimos paso a través del club, cuyos clientes eran completamente ajenos al hecho de que había habido múltiples disparos en el edificio.

Cuando pasamos junto a la pista de baile, Caden nos empujó hacia ella. Nos deslizamos por entre otros cuerpos sudorosos, que bailaban con movimientos constantes, hasta que nos acomodamos en medio de la multitud. Apreté mi cuerpo contra el suyo y lo miré. Desplazó la mirada por encima de la marea humana y luego volvió a mirarme a los ojos rápidamente.

—No mires a ninguna otra parte salvo a mí.

—Creo que sé cómo pasar desapercibida, Caden.

—¿En serio? Así que eso era lo que estabas haciendo arriba cuando me atacaste.

—¡Nadie me había dicho que esto iba a ser real!

—Sea real o no, no puedes atacar a tu compañero, ¡nunca!

—¡Podrías haber confiado en mí! Estaba tratando de hacer mi trabajo, de llevar a cabo mi labor de distracción.

—¡No estás lista!

—¡Pues nuestros jefes parecen creer que sí lo estoy!

Caden apartó los ojos de los míos cuando algo en el borde de la pista de baile llamó su atención. Volvió a mirarme, pero solo por un momento, y luego se inclinó y me besó.

La adrenalina vibraba por mis venas, pero en ese preciso instante me gritaba que saliera huyendo del peligro, no que besara al hombre que tenía delante. Traté de separarme de él, pero los brazos de Caden me estrecharon con más fuerza, y sus labios abrieron los míos.

Su lengua empezó a acariciar la mía, sorprendiéndome de tal forma que se me aflojaron todos los músculos del cuerpo y respondí. Mis labios se abalanzaron sobre los de Caden y presioné su lengua con la mía. Sabía a desafío, a un desafío que iba a aceptar encantada, y su contacto atemperó mi timidez.

Le pasé los brazos alrededor del cuello y balanceé las caderas al ritmo de la música. Estaba segura de que él notaba cómo temblaba. Puede que mi cabeza lograse abstraerse de lo que había ocurrido, pero mi cuerpo no podía.

Caden deslizó las manos hacia mis costados y siguió el ritmo. Permanecimos así durante unos minutos que parecieron eternos. La culpa que me atenazaba el pecho no llegó a desaparecer por completo, pero la presencia de Caden reclamaba la mayor parte de mi atención.

Al final conseguí apartarme de él el tiempo suficiente para mirarlo a los ojos. Justo más allá, detrás de él, percibí otro par de ojos enfocados en mí.

Miré por detrás de Caden. Un hombre asiático, con tatuajes por toda la cara, el cuello y los brazos, estaba en la orilla de la pista de baile, y me miraba fijamente.

Por un momento, no nos movimos ninguno de los tres. Sin embargo, yo sabía que me habían descubierto; una chica inocente no estaría mirándolo con los ojos abiertos como platos, como lo estaba mirando yo.

—Caden, muévete —dije, sin apartar los ojos del hombre.

—¿Qué?

Pero en lugar de moverse, trató de protegerme con su cuerpo, escaneando la discoteca para detectar qué era lo que me había asustado.

El hombre sacó el arma.

—¡Lleva una pistola! —grité, empujando a Caden hacia abajo. A continuación, las luces estroboscópicas seccionaron los acontecimientos en distintas tomas: en un momento dado, la chica que tenía a mi izquierda estaba bien, pero al minuto siguiente, una bala le atravesó el brazo. Me tapé la boca con la mano para ahogar un grito.

A nuestro alrededor, vi a otros jóvenes gritar, pero no podía oírlos por el estridente sistema de sonido. Volví a centrar la mirada en la chica, que se aferraba el brazo con fuerza. Unos regueros de sangre serpenteaban entre sus dedos.

Sentí la pulsera que llevaba en la muñeca vibrar dos veces y luego desaparecí.

***

Me desperté en una cama de hospital, en una habitación distinta. Una sábana fina de tela me cubría el cuerpo, ahora desnudo. Al lado de la cama, alguien había doblado mi ropa cuidadosamente. Me froté los ojos y me incorporé. Una cortina de tela me separaba del resto de la sala.

Aparté las sábanas, me levanté de la cama y me puse la ropa. Me temblaba todo el cuerpo y pensé que tal vez estaba enferma.

Esa chica… ¿estaría bien? Y todas esas personas a las que Caden había disparado al comienzo de nuestra simulación, ¿habían muerto?

Un horrible y malsano sentimiento de culpa se instaló en mi estómago. Había intentado hacer lo correcto; había intentado evitar la violencia insistiendo en que me encargaría de distraer a los objetivos. Todo había sido increíblemente irónico, porque al final había empujado a Caden y eso había provocado el estallido de violencia.

Aparté la cortina a un lado. El reloj de encima de mi cabeza marcaba las tres y media de la tarde. Había dormido durante horas. Frente a mí había dos mujeres en bata de hospital; ambas leían sendas revistas y ninguna de los dos se molestó en levantar los ojos de la lectura cuando asomé la cabeza.

Vi otras cortinas de tela similares. Supuse que ocultaban a otros teletransportadores que dormían bajo los efectos de los sedantes. Al menos sabía en qué escenario reaparecíamos una vez que regresábamos de nuestros viajes.

Cerré los ojos con fuerza. ¿Por qué había actuado así? Sabía que un error podría ser letal, solo que había dado por sentado que sería yo quien resultara herida.

Salí de la habitación. No tenía idea de dónde estaba dentro del laberinto de las instalaciones, pero cuanto más caminaba, más urgentemente necesitaba escapar. Empecé a correr y, cuando vi que eso no servía de nada, aceleré hasta que me ardieron los músculos.

Corrí por un pasillo, sin saber dónde estaba ni adónde me dirigía, doblé a la derecha y luego tomé otro pasillo. Al final de ese último, vi el comedor. Al menos ahora sabía dónde estaba.

Pasé corriendo junto al comedor y junto a un Eric con gesto confuso.

—Ember, ¿estás bien? —me preguntó el teletransportador rubio.

Pero no… no pude responderle.

Al cabo de un momento, irrumpí en mi habitación. Sin perder un segundo, me quité la ropa y me metí en la ducha.

Antes de que el agua tuviera oportunidad de calentarse, empecé a frotarme sangre que se había teletransportado conmigo. Restregué una y otra vez con la esponja hasta dejarme la piel descarnada y roja, y luego me eché a llorar.

Unos sollozos incontenibles me zarandeaban el cuerpo y me tapé los ojos con una mano. No podía quitarme el sentimiento de culpa de encima, por más que me frotara con la esponja.

No sé cuánto tiempo estuve así en la ducha, pero en algún momento oí que alguien llamaba con insistencia a la puerta. No hice ningún intento de moverme. Tarde o temprano, se darían por vencidos y se irían.

Al cabo de un rato, los golpes cesaron. Justo cuando estaba a punto de relajarme, oí que la puerta se abría y se cerraba. A continuación, oí los ruidosos pasos de alguien que cruzaba mi habitación.

—¡Ember! —gritó Caden desde el otro lado de la puerta del baño—. ¡Ember!

Me fallaron las piernas y me deslicé por la pared de la ducha. No quería enfrentarme a él todavía. Y no quería que me viera así. Tan débil.

—Si no me contestas y me dices que estás bien, ¡entraré!

Abrí la boca para que se fuera, pero no logré articular una sola palabra.

La puerta se abrió y entrecerré los ojos para mirar a Caden, con el agua chorreándome por la cara. Al menos ocultaba mis lágrimas.

Me observó detenidamente un momento y luego se metió dentro de la ducha, con ropa y todo, y me envolvió con sus brazos.

Apoyé la frente en el hueco de su hombro.

—Lo siento mucho, Caden. Lo siento mucho.

Nunca antes había estado expuesta a aquella clase de violencia, y ahora era lo único que veía cada vez que cerraba los ojos.

—Chissst… —Resiguió con el dedo los bordes de mi tatuaje y deslicé los brazos para abrazarlo, sin importarme que estuviera desnuda—. Tranquila, no pasa nada… No te ha pasado nada.

—Pero a ellos sí… —se me quebró la voz.

—¿A la gente de la discoteca? La chica estará bien. Vi la herida, el disparo no rozó ninguna arteria vital. Y en cuanto a los hombres de las armas… Eran ellos o nosotros.

Sus palabras solo aliviaron en parte mi sentimiento de culpa.

Deslizó la mano debajo de mi barbilla y me levantó la cara hacia la suya.

—No te sientas culpable, Ember —dijo, mirándome a los ojos—. Esto no ha sido culpa tuya, no importa lo que te dije durante la simulación. Alguien decidió darnos esta vida y alguien decidió jugar con nuestros genes. Y ahora alguien nos está utilizando para jugar a ser Dios.

Rodeé con mi mano la suya, con la que me sujetaba la barbilla. Sus palabras habían conectado con esa parte dentro de mí que hasta entonces había sido intocable, con ese lugar que había mantenido alejado de todos.

No estaba sola en esto.

Deslicé la mirada de sus ojos a su boca. Pasé mi otra mano por detrás de su cuello y acerqué los labios a los suyos.

Por un momento, Caden se quedó inmóvil y luego me agarró con más fuerza. Separé los labios para que el beso fuera más intenso, acercándome aún más a él. Ni siquiera eso bastó para saciar mi necesidad desesperada.

Le tiré de la camiseta mojada e interrumpimos el beso para que pudiera quitársela por la cabeza.

—Dios, Ember… —exclamó, apoyando la cabeza contra la mía—. No sabes…

Lo detuve con otro beso intenso. No estaba en condiciones de procesar cualquier confesión que fuese a hacerme sobre sus sentimientos y, desde luego, no estaba lo bastante serena emocionalmente para corresponderle, daba igual lo mucho que me gustara.

Le rodeé el cuello con los brazos y me monté a horcajadas sobre él, presionando mi pecho contra el suyo. Nunca me había mostrado tan lanzada con nadie, pero tampoco había visto nunca tantas muertes de cerca.

Caden emitió un ruido gutural y me agarró la parte externa de los muslos.

Me aplasté contra él e interrumpió el beso.

—Joder… —exclamó, con los ojos entornados—, tienes que parar, o no puedo prometer que esto no vaya a ir más lejos.

—No me importa —susurré.

Apartó el rostro de mí para estudiar mi expresión. Lo que vio le hizo arrugar la frente y a mí serenarme y recobrar la compostura.

—Yo creo que sí te importa, Ember. Lo siento, pero creo que sí te importa, y mucho.

Me cambió la cara y me faltó energía para disimular el dolor. Caden frunció el ceño y me sujetó de la barbilla.

—He pasado todo este tiempo tratando de conocerte un poco, pero tú… Creo que ni siquiera has intentado conocerme a mí —dijo—. De lo contrario, te resultaría obvio que me gustas. Me gustas tanto que me está empezando a preocupar de verdad.

Al oír sus palabras, sentí que tanto mi tristeza como mi sentimiento de culpa iban mitigándose, reemplazados por una maravillosa curiosidad. A mi pesar, esbocé una sonrisa. Él se dio cuenta y se inclinó para darme un rápido beso.

—Me hace muy feliz ver esa sonrisa de nuevo, princesa.

El beso me pilló por sorpresa y seguí sonriendo después de que se apartara. A pesar de mi estado de ánimo, tan sombrío, sentía un hormigueo chispeante en el estómago, como si pudiera reírme durante horas.

Caden me miró.

—No pienses que esto —movió la mano entre los dos— se ha terminado. Porque sea lo que sea, no ha hecho más que empezar.

CAPÍTULO 17

Me desplomé en la silla. Al otro lado de la mesa estaba Dane Richards, sentado con las manos cruzadas, evaluándome. Supe que las cosas iban mal cuando hizo una visita especial a las instalaciones y me llamó para una mantener una reunión a última hora y pegarme una bronca alucinante.

—¿En qué estabas pensando? —me dijo.

Levanté los ojos del suelo de linóleo. En lugar de mirar a Richards, centré mi atención en las placas que colgaban detrás de él, con lemas como «honor» y «coraje». Empezaba a pensar que no tenía la menor idea de lo que significaban realmente esas palabras.

—Intentaba emplear mi capacidad para servir de distracción —dije, con la voz ronca. Había pasado un día desde la simulación, y aún me sentía tan emocionalmente sensible como cuando estaba en el club. Había metido la pata. Hasta el fondo.

—Ajá —exclamó Richards, sin parar de mirarme—. Si no me equivoco, aquí no entrenamos a nuestros distractores para que empujen a su compañero… ¡mientras empuña un arma cargada!

No respondí, sino que me limité a mirar primero a Richards y luego a los diplomas y distinciones que había en la pared detrás de él, apretando la mandíbula.

—Casi matas a varias personas.

Me froté los ojos, con la cara ardiendo. Al apartarlos, tenía los dedos mojados con mis lágrimas.

—Lo sé —le dije.

—Vuestra simulación fue una vergüenza para nuestro programa y, francamente, me has decepcionado.

No sé por qué esa frase, de entre todas las demás, me hizo saltar, pero lo hizo.

—¿Decepcionado? —exclamé, levantando la vista—. Fue usted el que me envió a una simulación cuando aún no estaba preparada y sin ninguna información previa. ¿Cómo podría haber salido bien?

Sus mejillas se sonrojaron, pero su expresión se mantuvo impertérrita.

—Tu genética fue codificada para que pudieras manejar situaciones de elevado estrés. Incluso sin experiencia, Caden y tú deberíais haber podido completar con éxito la simulación.

—Ya, y luego está lo otro —le dije—: creía que eran simulaciones, no misiones reales.

—¿Leíste el correo electrónico que te enviamos sobre las simulaciones?

Yo dudé.

—Sí —contesté al fin. Había leído un párrafo.

—Pues entonces ya deberías saber que las simulaciones eran misiones con fuertes medidas de seguridad. Habíamos desplegado personal para cubriros a los dos por si algo salía mal, cosa que ocurrió. Tienes suerte de que estuvieran allí.

»También deberías haber recibido información sobre la primera simulación y lo que se esperaba de ti —continuó.

—¿Consejos sobre cómo atacar a la gente? —le solté.

Miró una hoja de papel que tenía delante, desplazando los ojos a través de la página.

—Aquí dice que no se esperaba que lo hicieras, por eso no ibas equipada con un arma, así que la respuesta es no.

Dejó el papel a un lado y se inclinó hacia delante.

—Pero ni se te ocurra seguir con esa actitud de alma herida. Te estamos entrenando para algo muy serio: proteger la seguridad nacional cueste lo que cueste. A veces eso significa recurrir a la violencia. Y no, no tienes otra opción, a menos que quieras arriesgar miles de vidas estadounidenses porque eres demasiado delicada para hacer daño a un indeseable.

Levanté la barbilla.

—¿Qué pasa si me niego a participar en alguna misión?

Richards apoyó las manos en el escritorio y se levantó de la silla. Tenía un aspecto muy amenazador.

—¿Estás pensando en incumplir el contrato? Teniendo en cuenta lo que sabes sobre nuestro gobierno, ¿cómo crees que te va a salir eso?

Mal. Tragué saliva y me quedé en silencio. Maldito Richards.

—Eso me imaginaba. La verdad es que ya no eres una simple civil. Te estamos entrenando para ser una agente, una espía. El hecho de que conozcas información clasificada te hace valiosa y peligrosa. Si decidieras no cooperar, las consecuencias serían graves.

Sonrió, pero la sonrisa no se reflejó en sus ojos.

«Me está provocando». Tácitamente, me estaba desafiando a contrariar la voluntad del gobierno. Y él sabía perfectamente que yo no lo haría. ¿Por qué iba a cambiar la posibilidad de morir en el transcurso de una misión por una muerte segura o un encarcelamiento si los desafiaba?

Coloqué las manos en el regazo, para poder apretar los puños sin que me viera.

—Entendido —dije, asegurándome de mantener mi propia expresión neutra.

—Bien. —Recolocó los papeles que tenía ante sí—. Esta semana irás a ver a Debbie para el informe. Espero que esto no vuelva a suceder. Ya te puedes ir.

Me levanté para marcharme, pero tenía que hacerle una última pregunta.

—¿Por qué envía a teletransportadores no entrenados a una misión?

La piel alrededor de sus ojos se tensó. No lo dijo, pero era evidente que no le gustaba que una joven como yo cuestionara su autoridad.

—Ya te lo he dicho —contestó—. Eres un arma, Ember. Naciste para hacer esto.

***

Entré en mi habitación, agotada y rendida de sueño.

Caden estaba recostado en una silla junto a mi cama, con aspecto de estar tremendamente cómodo, hojeando una novela romántica que mis padres me habían metido en la maleta.

—¿Cuánto hace que estás aquí?

Levantó mi libro, señalando con el pulgar la página donde estaba, e hizo caso omiso de mi pregunta.

—Todavía no entiendo por qué la gente lee estas cosas. —Volvió a acercarse la novela—. Es que a ver, escucha esta frase: «Me llevó bajo la cascada. Su palpitante po…».

—Caden, ¿qué estás haciendo en mi habitación? —Sentí que se me sonrojaban las mejillas.

Antes de que pudiera responder, se desvaneció, y la novela cayó sobre el asiento, ahora vacío.

Caden no había ido a mi habitación: se había teletransportado allí. Eso significaba que, justo en este momento, podría encontrarlo dormido en su cama.

Cogí el libro y lo coloqué en mi mesita de noche, avergonzada aún de que ahora supiera que me gustaba leer esa clase de guarradas. Luego me puse el pijama, apagué la luz y me metí en la cama.

Mientras esperaba dejarme llevar por el sueño, una sonrisa empezó a desplegarse por mi cara. Puede que Caden hubiese descubierto cuál era mi material de lectura, pero yo también había descubierto algo. Antes de que Caden se hubiera quedado dormido, supe lo último en lo que había estado pensando.

En mí.

***

Estiré los brazos y miré alrededor. Había vuelto a la oficina polvorienta y llevaba la misma camiseta del Gran Hermano. Revisé mis bolsillos y encontré otra pequeña linterna y una nota.

La misma llave. Segundo cajón del archivador.

¿Me había vuelto a enviar el gobierno a aquella oficina? Y si así era, ¿por qué querrían que husmeara por allí?

Me froté los ojos con el pulgar y el índice. Todo aquel rollo de espías me estaba trastornando. Si quería conservar mi salud mental, no podía cuestionar lo que estaba pasando.

A mis pies se hallaba la pequeña llave de metal. Durante mi última visita, me había desvanecido antes de tener tiempo de volver a colocarla donde estaba. El cajón que había examinado la otra vez todavía estaba abierto, con las carpetas asomando. Lo cerré y recogí la llave.

La inserté en la cerradura, la giré y abrí el cajón.

Encendí la linterna e iluminé el interior. Ese cajón contenía varias carpetas, pero ni mucho menos tantas como el que había inspeccionado la última vez. Saqué una carpeta de papel manila con el nombre «Claire Dunning» escrito en la pestaña superior y la abrí.

Nombre: Claire Dunning **Edad:** 18 **Sexo:** mujer **Estado:** emparejada **Compañero:** Matthew Simmons

Alguien había adjuntado una fotografía con un clip junto a esos datos: una adolescente de rostro amable y bronceado sonreía a la cámara. Pero no fue su expresión de felicidad lo que hizo que se me cayera la linterna, sino su abultado vientre.

Claire estaba embarazada.

¿Por qué había recopilado información el centro sobre una teletransportadora embarazada? ¿Por qué les importaba?

Pero ya sabía la respuesta a esas preguntas. Si Claire era como yo, los científicos seguramente tendrían mucho interés por su proceso de reproducción. Y por cómo sería el hijo o la hija resultantes. La sola idea me asqueó.

Hojeé las siguientes páginas y descubrí que el compañero de Claire era el padre del niño. El expediente se había actualizado por última vez cuando Claire estaba embarazada de treinta y cinco semanas. Hice los cálculos; eso eran aproximadamente ocho meses de embarazo.

Allí no decía nada más sobre el desenlace del embarazo de Claire. La última anotación databa de hacía más de un año.

Estudié su foto de nuevo.

De pronto me asaltó un pensamiento morboso. Devolví el archivo al cajón y bajé hasta el cajón de los expedientes de los teletransportadores muertos.

Me temblaba la mano cuando saqué otra carpeta con el mismo nombre: Claire Dunning.

Ahora sabía por qué no habían actualizado el archivo de Claire; no les había hecho falta: tanto Claire como su hijo estaban muertos.

Percibí el regusto de la bilis en el fondo de mi garganta, pero me propuse no vomitar. Según el expediente, Claire no había estado en ninguna misión; simplemente se había teletransportado a una situación peligrosa y había resultado herida.

Sabía por propia experiencia que mis heridas solían curarse solas después de teletransportarme; el proceso de curación se aceleraba, aunque por lo visto, cuanto más extensa era la lesión, más difícil era para el cuerpo reconstruirse adecuadamente.

Hojeé la carpeta, dando gracias de que al menos no contuviese ninguna imagen escabrosa. No habría podido soportarlo. Cerré el expediente y volví a meterlo con los demás.

En los datos de Claire figuraba que tenía un compañero: Matthew Simmons. Revisé las carpetas del tercer cajón para ver si todavía vivía o no. Si estaba vivo, tal vez pudiera hacerle algunas preguntas sobre el Proyecto.

Por desgracia, encontré su expediente. Murió poco después de cumplir los diecinueve años, hacía unos tres meses. De nuevo, víctima de un empalme.

Solo me quedaban unos minutos antes de que me enviaran de vuelta, pero quería ver algunas carpetas más del segundo cajón. Saqué otra carpeta de papel manila y la abrí sin mirar el nombre de la etiqueta.

Esta vez, cuando vi la fotografía adjunta, tuve que pararme a mirar dos veces. Una foto de tamaño carnet de Desirée me miraba sonriente.

Nombre: Desirée Payne **Edad:** 16 **Sexo:** Mujer **Estado:** Sola
Compañero: Charles Schwartz (fallecido)

Examiné el resto de las notas de la primera página hasta que una palabra me llamó la atención: «Embarazada». Mis cejas salieron disparadas hacia arriba.

¿Desirée había estado embarazada?

Eché un vistazo a los otros archivos del segundo cajón. Una serie de nombres femeninos ocupaban las pestañas de cada carpeta. Por lo que pude ver, allí no constaba el expediente de ningún teletransportador masculino, y me habría jugado algo a que si examinaba el contenido de cada carpeta, encontraría la misma palabra:

«embarazada». Aquel cajón estaba reservado a las teletransportadoras que estaban o habían estado encinta.

Respiré hondo y hojeé las páginas. En los datos del hijo no nacido de Desirée figuraba como hijo de padre desconocido, ya fuera porque ella no lo sabía o no había querido decirlo. Pero no era su compañero, de eso estaba segura. Las anotaciones terminaban a las ocho semanas de embarazo. Examiné las notas y dos frases llamaron mi atención:

«Paciente sometida a proceso de aborto. La genética del feto parece ser incompatible con la capacidad de la madre para teletransportarse».

A pesar de la antipatía que sentía por ella, se me encogió el corazón. Tenía razones para comportarse como lo hacía; había tenido que crecer demasiado rápido.

Y entonces empecé a sentir un sudor frío en todo el cuerpo.

¿Y si Caden era el padre?

***

—Buenos días, princesa. Hora de entrenar.

Gemí y abrí los ojos. Caden estaba inclinado sobre mi cama, con aspecto de estar más que despierto, como de costumbre. Fuera, el cielo era de un color púrpura intenso, lo que significaba que era una hora absolutamente intempestiva.

Me restregué los ojos y me incorporé, asegurándome de que la manta me tapara el cuerpo desnudo, aunque a esas alturas, no es que importara ya demasiado.

—Pensé que habíamos acordado que no seguirías entrando de sopetón en mi cuarto —le recriminé.

—Y pese a eso, sigues olvidando cerrar la puerta con llave.

—Eso no es una excusa —murmuré. Miré distraídamente a mi alrededor y entonces me vino a la cabeza la excursión de la noche anterior.

Me volví para mirarlo de frente, ya completamente despierta.

—¿Dejaste embarazada a Desirée? —le pregunté, atenta a su expresión.

El semblante de Caden perdió todo rastro de humor y su mirada se endureció.

—¿Cómo sabes esa información?

—Dios mío… —Aparté la mirada de él y me froté la cara con una mano—. Tú eras el padre.

—Eh, eh, frena ahora mismo —exclamó, subiéndose a la cama—. Te aseguro que yo no era el padre. Nunca he tenido una relación ni remotamente romántica con Desirée. Ella es como una hermana para mí.

Mis cejas salieron disparadas hacia arriba.

—Pues ella actúa como si entre vosotros dos hubiese una historia de amor…

Caden se acercó a mí para poder recostarse contra la cabecera de la cama. Me arropé con la sábana para taparme un poco más la piel desnuda, aunque no hubiera nada que él no hubiera visto antes unas cuantas veces.

—Somos amigos desde hace varios años —me explicó—. Fuimos de los teletransportadores más jóvenes en llegar al centro. Desirée, porque sus padres trabajan aquí, y yo porque… —Su expresión se ensombreció—. Bueno, esa es otra historia.

La forma en que eludió hablar de su pasado hizo que de repente quisiera saberlo todo sobre él, pero era evidente que no estaba listo para contármelo, así que no insistí.

—Nos hemos apoyado el uno al otro durante años —continuó Caden—, y cuando el compañero de Desirée murió, hace unos tres años, ella cambió. Trató de huir del dolor que sentía, generalmente arrojándose a los brazos de algún indeseable.

Caden hablaba con la mirada perdida.

—No me dijo que estaba embarazada hasta que perdió al niño. Al principio, pensé que el aborto había sido algo bueno: al fin y al cabo, ella era demasiado joven e irresponsable; pero la forma en que actuaba… Era como si su compañero hubiera vuelto a morir otra vez.

»Fue entonces cuando me di cuenta de que quería que alguien la amara incondicionalmente. Igual que la había amado su compañero, antes de morir. Creo que pensaba que un hijo le proporcionaría eso.

Caden negó con la cabeza.

—Una vez que deduje lo que le pasaba en realidad, quise ser el mejor amigo posible para ella. Estar a su lado como ella necesitaba que alguien lo estuviera. Puede que Desirée hubiese querido algo más que una amistad conmigo, pero yo nunca he sentido eso por ella.

De repente, todo el comportamiento de Desirée comenzó a cobrar sentido, y era difícil no sentir empatía por su situación. Había perdido a dos seres queridos a una edad muy temprana, y ahora había pasado de tener un amigo íntimo con quien esperaba mantener una relación sentimental a ver a ese mismo amigo redirigir su atención hacia otra chica, hacia mí. Estaba segura de que el hecho de que Caden y yo fuésemos compañeros no ayudaba mucho.

Al pensar en las parejas de compañeros, me acordé de Claire y su expediente. A diferencia de Desirée, ella no había perdido a su hijo. El niño había muerto porque Claire había muerto también.

De repente, volví a notar el sabor de la bilis en mi garganta. Aparté las mantas y corrí hacia el baño.

—¿Ember? —me llamó Caden.

Levanté la tapa del inodoro y vomité.

Sabía por qué el embarazo de Claire había salido adelante mientras que el de Desirée no: el padre del hijo de Claire era su compañero.

Nos habían emparejado específicamente para la procreación.

CAPÍTULO 18

Una mano me tocó la espalda.

—Ember, ¿estás bien?

Resultaba que Caden era la última persona que quería tener a mi lado en ese momento. Después de tirar de la cadena del inodoro, le aparté la mano y alargué el brazo para alcanzar mi albornoz, que estaba colgado a su lado. Me lo puse y me acerqué al lavamanos. Abrí un bote de Listerine. Después de enjuagarme la boca un par de veces, decidí mirarlo a la cara.

Caden se apoyó en la puerta del baño, esperando a que yo dijera algo.

—¿Te gusto al menos? —le pregunté al fin.

Se cruzó de brazos y frunció el ceño.

—¿Qué clase de pregunta es esa? Por supuesto que me gustas.

Mis ojos se desplazaron sobre su musculoso brazo.

—Entonces, ¿no estás interesado en mí solo porque se supone que debes estar interesado en mí?

—Ember, ¿de qué estás hablando?

—De nosotros dos. Como compañeros.

Arrugó la frente.

—¿Qué quieres decir?

Estudié sus rasgos mientras hablaba.

—¿No te parece curioso que el gobierno haya formado parejas de hombres y mujeres, que resultan ser genéticamente compatibles, y que luego nos animen a conocernos mejor?

Las arrugas que le surcaban la frente se hicieron aún más profundas.

—¿Y?

—Pues que nos están preparando para que perpetuemos nuestras mutaciones genéticas. —Hice una pausa para ver el cambio en la expresión de Caden, pero esta permaneció inmutable. Aquello no era ninguna noticia para él—. ¿Por qué gastar dinero haciendo más de nosotros cuando se pueden hacer más gratis?

El gesto de Caden seguía igual de impasible, y maldita sea, me dolía que fuese así.

—Tú ya lo sabías —le dije.

Caden debió de ver una expresión desagradable en mi cara porque me agarró por los hombros y me dio una suave sacudida.

—No. Ember. Eso no es así, en absoluto. El hecho de que ya supiera el verdadero propósito de que nos hayan agrupado en parejas mixtas no significa que me vea obligado a que me gustes. ¿Acaso crees que no me repugna todo esto? Es una mierda. Me gustas a pesar de que nos hayan asignado el uno al otro como pareja, y no por culpa de eso.

Negué con la cabeza, recordando su actitud cuando hablamos sobre mi expediente la semana anterior… como si yo le importara de verdad. Yo le importaba ante todo porque había sido creada específicamente para él y él lo había sido para mí.

—Por favor, Caden —dije. Independientemente de lo que me acababa de decir, no conseguía sacudirme de encima ese recuerdo—. Creo que… deberías irte. Necesito un poco de espacio.

—Tenemos que entrenar —dijo, con tono serio y profesional.

—Entrenaré sola.

Negó con la cabeza, tensando la mandíbula.

—Está bien.

Se dio media vuelta, salió del baño y, unos segundos después, la puerta se cerró de golpe.

Me apoyé contra la pared. Mi vida era como una maldita telenovela.

***

—Dime, ¿cómo te sentiste al ver a la chica recibir un disparo en la discoteca?

Debbie estaba sentada en un mullido sillón frente a mí, estudiándome atentamente. Tenía un cuaderno y un bolígrafo en el brazo del sillón.

Al final, había acudido a la sesión con Debbie y estaba siendo tan horrible como imaginaba.

—Mmm, fatal. ¿Puedo irme ya? —pregunté desde el sofá donde estaba tumbada. No sabía que los psicólogos hicieran eso de verdad: utilizar sofás para que sus pacientes se sintieran más cómodos. Estaba físicamente cómoda, claro, pero no diría que eso me hiciera sentir mejor.

Debbie entrelazó las manos sobre el regazo.

—Si no hablas de esto conmigo ahora, tendrás que volver una y otra vez hasta que pueda certificar que estás mentalmente estable.

Dejé escapar un suspiro y volví a revivir el recuerdo de aquel momento.

—Me sentí muy mal, pero también me sentí culpable —expliqué, viendo los sucesos desarrollarse de nuevo en mi cabeza.

—¿Y eso por qué?

—Porque puse en marcha la serie de acontecimientos que llevaron a que varias personas recibieran un disparo.

—¿Cómo crees que se habrían desarrollado las cosas si no hubieras hecho lo que hiciste?

Me encogí de hombros. Y seguimos así durante mucho tiempo. Seguí hablando de mis sentimientos sobre la misión durante casi cuarenta y cinco minutos, y tuve que admitir a regañadientes que la sesión me ayudó. Ya no me odiaba tanto a mí misma por unos acontecimientos que, básicamente, no podía controlar. Hablar del tema hizo que me diera cuenta.

—Está bien, Ember —dijo Debbie—, voy a cambiar de tema ligeramente. ¿Cómo es la relación con tu compañero?

Justo cuando el sofá estaba empezando a parecerme un lugar verdaderamente cómodo y seguro, tuvo que preguntar por Caden… Mi cuerpo se puso rígido.

—Buena. —Mi voz sonaba tensa.

Debbie arqueó una ceja.

—¿Por qué es buena?

—Porque me ayuda a entrenar y se preocupa por mí.

Debbie sonrió ante mi descripción de Caden, y recordé cuando me lo presentó. «Deben de estar muy unidos», pensé.

—¿Eso es todo?

Habría preferido que me arrancaran un diente sin anestesia en lugar de tener que seguir dando explicaciones, sobre todo considerando cómo nos habíamos despedido Caden y yo el día anterior. Pero sinceramente, no tenía ganas de volver a hacer aquello la semana siguiente. En ese momento me di cuenta de que no había pensado en intentar escapar desde hacía un par de días, ni siquiera en lo complicada que era mi vida.

—No —le dije, derrotada—. Caden se porta muy, muy bien conmigo. Y no siento que me lo merezca. Soy gruñona y egoísta, y no me llevo bien con los demás. Sin embargo, a pesar de todos mis intentos por alejarlo de mí, él no se rinde. No sé qué hacer con esa clase de lealtad.

Debbie asintió.

—Eso es lo que significa ser un buen compañero. Él no te va a dejar nunca en la estacada.

Era la primera vez que me daba su opinión, no como una sugerencia sino como una declaración. Sus palabras no me hicieron sentir mejor.

Dudé antes de volver a hablar. Decir en voz alta lo que estaba a punto de confesar, aunque fuese a una psicóloga, me hacía sentir vulnerable; si nadie sabía cómo me sentía, no podrían utilizarlo en mi contra.

—Me gusta —dije en voz baja—. Mucho. Y sé que yo le gusto, así que no debería ser un problema, pero lo es. Porque él es como yo, puede teletransportarse. Tengo miedo de que si me enamoro de él y luego él muere, me hunda por completo.

No sabía que esas palabras eran la verdad hasta que las pronuncié.

—Parece como si ya hubieras pensado en todo, vas varios pasos por delante de lo que pueda pasar.

—¿Y eso le sorprende? —exclamé—. ¿No fui creada para pensar precisamente así, adelantándome a los acontecimientos?

Debbie permaneció callada durante un minuto. Al final, se aclaró la garganta.

—¿No crees que sería bueno dejar entrar a alguien en tu vida? Suena como si ser tú fuese algo bastante solitario.

Fruncí el ceño y parpadeé rápidamente para contener las lágrimas que pugnaban por salir.

—Sí… sería agradable —admití—, pero es que lo he echado de mi lado, más o menos.

—Bueno —dijo Debbie—, por lo que me has dicho hace un momento, no parece que eso lo haya frenado en el pasado.

Me reí a mi pesar. Eso era verdad, desde luego.

Continuó hablando:

—Y esto no es un consejo, pero en mi experiencia, una disculpa consigue que se abran muchas puertas.

—Una disculpa… Creo que eso podría hacerlo.

En cuanto salí del despacho de Debbie, fui directa a la habitación de Caden. Vivía en un módulo adyacente al mío. Nunca había estado allí antes, pero lo había visto entrar y salir de la habitación entre clase y clase.

Llamé a la puerta de Caden. Pasaron varios segundos y nadie respondió. Tiré del picaporte.

La puerta no estaba cerrada con llave. Decidí entrar.

Abrí la puerta y crucé el umbral. Cuando la puerta se cerró a mi espalda, miré alrededor.

Sus paredes eran un collage de imágenes. Algunas eran fotografías de paisajes y naturaleza, otras eran pósteres de álbumes y películas, y otras eran reproducciones de obras de arte. No sabía qué esperaba encontrar en la habitación del peligroso y arrogante Caden, pero decididamente, no era aquello.

Su cama de matrimonio ocupaba la mayor parte de una pared, y frente a ella estaba su escritorio. Había dos estanterías grandes en la pared del fondo, repletas de libros.

Me acerqué a su colección de libros y le eché un vistazo. Estaban representados casi todos los géneros, incluida la novela romántica. ¿Un poco hipócrita tal vez?

Saqué un romance histórico y me acomodé en su cama. Me entretendría con un poco de lectura ligera hasta que volviese Caden.

Cuarenta minutos y tres escenas de sexo más tarde, la puerta se abrió y un Caden sudoroso y sin camisa entró en la habitación.

Dios mío… Me incorporé con aire incómodo mientras observaba su piel bronceada y el contorno ondulado de sus músculos. Probablemente no había sido la mejor idea leer una novela romántica justo antes de verlo. Un calor abrasador se me acumulaba justo debajo del estómago.

Tan pronto como Caden me vio, la sorpresa se apoderó de su rostro, seguida de una sonrisa lenta y encendida.

—¿Sabes…? —Solté la novela romántica—. Nunca he entendido por qué le gustan estas cosas a la gente —dije, devolviéndole la misma frase que había empleado él conmigo.

Sus hoyuelos se hicieron más profundos, más atractivos que nunca.

—¿El hecho de que hayas encontrado eso me hace menos varonil?

Se me escapó la risa y se me aceleró el corazón. A la mierda los científicos malignos y sus planes retorcidos para nosotros. Me gustaba Caden e iba a dejar de huir de él.

—De ninguna manera. —Dejé el libro—. Te debo una disculpa.

Su rostro perdió todo rastro de alegría.

Fui a levantarme de la cama, pero él extendió la mano.

—No te levantes. Me gusta el aspecto que tienes ahí tendida.

De acuerdo, definitivamente, mi libido no estaba ayudando lo más mínimo.

—Siento haberte alejado de mí, Caden. Me gustas de verdad, y tus músculos son muy… —Me callé. Ay. No era eso lo que quería decir.

Caden enarcó las cejas y se miró el torso desnudo antes de volver a mirarme con una sonrisa pícara.

Tosí.

—Ejem… Lo que quiero decir es que siento haber dirigido contra ti mi malestar y mi rabia contra este programa.

Caden rodeó la cama y, de repente, un hombre muy sudoroso y musculoso me envolvió en sus brazos.

—Gracias —me susurró al oído.

—De nada…

Le devolví el abrazo y, sin querer, me restregué contra los sudorosos músculos de su espalda, sin importarme que mi ropa quedase sudada.

Él se apartó.

—Tengo que ducharme. Por favor, no te vayas. Seré rápido.

Se volvió para irse al baño y yo me comí con los ojos la forma en que los músculos de su espalda se contraían bajo su piel. En la base del cuello, unas líneas negras se curvaban hacia fuera, recorriendo el contorno de sus músculos.

Se me heló la sangre al ver las mismas líneas que yo tenía en el omóplato.

Caden se detuvo un instante.

—Puedes meterte en la ducha conmigo si quieres… ahora que tú también estás sudada —dijo, dándome la espalda.

—¿Meterme contigo…? —Abrí los ojos como platos al oír su tentadora oferta, y me olvidé por completo de las marcas de tinta.

—Sí. —Se volvió para mirarme—. A menos que tu inocente cuerpo desnudo te haga sentir incómoda.

Estar desnuda junto a Caden no tenía nada de inocente.

Se me agolpaban demasiados pensamientos en la cabeza. ¿Era una mala idea? ¿Acaso me importaba? ¿Acabaría arrepintiéndome de esto?

Me quedé en silencio durante varios minutos.

Caden se encogió de hombros.

—La oferta es permanente, por si cambias de opinión.

Echó a andar de nuevo, bajándose los pantalones cortos de gimnasia de camino al baño.

Madre del amor hermoso… Aquel hombre tenía una espalda exquisita.

Poco a poco, me levanté de la cama y, con manos temblorosas, empecé a desnudarme. Atravesé la habitación y abrí la puerta de la ducha.

Caden llevaba el pelo hacia atrás, y el agua transformaba el tono dorado normal en el color de la arena húmeda. Me repasó de arriba abajo cuando entré y sentí la misma punzada de emoción que el día que me quité la ropa junto al lago. Sin embargo, esto era mucho más difícil. Aquel día había podido actuar como si no hubiera querido estar desnuda delante de él.

Pero ahora sí quería.

Nos miramos el uno al otro un momento, y luego Caden redujo el espacio que había entre nosotros y me besó. Esta vez no me aparté cuando sentí la fuerte presión de su cuerpo contra el mío sino todo lo contrario: me aplasté contra él.

Él lanzó un gemido y se apartó.

—Deja de ser tan seductora —dijo.

—Entonces deja de ser tan payaso.

Me deslicé junto a él, rozándole el cuerpo húmedo mientras me situaba bajo el chorro de la ducha.

Me miró con el rostro serio.

—Esto no tiene nada de gracioso.

Incliné la cabeza hacia atrás y dejé que la ducha me alisara el pelo.

—Estoy de acuerdo —dije, cerrando los ojos mientras el agua me chorreaba por la cara.

Caden emitió un leve gemido.

Abrí los ojos despacio. Su mirada ardiente devoraba cada centímetro de mi cuerpo. El mero hecho de verlo así avivó una llama en la parte baja de mi vientre. Desplacé la mirada por todo su cuerpo, desde sus amplios hombros a sus pectorales redondeados y, a continuación, al valle ondulado de su abdomen. Una uve muy marcada realzaba su excitación.

Se me aceleró la respiración.

—Tal vez esto ha sido mala idea —le dije.

—Puedo controlarme.

Negué con la cabeza.

—No eres tú el que me preocupa.

Caden arqueó las cejas.

—Solo te lo voy a decir una vez, pero a mí no me importa que se aprovechen de mí. —A pesar de que su expresión era seria, le brillaban los ojos.

Le sonreí y alcancé su gel de baño. En realidad, sentí cierto alivio al ver que a Caden no le importaba que no llegáramos más lejos.

—Está bien entonces, me has convencido.

—Muy bien.

Caden me quitó el bote de gel de la mano.

—¿Te importa si te enjabono? —me preguntó.

De pronto, tenía la boca reseca, y me aclaré la garganta.

—No, no me importa.

Vertió un poco de gel en sus manos.

—Date la vuelta —me indicó.

Hice lo que me pedía y, al cabo de un momento, noté como sus manos ásperas me extendían el jabón por los hombros. Tomé aliento. El tacto de sus dedos me ponía la piel de gallina, cada caricia era más sensual que la anterior.

Fue deslizando las manos hacia abajo poco a poco. Después de recorrer con ellas la parte baja de mi espalda, se detuvo. Casi grité cuando sentí que las manos de Caden me agarraban el trasero.

—Tienes un culito precioso… —dijo en voz baja. Me quedé sin aliento al oír sus palabras.

Se aclaró la garganta.

—Creo que deberías darte la vuelta.

Lo miré a la cara, con el corazón desbocado. Vertió más gel en sus manos y me observó mientras colocaba las manos sobre mis pechos.

Abrí la boca y bajé la mirada al sentir el tacto de sus manos deslizándose sobre la piel más sensible, pero tan pronto como se desplazaron por encima de mis pechos, siguieron su descenso. Mi vientre se tensó mientras acariciaban la suave piel de mi estómago.

Las manos de Caden siguieron deslizándose cada vez más abajo hasta…

Retuve su mano justo cuando estaba a punto de hundirla en mi pubis, con la respiración agitada.

—Ahora me toca a mí.

Apreté el bote de gel, me puse un poco sobre la palma y me froté las manos. Extendí el brazo y toqué el pecho liso de Caden. En cuanto mis dedos enjabonados tocaron su piel, fue como si tuvieran vida propia: los deslicé sobre sus pectorales y los gigantescos músculos de los hombros, imaginándome cómo me sentiría envolviendo el resto de mi cuerpo alrededor de su piel.

Ni siquiera me molesté en fingir que quería limpiarlo. Aunque seguía frotándole el jabón, estaba mucho más interesada en palpar cada plano duro de su cuerpo. Lo obligué a volverse con mis manos, advirtiendo su sonrisa traviesa mientras lo hacía.

Pasé la mano por las hendiduras y las elevaciones de los músculos de su espalda, percibiendo cómo se le erizaba la piel bajo mis dedos. Caden emitió un sonido gutural.

—Sea lo que sea lo que estés haciendo, me gusta mucho.

Sonreí y desplacé las manos hacia la parte baja de su espalda. Tragué saliva cuando miré más abajo, a su culo absolutamente perfecto, antes de que reunir al fin el valor suficiente para pasar las manos por encima de él.

Tan pronto como lo hice, noté que todo el cuerpo de Caden se ponía en tensión.

—Me estás matando lentamente —dijo, y se dio media vuelta para mirarme. Se inclinó y me besó, mordiéndome suavemente el labio inferior y pasando la lengua sobre él.

Mientras le devolvía el beso, mis dedos bajaron por su tórax y se recrearon en la pronunciada uve que se hincaba en su torso. Sentí que mi pulso se aceleraba aún más. Estaba maravillosamente bien dotado.

Caden interrumpió el beso, me tomó las manos en una de las suyas y me rodeó con la otra para cerrar el grifo del agua.

—Se acabó la ducha —dijo, respirando fuerte. La mano con que sujetaba la mía le temblaba un poco.

Asentí una vez, con el aliento igual de entrecortado que el suyo. Apoyé la cabeza contra su pecho y sentí su abrazo.

Si él no nos hubiera parado, no estaba segura de haber podido parar yo.

CAPÍTULO 19

Me senté en la alfombra, frente a la cama de Caden, vestida con una camiseta extragrande y unos pantalones de chándal, y observé mientras él me enseñaba las distintas partes de una pistola y cómo armarlas. Al contrario de lo que ocurría conmigo, a él le confiaban armas de verdad.

Todo lo que rodeaba a Caden era sexi, desde su voz ronca hasta la manera en que se le ondulaban los antebrazos mientras montaba el arma, pasando por la forma en que me miraba. Ya me había fijado en todo eso antes, pero después de la ducha, aprecié cada uno de esos rasgos con renovada admiración.

—Ember, ¿estás prestando atención? —Caden me miró con suspicacia.

—¿Qué...? Ah, sí.

Habían pasado dos horas desde que salimos de la ducha, pero todavía no podía dejar de verlo desnudo. Creía que ese era un problema típico de los hombres, pero no, ahora también era un problema de chicas.

—Ember.

—¿Eh?

—Deja de mirarme como si fuera tu próximo bocado. Me desconcentras.

Los ojos de Caden se desplazaron a mi boca.

—Lo siento.

Ni siquiera podía darle una respuesta ingeniosa, de lo embobada que estaba.

—Está bien. ¿Puedes repetirme los tres primeros pasos para armar un SSAK-47 usando los mismos términos que acabo de emplear?

Le repetí diligentemente los pasos cuando un golpe en la puerta nos interrumpió.

—¡Adelante! —dijo Caden.

Dos hombres vestidos de uniforme entraron en la habitación.

—¿Estás listo para tu misión? —preguntó uno de ellos, aunque no era realmente una pregunta.

Oí a Caden maldecir por lo bajo.

—Lo siento, princesa —me dijo—, me había olvidado de decírtelo. —A continuación se dirigió a los hombres—: Sí, estoy listo.

Se levantó.

Mierda, todavía no había revisado la hoja para saber cuándo sería nuestra segunda simulación. Miré a Caden.

—¿Hoy es nuestra segunda simulación?

—No, es mañana.

No me miró.

—Entonces, ¿adónde vas a...?

«Misión», eso era lo que había dicho el hombre. Que Caden iba a ir a una misión.

—Puedes quedarte en mi habitación todo el tiempo que quieras —me aseguró Caden. Se inclinó y rozó mis labios con los suyos. Antes de que tuviera la oportunidad de devolverle el beso, se apartó y siguió a los hombres.

Me llevé los dedos a los labios y vi cómo se cerraba la puerta. A pesar de que habían enviado a Caden a capturarme hacía dos semanas, había dado por sentado que esa era una ocasión especial. Tenía la impresión de que todos mis compañeros de clase se estaban preparando para ir a misiones por primera vez, no se me había ocurrido que algunos ya hubiesen empezado a salir en ellas.

Salí de la habitación de Caden poco después de él, con la intención de ir a buscar algo de cena. Ahora que él ya no estaba, no tenía ninguna razón para quedarme allí.

Cuando doblé la esquina del comedor, oí unos gritos a lo lejos e instintivamente encaminé mis pasos hacia el ruido.

No debería haberme molestado, porque este se acercaba a mí cada vez más. Una camilla asomó por la esquina y vi en ella algo que solo había visto en fotos.

Un teletransportador empapado en sangre yacía en la camilla, con solo una parte de su cuerpo desnudo cubierta allí donde los médicos habían tratado de detener temporalmente la hemorragia. Al parecer, la herida era demasiado extensa para que eso sirviera de algo.

Retrocedí unos pasos. Alguien había sufrido un empalme.

Entre toda la sangre, un mechón de pelo rubio corto había logrado mantenerse seco. Sentí un escalofrío al verlo.

Eric.

No lo conocía bien, pero era un buen amigo de Caden y siempre había sido amable conmigo.

Y tenía una compañera. Miré a la multitud de personas que lo rodeaban, pero Serena no estaba entre ellas. Pues claro que no estaba: había estado en la simulación con él.

Sentí que se me revolvía el estómago. Antes de que terminaran sus diez minutos, ¿habría visto a Eric resultar herido? ¿Le había preocupado que aquello pudiera pasar? ¿Sabía que tal vez no volvería a verlo nunca más? No la envidiaba. Despertarse y darse cuenta de que su compañero estaba muerto, alguien que era su amigo —quizá algo más que eso incluso— podía ser el peor sentimiento del mundo.

«Caden está en una misión», pensé. A él podía pasarle lo mismo. Sentí que me ardía la piel y el pasillo me parecía demasiado claustrofóbico.

«Tranquilízate». Caden era bueno. Lo había visto en acción.

Las puertas de la entrada principal se cerraron de golpe. Estaba tan ensimismada en mis pensamientos que no me había dado cuenta hasta entonces de que Eric y el grupo de médicos ya estaban fuera.

Los seguí, interesada por saber cuál era el protocolo que seguía el centro cuando tenía lugar un empalme. Delante de mí, un helicóptero estaba a punto de despegar de un helipuerto, a cierta distancia del edificio principal. Los auxiliares médicos cargaron a Eric en él, y luego se metieron ellos también. Una vez que los motores estuvieron listos, el helicóptero se elevó hacia el cielo.

Seguí observando hasta que las luces parpadeantes del helicóptero desaparecieron por detrás de las colinas. Toda la maniobra llevó menos de cinco minutos, pero probablemente no fuera lo bastante rápido para salvar la vida de Eric.

Conque así era como nos íbamos para siempre de las instalaciones: en una bolsa para cadáveres.

***

Miré alrededor. Me hallaba en la sala de estar de alguna casa. En las paredes colgaban varios cuadros. La pequeña sala estaba amueblada de manera más bien sobria y olía a humedad. Me acerqué a una ventana y miré hacia fuera. La casa parecía formar parte de una serie de edificios adosados, pegados los unos a los otros. ¿Estaría en Europa?

—Hola, Ember —dijo una voz familiar a mi espalda.

Me volví.

—Adrian. —Me alegré de que no intentara echarme o ponerse a discutir conmigo. Supongo que ya se había acostumbrado a mis inesperadas visitas—. ¿Es esta tu casa? —pregunté, desplazando la mirada por la habitación.

Negó con la cabeza.

—Es la casa de mi padre. Escucha, Ember —dijo mientras yo volvía a inspeccionar la sala donde estábamos—, he estado leyendo las notas de mi padre e investigando a fondo toda la información sobre el Proyecto del que formas parte. Cuanto más investigo, más secretos siniestros descubro.

—Dime algo que no sepa... —comenté mientras cogía una foto de un hombre que parecía bastante feo.

—¿Sabías que eres propiedad permanente del gobierno?

Volví a colocar la foto en su sitio y lo miré.

—¿Qué significa eso exactamente? —pregunté.

Me miró con tristeza.

—Plantéatelo como una nueva forma de esclavitud. Significa que el gobierno puede exigirte que trabajes para ellos durante años; son ellos los que eligen tu destino, no al revés.

Me habían hablado de dos años. Habían dicho dos años y que luego sería libre. Pero al pensar en el inmenso complejo de las instalaciones en las que vivía, sabía que Adrian tenía razón: nadie invertía esa cantidad de dinero para un período de apenas dos años.

Y teniendo en cuenta el cajón con los informes sobre los teletransportadores muertos, si lo que Adrian decía era verdad, entonces...

—Es una condena a muerte.

Exhaló el aire.

—Sí.

***

El ruido de mi puerta al abrirse y cerrarse me despertó de mis sueños. Una sombra se movió a través de la oscuridad. Sentí que mi colchón se hundía cuando la figura se sentó al borde de mi cama.

Distinguí una cabeza inclinada y los hombros caídos. Ninguno de los dos se movió durante mucho rato.

—Eric ha resultado herido de gravedad en su simulación —me informó Caden—. Dicen que tal vez no salga de esta —añadió, con voz carente de emoción. Por lo que había visto de Eric, no creía que pudiese sobrevivir a unas heridas tan extensas.

A Caden le temblaban los hombros, y me alegré de que las luces estuvieran apagadas: verlo destrozado a plena luz me habría hundido por completo.

Aun así, me deslicé de entre las sábanas y me acerqué a donde estaba sentado Caden. Con la punta de los dedos, le hice volver la cabeza y le besé los labios, sin hacer ningún comentario sobre sus mejillas húmedas.

Giró el cuerpo y abrió los labios cuando se inclinó hacia mí, centrando toda su atención en la sensación. Mi lengua acarició la suya, y dos de sus lágrimas se derramaron sobre mis mejillas.

Deslicé las manos por sus brazos. Los temblores le estremecían todo el cuerpo, pero ninguno de los dos hizo ninguna referencia a su angustia. Oí a alguien llorar a lo lejos.

Serena.

Interrumpí el beso.

—Puedes quedarte aquí esta noche, si quieres. Para que no estés solo.

Caden me puso la mano en la cara y luego trazó círculos sobre mi mejilla con los dedos. Creí que iba a hablar, pero en vez de eso, me recostó suavemente sobre la cama. Amoldó su cuerpo al mío y me abrazó fuerte por la cintura para mantenernos unidos.

—Gracias, princesa —susurró.

Tomé la mano que tenía en la cintura como respuesta y besé las durezas de los nudillos de Caden antes de volver a colocar su mano a mi alrededor. Me apretó con más fuerza e intenté no pensar en la perfección con que encajaban nuestros cuerpos.

Permanecí despierta mucho después de que la respiración de Caden se hiciera regular, pensando en nuestras vidas. Una lágrima me resbaló por la cara a mí también.

El destino de Eric era también el nuestro. Solo era cuestión de tiempo.

***

A la mañana siguiente, cuando me desperté, Caden ya se había ido. Me cambié, desayuné un poco y luego leí el correo electrónico sobre la simulación de ese día. Después de ver el cuerpo de Eric, víctima de un empalme, me aseguré de memorizar todo lo que contenía el correo.

Tenía que distraer a Isaac Stankovich, un hombre de negocios de sesenta y tres años. Era el director ejecutivo de empresas especializadas en la fabricación de armas y estaba en el consejo de dirección de media docena de empresas más. También tenía vínculos con los enemigos del estado, y sus actividades más recientes sugerían que podía estar suministrándoles armamento militar. Gracias a su teléfono, que Caden le robaría mientras yo lo distraía, sabríamos con seguridad si la información era cierta.

También resultó que le gustaban mucho las jovencitas atractivas. Menuda suerte la mía.

Después de memorizar la misión, pasé las siguientes horas leyendo mis libros de texto sobre etiqueta y armamento, dos materias sobre las que no sabía apenas, pero podía aprender rápido.

Para la hora del almuerzo, ya sabía cómo funcionaba un arma básica, las variaciones más comunes en su estructura y función, y qué modelos tenían más retroceso. También había un apartado entero dedicado a cómo sostener y apuntar correctamente con un arma.

En cuanto a etiqueta, ahora sabía que era fundamental estudiar los nombres y las biografías de las personas que serían mis objetivos en las misiones. En realidad, eso era más que obvio, pero no lo había pensado. Muchos de aquellos individuos eran ricos y poderosos; esperaban que los demás supiesen cosas sobre ellos. Eso también ayudaba a los teletransportadores a saber cómo manejar a individuos en concreto durante las misiones.

Pero la lección más importante en cuanto a etiqueta era otra que ya sabía: tenías que saber interpretar tu papel. Era una chica guapa, de aspecto inocente. Las mujeres confiaban en mí y los hombres o bien me deseaban o bien querían protegerme. Pero todos, ellos y ellas, me subestimaban.

Alguien llamó a la puerta. Me levanté de la cama y abrí. Al otro lado había dos personas vestidas de uniforme, listas para acompañarme a mi segunda simulación.

—Estoy preparada —anuncié, cerrando la puerta a mi espalda.

Los seguí por los mismos pasillos de la última vez y, al igual que entonces, entré en una habitación aséptica y me acosté en una camilla. Lo único distinto era el médico.

El hombre hojeó mi expediente, tal como había hecho la doctora anterior. Me miró por encima de las gafas.

—¿Lista?

—No.

Se rio al oír mi respuesta, pero siguió preparando la dosis del sedante. Al cabo de un momento, me tomó la muñeca y me frotó la parte interior del codo. Cogió la jeringuilla, ahora llena, y me clavó la aguja en la piel. Me estremecí cuando el líquido se filtró en mis venas.

Y al igual que la última vez, sentí una oleada de miedo cuando se me empezaron a cerrar los ojos y se me nubló la vista.

«Allá vamos otra vez».

CAPÍTULO 20

Cuando me materialicé, Caden estaba delante de mí, con gafas y un traje. Parecía un modelo que simulaba ser un joven analista financiero, pero eso no quiere decir que su disfraz no fuera creíble. Simplemente, no podía ocultar sus rasgos cincelados y sus músculos bien torneados detrás de unas gafas y un traje. No había rastro de la tristeza de la noche anterior.

—Vaya, vaya, pero si pareces todo un intelectual… —comenté, ignorando la forma en que se me había acelerado el corazón al verlo.

—Mira quién fue a hablar…

Eché un vistazo a mis pantalones ajustados, la blusa blanca y la chaqueta entallada. Llevaba un maletín negro en la mano y alrededor de mi muñeca había un delicado reloj plateado que cronometraba el tiempo que nos quedaba.

Cuando levanté la vista, me fijé en el entorno. Estábamos en una acera y unos rascacielos se elevaban con aire imponente a nuestro alrededor. Las calles estaban llenas de coches y de gente. Estábamos en el distrito financiero de una gran ciudad.

Desplacé la mirada hacia la cara de Caden. Un moretón morado y amarillo decoloraba la piel que rodeaba su ojo izquierdo. No lo había advertido antes; debía de habérselo hecho en su misión del día anterior.

Caden señaló con la cabeza hacia las puertas de cristal. En el vidrio esmerilado figuraba la misma dirección que había leído en mi mensaje de correo electrónico. Aquel era el edificio de oficinas de Stankovich.

—Vamos, en marcha —dijo—. Tenemos que conseguir el teléfono móvil de Isaac Stankovich.

Asentí y seguí a Caden al interior del edificio. Cuando las puertas se cerraron detrás de nosotros, metí las manos en los bolsillos y saqué una nota:

Sustrae el teléfono móvil de Isaac Stankovich.

Utiliza el nombre de Patricia Lennon. Recogida en la planta 15.

Me guardé el trozo de papel de nuevo en el bolsillo y consulté un reloj de gran tamaño que colgaba de una de las paredes. Patricia Lennon era la amante de Stankovich, y por el correo electrónico que había leído esa mañana, se suponía que debía reunirse con él para almorzar al cabo de veinte minutos.

Miré a Caden.

—Vuelvo enseguida.

Mi compañero asintió, y me alejé de él. Crucé la amplia zona del vestíbulo y me acerqué al mostrador de recepción, donde había una mujer rubia muy guapa.

—¿En qué puedo ayudarla? —me preguntó.

—He venido a ver a Isaac Stankovich para almorzar.

—¿Su nombre?

—Patricia Lennon.

Marcó el número de lo que supuse que sería el despacho de Stankovich.

—Patricia Lennon está aquí. —Hizo una pausa—. Estupendo. Gracias… Adiós. —La mujer rubia colgó y me sonrió—. Baja enseguida.

—Gracias —le dije.

Cuando volví junto a Caden, que me esperaba al otro lado del vestíbulo, lo puse al corriente.

—Está bajando ahora mismo.

—Genial. Ahora nos toca esperar.

Desde allí veíamos perfectamente la hilera de ascensores. Cuando las puertas del ascensor central se abrieron y salió de él un hombre de gesto severo y pelo oscuro, Caden me dio un codazo.

Así que aquel era Stankovich.

—Vamos a ponernos a andar a su lado y tú te tropezarás con él —propuso Caden.

—Huy, eso es superoriginal.

—¿Acaso tienes una idea mejor, princesa?

Respiré hondo y eché a andar, vigilando a Stankovich con el rabillo del ojo. Oí a Caden correteando a mi espalda para darme alcance.

—Entonces, ¿tienes el informe? —me preguntó Caden.

Me volví hacia él, confundida, y entonces advertí su mirada elocuente: «Interpreta bien tu papel».

Me aclaré la garganta.

—Sí, lo tengo —le contesté, mirando de reojo a nuestro objetivo—. Mi análisis sobre el producto… Los datos indican que hay un gran aumento en cuanto a… rentabilidad.

La distancia entre Isaac Stankovich y nosotros se redujo rápidamente, lo cual era muy positivo, porque no tenía ni la menor idea de qué demonios estaba diciendo.

«Muy bien, dale un simple empujoncito, Ember. Es muy fácil».

—Creo que el mercado demostrará que…

Hinqué el hombro en el cuerpo de Stankovich, quien empezó a tambalearse. Su maletín salió disparado por los aires mientras se ayudaba de las manos para no perder el equilibrio.

«Vaya, demasiado fuerte. Otra vez».

—Pero ¡¿qué cojones…?! —gritó.

Junto a mí, oí a Caden lanzar un suspiro.

Maldije entre dientes y me hinqué de rodillas en el suelo.

—Lo siento mucho —le dije, inclinándome sobre Stankovich y mirándolo con ojos de corderito inocente. Caden había desaparecido de mi vista, lo que interpreté como algo bueno.

Stankovich desplazó la mirada a mi escote. No es que hubiera mucho que ver allí, pero al parecer era suficiente para distraer a aquel tipo.

—No pasa nada —repuso con brusquedad cuando se dio cuenta de que quien lo había tirado al suelo era yo y no un grandullón peludo—. A ver… A ver si miras por dónde andas.

Se puso de pie.

Yo también me levanté, tratando de parecer muy torpe.

—Es que soy el colmo del despiste, de verdad. ¿Puedo compensarle de alguna manera? —pregunté, colocando con delicadeza la mano sobre su brazo.

Miró la mano con que lo tocaba y desplazó la mirada de mi brazo hacia mi cara. Apartó los ojos de mí el tiempo suficiente para buscar a su alrededor en el vestíbulo y, cuando no vio a Patricia Lennon, se volvió hacia mí.

—¿Qué tal un almuerzo juntos la próxima semana?

Noté que alguien me daba un golpecito en el hombro; era la señal de Caden para darme a entender que debíamos irnos. Los ojos de Stankovich se dirigieron a Caden. Solo se detuvieron un instante en él, pero su sonrisa se desvaneció. Caden producía ese efecto en los hombres.

—Perfecto —dije, deslizando la mano por el brazo de Stankovich para recobrar su atención—. Búsqueme cuando quiera canjear esa cita para almorzar. Me llamo Ashley O'Connor, y trabajo en la planta quince. —La mentira me salió muy fácilmente. Aquello era lo que se me daba realmente bien: fingir que era otra persona.

Cuando las puertas del ascensor se cerraron, Caden dejó escapar un suspiro.

—Joder, Ember, ¿es que piensas convertirte en la amiguita de nuestro objetivo? —parecía molesto, más molesto de lo que debería estar. Creo que a alguien no le gustaba verme coquetear.

—Ha funcionado, ¿no?

—Sí, solo que resulta que has mencionado la planta quince, el piso al que vamos.

Ah. Con razón el número del piso me había salido tan fácilmente. Era la planta que mencionaba la nota con la que me había teletransportado, la planta donde iba a tener lugar la recogida. La planta a la que nos dirigíamos en ese preciso instante.

—Pero no nos va a seguir ni nada de eso, ¿no? —le dije, encogiéndome de hombros.

—Bueno, probablemente no tenemos que preocuparnos por eso, porque con toda esa cháchara, resulta que ahora solo tenemos un minuto para entregar el teléfono.

Definitivamente, a Caden no le había sentado nada bien mi actuación.

—¿Al menos has conseguido el teléfono? —pregunté.

—Sí.

Caden lo sacó para enseñármelo.

En cuanto vimos el teléfono, nos detuvimos en seco.

—Mierda, joder —exclamé. Una telaraña de líneas cubría la superficie de la pantalla.

Caden maldijo entre dientes.

—Debió de caerse encima del aparato cuando te abalanzaste sobre él.

—No me abalancé sobre él.

Pero Caden tenía razón. A consecuencia de la caída, debía de haber aplastado y roto el teléfono, y un teléfono roto solo significaba una cosa: no habíamos llevado a cabo con éxito la simulación.

—No pasará nada. Seguro que es solo la pantalla —me aseguró Caden cuando el ascensor se detuvo.

Asentí.

—Puede que tengas razón.

La verdad era que, en el fondo, no me importaba.

Las puertas del ascensor se abrieron y salimos a una pequeña sala de espera amueblada con algunas sillas y una mesa auxiliar. Había un hombre de aspecto anodino sentado en una de las sillas, hojeando una revista.

—¿Sabe dónde está la cafetería Jerry's? —le preguntó Caden al hombre. Este asintió y Caden deslizó el teléfono en su maletín abierto.

Abrí los ojos como platos. Aquello era exactamente igual que en las películas. Además, tenía que leer mis correos electrónicos con más atención si quería estar informada.

Nos volvimos para abandonar la sala de espera cuando las puertas del ascensor se abrieron detrás de nosotros.

—¡Ashley! —gritó Stankovich a mi espalda.

«No, por favor… Dime que esto no está pasando…».

Cuando empecé a girar el cuerpo para enfrentarme a Stankovich, Caden me tomó de la mano y tiró de mí hacia delante rápidamente. Doblamos la esquina y salimos al pasillo.

—¡Ashley! —repitió Stankovich, siguiéndonos.

Me volví y miré a Caden. Cuando lo miré a sus ojos color avellana, su reloj emitió dos pitidos y desapareció.

—¡Joder! ¿Qué demonios…? —exclamó Stankovich detrás de mí.

Me volví hacia él y lo miré a los ojos, abiertos como platos.

—Ese chico… —dijo—. Acaba de…

Oí un pitido procedente de mi reloj y su frase quedó interrumpida mientras yo desaparecía también. Habíamos fracasado en ambas misiones, lo sabía.

***

Estaba sentada junto a Caden, muy inquieta. Frente a nosotros, Dane Richards —de vuelta en el centro— y un grupo formado por mis instructores revisaban nuestras simulaciones, comenzando con las imágenes. No tenía ni idea de cómo habían logrado grabarnos.

Habían pasado dos días desde nuestra última simulación, y solo uno desde que terminaron todas las simulaciones del centro.

Los rostros de los instructores se pusieron muy serios cuando me vieron provocar el disparo del arma de Caden en la discoteca y otra vez cuando me vieron arrojar a Isaac Stankovich al suelo.

No todo estaba grabado en la cinta, así que por suerte no tuve que volver a ver a la chica recibir el disparo. Tampoco nos vieron a Caden y a mí desaparecer delante de Stankovich. Pero lo sabían por el informe que Debbie había elaborado el día anterior, después de interrogarnos.

Una vez que terminaron de ver las imágenes, la sala se sumió en un silencio durante unos momentos. Los instructores hojearon nuestros expedientes y se pusieron a tomar notas.

Después de cinco minutos, Dane Richards recogió las notas que habían tomado. Se sentó y las examinó antes de anotar algo él también.

Dejó su bolígrafo encima de la pila de papeles y nos miró.

—Estos —dijo, dando unos golpecitos en el papel con la punta de los dedos— son los resultados de vuestra simulación. Los instructores os han evaluado con una puntuación de cero a cien en función de vuestro rendimiento en estas dos simulaciones: cincuenta es una puntuación neutra; cualquier cosa por encima de cincuenta significa que vuestras habilidades ayudaron en la simulación; cualquier cosa por debajo de cincuenta indica que vuestras acciones fueron perjudiciales. Estos resultados determinarán vuestra función en misiones futuras. Si bien es importante que ambos lleguéis a dominar todas las áreas, se os pedirá que perfeccionéis determinadas características para las que tenéis una habilidad especial.

Movió el bolígrafo y recogió los papeles.

—Está bien, Caden, ¿por qué no discutimos tus resultados primero?

Miré a Caden en el instante en que asentía despacio.

—Combate cuerpo a cuerpo y condición física: noventa y tres. Etiqueta: sesenta y ocho. Armamento: ochenta y seis. Tecnología: cincuenta y dos. Perfil: ochenta y nueve. Trabajo en equipo: noventa y cuatro.

Cuando Richards dejó de leer las puntuaciones, volví a mirar a Caden. Una pequeña sonrisa afloró a su rostro.

—Caden, debo felicitarte, son puntuaciones excepcionales.

—Gracias, señor.

—Ya pasaste por esto una vez antes, cuando estabas solo, pero trabajar en pareja requiere estrategias diferentes, que has adquirido rápidamente. Por lo que he visto y por lo que han señalado tus instructores, eres un experto en interpretar a tus objetivos y las situaciones en las que te encuentras.

»En general, tu actuación en ambas simulaciones indica que eres capaz de planificar y elaborar planes de contingencia con mucha rapidez. Esta es una habilidad esencial en estas misiones. Sabes trabajar en equipo y haces un trabajo excelente protegiendo a tu pareja y teniendo en cuenta su seguridad.

»En conjunto, tus acciones muestran una gran capacidad de concentración y un control físico y emocional ejemplar, orientado a los resultados. Has hecho un gran trabajo.

Estudié la cara de Caden mientras oía la valoración. Me di cuenta de que había hecho un gran esfuerzo por intentar contener sus emociones, pero al final del pequeño discurso de Dane, los hoyuelos de Caden habían aparecido y sus ojos se arrugaban con un rictus de alegría.

—Buen trabajo —le susurré. Las palabras me dejaron un mal sabor de boca.

—Gracias —me respondió en un susurro él también.

Dane Richards dejó los resultados de Caden y cogió los míos. Nada más mirarme, la expresión de aprobación desapareció de su rostro.

Ay, madre…

—Ember Pierce, aquí están tus resultados: combate cuerpo a cuerpo y condición física: setenta y uno. Etiqueta: sesenta y ocho. Armamento: trece.

«¿Trece?»

Dane Richards levantó la vista.

—Caden, como trabajo adicional, quiero que empieces a llevar a Ember al campo de tiro. Va a necesitar practicar muchísimo más.

A mi lado, parecía como si Caden se hubiese tragado algo agrio, pero asintió. Yo no sabía si era porque estaba recordando nuestra primera simulación juntos o porque la perspectiva de tener que entrenarme en combate cuerpo a cuerpo y ahora también en armamento era una tarea tremendamente desagradable.

—Tecnología: cuarenta y seis. —Dane Richards se calló y su ceño habitual se arrugó aún más. Levantó la vista hacia Debbie, mi instructora de elaboración de perfiles, quien asintió con la cabeza—. Perfil: noventa y siete. —Oí a Caden respirar aliviado—. Y, por último, trabajo en equipo: cuarenta y tres.

Richards dejó el papel.

—De acuerdo con las notas, has demostrado una habilidad excepcional para elaborar perfiles psicológicos y distraer a tus objetivos. Si bien tu capacidad para manejar situaciones potencialmente violentas es pésima, parece que tus resultados en manipulación no violenta son excelentes.

»Tienes un conjunto impresionante de habilidades de supervivencia, pero eso puede ser letal cuando se trata de trabajar en coordinación con otros, tal como indica tu puntuación de trabajo en equipo. Concéntrate en aprender a manejar y usar las armas, así como en ser un activo en lugar de una responsabilidad para tu compañero.

Asentí. No sentía ninguna lealtad para con el gobierno, pero sí hacia Caden. Él era la persona que había estado constantemente a mi lado desde que llegué allí. Trabajaría para perfeccionar esas habilidades que necesitaba mejorar solo por él.

Dane Richards reunió todos los papeles.

—Juntos, los dos tenéis el potencial de ser una de las parejas más fuertes. Ember, tú te centrarás en la distracción. Caden, tú lo harás en la extracción violenta y no violenta. Vuestra primera misión juntos se os asignará la semana que viene. Por lo demás, asistirás a clases como de costumbre.

Nos miró a los dos, con la sombra de una sonrisa en el rostro. No confiaba en él, ni por un segundo.

—Felicidades a los dos. Habéis sido clasificados.

CAPÍTULO 21

Cuando salimos de la habitación, Caden se quedó en silencio. Bajé la vista a sus manos y observé cómo las apretaba y las aflojaba.

—¿Qué te pasa? —le pregunté.

No me miró.

—Nada.

Lo agarré del brazo y lo retuve. Su extraño comportamiento me estaba poniendo nerviosa.

—Guárdate las mentiras para alguien que no te conozca. ¿Qué es?

Levantó los ojos despacio. Cuando su mirada se encontró al fin con la mía, vi un atisbo de vulnerabilidad en su expresión.

—Los dos ya sabíamos que te clasificarían como especialista en distracción.

Recordé que Debbie había mencionado eso durante mi primera semana allí.

—Sí, ¿y qué?

—Yo… No sabía lo mucho que me molestaría… que te hayan asignado oficialmente ese papel.

Arqueé las cejas, pero no dije nada.

Caden apartó la mirada.

—Los directores e instructores quieren que creas que ser especialista en distracción es algo inocente, pero no lo es. No has estado aquí el tiempo suficiente para saberlo, pero yo sí.

Al oír sus palabras, una creciente sensación de inquietud fue apoderándose de mí poco a poco.

—¿Por qué no dijiste nada antes, cuando Debbie lo mencionó por primera vez?

Tensó la mandíbula.

—Me parecía algo tan remoto en ese momento… Acababas de llegar, y no habías recibido entrenamiento formal. Di por sentado que cuando empezasen las simulaciones, los directores se darían cuenta inmediatamente de que no estabas lista, pero después de esa última simulación… —Caden negó con la cabeza—. Han visto que fuiste capaz de distraer a un objetivo lo suficiente como para que él te siguiera. Los has impresionado.

Me miró y yo lo miré a los ojos. Les había mostrado demasiado. Había infringido la primera regla que me había impuesto a mí misma desde el día que mi habilidad se manifestó por primera vez: no dejar nunca que otros vieran más de lo que necesitaban ver.

—¿Qué me van a pedir que haga? —Casi tenía miedo de formular la pregunta, pero debía saberlo.

Se acercó más a mí, de modo que estábamos a menos de medio metro de distancia.

—Al principio, estoy seguro de que será fácil, solo un poco de flirteo, como hoy. Luego querrán que hagas algo concreto, tal vez simplemente besar a tu objetivo, y a ti eso no te gustará, pero lo harás por el bien de tus compañeros de equipo y por la seguridad nacional. Y eso matará a una pequeña parte dentro de ti. Y yo tendré que limitarme a verlo y fingir que no pasa nada, que no importa. Pero sí importa. Y eso no me gusta.

Sentí que un escalofrío me recorría el cuerpo. Pese a todo el horror que había descubierto sobre el proyecto Prometheus, no me había parado a pensar realmente en aquel aspecto del programa. Por supuesto que distraer a los objetivos podría significar más que simplemente coquetear con ellos. ¿Por qué me había creído como una ilusa la mentira de Debbie cuando ella le había quitado importancia a ese papel? Yo no me dejaba engañar fácilmente.

Pero ¿importaba eso acaso? El gobierno era dueño de mí y de mis actos. Mientras viviera bajo su techo, tendría que hacer lo que me pedían.

Negué con la cabeza y cerré los ojos.

Sentí que Caden tomaba mi mano entre las suyas y la apretaba.

—No dejaré que te pase eso.

Abrí los ojos.

—No creo que ninguno de nosotros tenga la capacidad de impedirlo.

***

Esa noche, entré en internet para consultar mis mensajes de correo electrónico. Mis padres y Ava todavía no habían respondido.

Me aparté del escritorio, agarré el teléfono y lo miré. No había recibido llamadas ni mensajes desde que había llegado allí. En realidad, eso no me había sorprendido, teniendo en cuenta que mi teléfono no tenía cobertura.

Pero ¿los mensajes de correo? Debería haber recibido alguno, tanto de Ava como de mis padres. ¿Y si alguien estaba vigilando mis mensajes? La idea me dio mucho miedo.

Hacía un par de años, había sentido un profundo interés por las sectas; leía todo lo que caía en mis manos sobre ellas y uno de los aspectos principales que recordaba era cómo adoctrinaban y retenían a los nuevos miembros: mediante el aislamiento; cortándoles la comunicación con el resto del mundo. Eso era exactamente lo que parecía estar haciendo el Proyecto.

Con ese pensamiento, abrí mis cuentas en redes sociales por primera vez desde que había llegado. Cada vez que se abría una de las páginas, aparecía el mismo mensaje:

«Lo sentimos, pero la página que desea visitar ha sido bloqueada. Para más información, haga clic aquí».

Solté un taco. Me habían bloqueado.

Y ahora que me paraba a pensarlo, no me había teletransportado a la casa de mis padres ni a la de Ava desde que llegué. Normalmente, cuando sentía nostalgia, visitaba aquellos lugares y personas a los que echaba de menos y anhelaba ver. Me acordaba perfectamente de que al menos una noche de la semana anterior me había quedado dormida pensando en mi familia. El gobierno había estado controlando mis visitas nocturnas.

Fuesen cuales fuesen los planes a largo plazo que el Proyecto tuviese en mente, no incluían a nuestras familias.

Permanecí sentada frente al ordenador durante mucho tiempo, tratando de decidir qué hacer con esa información. Podía quedarme de brazos cruzados y no hacer nada, como hasta entonces, pero aquello había sido la gota que colma el vaso. El Proyecto me exprimiría hasta dejarme seca, hasta que les diera la última gota de mi sangre, y solo entonces prescindirían de mí. ¿Y alguien me echaría de menos? ¿Acaso se acordaba alguien de los teletransportadores que habían muerto antes que yo?

Todo aquello no servía de nada. Si estaba condenada a morir, entonces al menos más me valía aprovechar mi tiempo de forma productiva.

Una sonrisa fue desplegándose lentamente por mi cara, aunque mis pensamientos eran cualquier cosa menos alegres. Tenía que hacer algo, y solo sabía de una persona que tal vez pudiese ayudarme: Adrian.

Ahora que era obvio que el Proyecto controlaba adónde me teletransportaba, no estaba segura de poder confiar en él, pero Adrian era mi única opción. Si lograba hacer que se pusiera en contacto con mis padres, entonces podrían solucionar mi situación desde fuera.

Aunque eso también podría poner sus vidas en peligro.

Me froté la cara con las manos. De acuerdo, no podía involucrar a mis padres si eso significaba poner en riesgo su vida. Sin embargo, Adrian ya era un fugitivo del gobierno. Lo cierto era que su situación no podía empeorar mucho más, y sabía cosas sobre mí y sobre el Proyecto que podían ser importantes... y que tal vez merecía la pena averiguar.

Pero en lo que estaba pensando era en algo más que descubrir los secretos del Proyecto: quería divulgar esos secretos y desmantelar el Proyecto pieza por pieza. Aquello ya no iba solo de escapar de allí: había que salvar más vidas además de la mía. Solo esperaba que Adrian pensara que tenía tan poco que perder como yo; era la única posibilidad de que accediese a ayudarme.

Poco después, alguien llamó a mi puerta.

—¡Adelante!

Caden entró, vestido con una camisa ajustada y vaqueros. Parecía recién salido de un anuncio de Abercrombie.

Se fijó en mis pantalones de yoga y mi camiseta holgada y suspiró.

—No has mirado tu correo electrónico, ¿verdad?

La ironía del asunto era que sí lo había hecho, solo que había empezado a pensar en otras cosas antes de acabar de leer todos los mensajes.

—¿Qué pasa?

—Los estudiantes están organizando una fiesta en el gimnasio para celebrar que han terminado las simulaciones y el comienzo de las misiones.

—Suena divertido. —Sinceramente, no me apetecía celebrar nada. Había habido heridos por mi culpa, Eric había sido víctima de un empalme y ahora sabía que el Proyecto conseguía salir indemne

de todo aquel derramamiento de sangre aislando a los teletransportadores de sus vidas anteriores.

Caden se apoyó contra la pared, a mi lado.

—¿Quieres ser mi pareja esta noche en la fiesta?

Parpadeé un par de veces.

—¿Habrá que bailar?

Se cruzó de brazos.

—Es una fiesta. ¿A ti qué te parece?

Madre mía, qué susceptible.

—¿Tendré que bailar yo?

Caden arqueó una ceja y sus labios dibujaron una sonrisa.

—Pues claro, joder, si eres mi pareja.

Me encogí, y sus hoyuelos se le marcaron aún más.

—Juraría que la última vez que bailamos juntos, te lo pasaste
bien —comentó.

—Nuestra vida corría peligro —respondí—. Lo hiciste muy
bien como distracción, pero no es que estuviera divirtiéndome exactamente durante la simulación.

—Entonces déjame asegurarme de que te diviertas esta noche.

¿Cómo podía decir no a eso?

Caden me leyó el pensamiento y abrió la puerta.

—Volveré dentro de diez minutos para recogerte y… me debes
ese baile, princesa.

**

Unos cuerpos sudorosos me rozaban mientras me balanceaba a
un lado y al otro en la pista de baile con uno de los pocos vestidos
para salir de noche que tenía.

Estaba algo más que medio borracha.

Durante la media hora anterior, mientras Caden y yo charlába-
mos con distintos amigos, me había quedado apartada a un lado,

tomando una bebida energética tras otra —por lo visto, lo más parecido al ponche que había en el centro—, a las que aparentemente alguien había añadido un chorrito de alcohol. Caden había esperado pacientemente a que bailara con él, pero yo no había querido ir a la pista hasta que hubiese más gente bailando y estuviera un poco más relajada.

En esos momentos, lo único que quería era tomar algo que me calmara los nervios, pero ahora estaba claro que había bebido mucho más de lo que creía.

Y, por supuesto, cuando por fin me habían entrado ganas de bailar, Caden había desaparecido.

De modo que ahí estaba, bailando borracha y sola bajo las tenues luces del gimnasio. Me abandoné por completo al ritmo de la música. El alcohol me proporcionaba un dulce respiro de todos mis problemas y, por primera vez en mucho tiempo, no me preocupaba absolutamente nada.

Unas manos serpentearon alrededor de mi cintura. Me volví y vi a un teletransportador de pelo oscuro. Sus ojos entornados y su sonrisa cómoda me dieron a entender que uno: estaba borracho, y dos: yo le parecía sexi.

¿Por qué no divertirme un poco? Hacía siglos desde la última vez que había perdido el control, y quería soltarme la melena un ratito.

Seguí la cadencia del cuerpo del teletransportador y nos pusimos a bailar juntos al ritmo de la canción. Sus manos se deslizaron sobre mi abdomen, palpando mi estómago tenso y luego ascendiendo poco a poco. Sin embargo, antes de que tuviera la oportunidad de llegar a mis pechos, alguien lo apartó de un empujón. En su lugar apareció Caden.

—¿Lo has empujado? —pregunté, refiriéndome a mi compañero de baile anterior, que ahora nos observaba desde unos pocos metros con expresión confusa por lo que había ocurrido, sin saber cómo manejar la situación.

Caden le lanzó una mirada sombría antes de volverse hacia mí.

—Necesitaba un poco de persuasión.

Rodeé con los brazos el cuello de Caden y me arrimé a él.

—Me alegro de que lo hicieras. No era todo un caballero.

Las manos de Caden me recorrieron la cintura antes de envolverla por completo y atraerme hacia él.

—¿Y qué te hace pensar que yo sí lo soy? —me susurró al oído.

Aparté la cabeza para mirarlo bien. Me observaba con expresión seria. Fue entonces cuando me di cuenta. Tenía los ojos entornados, como el chico con el que había estado bailando, y sus pupilas estaban dilatadas. Era la misma expresión que había estudiado en la clase de Debbie: deseo insatisfecho.

El corazón me latía con fuerza en el pecho. Fuera lo que fuese lo que estaba pasando entre nosotros, iba en serio. Tal vez esa noche lo...

—Mierda. —Empecé a dar media vuelta. No quería hacer nada estando borracha, no con Caden.

—Ah, no, ahora no te puedes ir. —Caden me aferró con fuerza—. Por fin he conseguido que salieras. No te dejaré escapar tan rápido.

Eché la cabeza hacia atrás y miré las luces del techo. Aquello había sonado como una magnífica metáfora de nuestra situación.

—Mírame. Por favor.

Fue ese «por favor» lo que acabó de derribar todas mis barreras.

Incliné la cabeza hacia delante muy despacio y me encontré con su mirada encendida. Mi cuerpo reaccionó a la expresión de sus ojos, con un agradable hormigueo en el estómago. En realidad, me sentía eufórica.

—Ember, me gustas muchísimo. —Su mirada era tan intensa que hizo que se me erizara la piel—. Y hay algo que llevo tiempo queriendo pedirte oficialmente.

Desplacé los ojos hacia sus labios. Esos sensuales labios formaban palabras que quería escuchar, pero en algún rincón de mi mente, sabía que aquello tendría consecuencias. Enamorarme de él tendría consecuencias.

Caden me cogió las manos.

—¿Quieres…?

«A la mierda las consecuencias».

—Sí —suspiré, interrumpiéndolo. Me incliné hacia delante y lo besé. Dejó de hablar y me devolvió el beso, abrazándome como si no fuera a soltarme jamás.

Estábamos bien jodidos.

CAPÍTULO 22

El beso rápidamente se convirtió en una tórrida sesión de morreos y magreos en toda regla. Muy elegante, sí, lo sé. Al menos lo intento.

—¿Podemos irnos de aquí? —le pregunté.

Me había quedado sin aliento. No había parado a respirar ni un segundo.

—Claro, ningún problema.

Caden me tomó de la mano y me condujo por el gimnasio abarrotado de gente. No me molesté en ver adónde íbamos, pero Caden parecía saberlo perfectamente.

Cinco minutos más tarde —o al menos lo que me parecieron cinco minutos—, avanzábamos tambaleándonos por el pasillo que conectaba el gimnasio con la zona de las habitaciones.

Le rodeé la cintura con el brazo cuando pasamos junto a un miembro del personal que caminaba por el pasillo. El hombre nos miró de reojo y sacudió la cabeza, con gesto asqueado.

—¿Has visto eso? —le susurré a Caden mientras los pasos del hombre se oían cada vez más lejos.

—Sí, lo he visto —dijo, acariciándome el cuello.

—Qué desagradable.

—¿Quieres que pare? —me preguntó Caden.

—No, no, me refería a ese hombre, no a ti.

En ese momento centré toda mi maltrecha atención en la ristra de delicados besos que Caden me derramaba desde la clavícula hasta el cuello. Era una porción de piel muy sensible, y me estremecí.

—Cuando estábamos ahí en el gimnasio… lo que pretendías pedirme era que fuera tu novia, no si quería casarme contigo, ¿verdad? —le pregunté—. Porque me gustas y todo eso, pero no estoy preparada para llevar un anillo en este dedo —dije, levantando la mano izquierda y agitando el dedo anular.

Su risa ronca me hizo cosquillas en la piel sensible del cuello.

—Pasito a pasito, princesa. Yo tampoco estoy listo para convertirte en mi reina.

Continuó depositándome besos ligeros por todo el cuello. Envolví un brazo por detrás de su cabeza y me incliné, alejando su atención de mi cuello y mi hombro el tiempo suficiente para arrancarle un beso más sensual. Noté sus labios calientes encima de los míos y se los abrí para intensificar el beso.

Caden se apartó, aparecieron sus hoyuelos y me dedicó una sonrisa deslumbrante.

Me tambaleé ante la fuerza de aquella sonrisa. Eso me serenó lo suficiente como para darme cuenta de que no estaba en el mejor estado para jugar con las emociones.

Su sonrisa se desvaneció, reemplazada por un rictus de preocupación.

—Ember, ¿te encuentras bien?

Ahora que lo decía, la verdad era que no me encontraba muy bien, no. De hecho, me encontraba fatal.

Ay, Dios… Miré a mi alrededor hasta que vi un letrero luminoso de salida, de color verde. Me precipité hacia allí y abrí las puertas de un empujón para salir al encuentro del aire fresco nocturno, que me enfrió la piel. Una vez fuera, me dirigí a unos arbustos cercanos y volví a experimentar el sabor de las bebidas energéticas. ¡El alcohol me había sentado mal!

LAURA THALASSA

Cuando me enderecé, me di cuenta de que Caden me estaba sujetando el pelo. Puaj, ¿cuánto tiempo llevaba ahí?

—Venga, vamos a entrar —dijo, frotándome la espalda.

—¿Me llevas a caballito? —le pregunté, patéticamente.

—Por supuesto.

Y decía que no era un caballero…

Caden me llevó hasta mi habitación y despareció un momento mientras yo me lavaba los dientes repetidas veces. No es que estuviese obsesionada con la higiene bucal, simplemente creo que me quedé dormida varias veces.

Me puse el pijama y salí del baño justo cuando Caden cruzaba la puerta con una botella de agua, una aspirina y un plátano. Me metí en la cama, sintiendo que ya empezaba a dolerme la cabeza.

Caden colocó los objetos en la mesita de noche.

—Mañana esto valdrá más que su peso en oro. —Sonrió con delicadeza y me arropó en la cama. El gesto fue tan conmovedor y tan raro viniendo de Caden que le tomé de la mano cuando se dio la vuelta para irse.

—Quédate conmigo.

—¿Qué? —Arqueó las cejas con cara de sorpresa.

—Por favor.

Me gustaría decir que fue ese «por favor» lo que acabó de derribar todas sus barreras, pero seamos realistas: Caden era un oportunista de pies a cabeza.

Arrimó su cuerpo cálido al mío y me acurruqué. Rodeada por los brazos de Caden, mis problemas parecían lejanos e insignificantes.

Me quedé dormida y, durante los siguientes diez minutos, Caden y yo no tuvimos que teletransportarnos. Estábamos exactamente donde queríamos estar.

***

Me despertó un sol abrasador. Abrí los ojos lentamente. Era como si los tuviese pegados. Una fracción de segundo después, sentí que la cabeza me martilleaba con fuerza.

—Ay —gemí.

Era como si me hubiese atropellado un camión, solo que tenía la suerte de estar viva. Sin embargo, en ese momento no di las gracias por mi buena fortuna, precisamente. Tenía la boca seca y el estómago revuelto. Me moví en la cama, tratando de ponerme cómoda para mitigar el dolor, cuando me rocé con otra piel.

—Mmm.

Me quedé helada.

El brazo que me rodeaba el abdomen con gesto posesivo se tensó, atrayéndome hacia él y haciendo aumentar la agitación de mi estómago.

Caden.

¿Qué había pasado? Me froté las sienes. Los recuerdos volvían a mi cerebro en destellos. El baile. Caden y yo besándonos, yendo allí y quedándonos dormidos, juntos. Él me había pedido que fuera su novia, y yo había dicho que sí.

Me froté la frente. Justo como él me había dicho la noche anterior, me gustaba muchísimo, y eso era un problema. Entre las misiones mortales que iban a asignarnos y mis planes de recopilar información sobre el Proyecto Prometheus, estaba más cerca de la muerte que nunca. Tener un novio en esas condiciones complicaría seriamente las cosas.

Recordé a la chica que había sido la noche anterior, una joven sin preocupaciones. Quizá podía encontrar un término medio entre ella y yo. Tal vez ahora, más que nunca, debía seguir lo que me dictaran mis sentimientos; quizá no tuviera mucho más tiempo para poder hacerlo.

Tomé lo que Caden me había dejado en la mesita junto con algo de ropa y me fui directa al baño.

Tenía las piernas temblorosas, y mi boca retenía el sabor rancio del alcohol mientras permanecía bajo el chorro de la ducha. Me apoyé en la pared y fui tomando pequeños sorbos de agua para hacer gárgaras. Al comprobar que eso no eliminaba del todo el regusto nauseabundo del vodka barato, cogí el plátano y me lo comí en la ducha. Tal vez eso me apaciguaría el estómago y me quitaría las ganas de vomitar.

Todo aquello era como una prueba de equilibrio: comer un poco de plátano para ayudar a contrarrestar los efectos de mi estómago destrozado, pero no demasiado, porque, de lo contrario, aumentarían las náuseas. Tenía que seguir de pie, pero si me mareaba, lo mejor era que me sentara.

Al final, me quedé sentada. Me apoyé contra la pared de la ducha, deslizando los antebrazos sobre las rodillas. Cerré los ojos y tararé la canción de cuna de mi madre. La nana me calmó, pero se me encogió el corazón al pensar en ella y en mi padre.

¿Estarían preocupados por mí? ¿Qué les decía el gobierno? ¿Los volvería a ver algún día?

No estoy segura de cuánto tiempo estuve sentada allí, pero en algún momento me recuperé. Jurándome no volver a probar el alcohol, me levanté y cerré el grifo. Me sequé con la toalla y me cambié.

Cuando abrí la puerta, Caden estaba sentado en el borde de la cama con ropa limpia y el gesto serio. Pensé que tal vez se había arrepentido de lo que había dicho la noche anterior, o quizá del hecho de que nos hubiésemos acostado juntos aunque, técnicamente hablando, eso era lo único que habíamos hecho.

—Ember —dijo—, acabo de consultar mi correo electrónico. Ya hemos recibido nuestra primera misión. Es hoy. Dentro de cinco horas.

Cuando Caden se fue, abrí mi correo electrónico e hice clic en el mensaje con el asunto «Misión de esta noche». El mensaje detallaba adónde iría, quién estaría allí y qué iba a hacer.

LA CHICA EVANESCENTE

Ubicación: Palacio de Bellas Artes.

Información: Uno de los centros culturales más importantes de México, el Palacio de Bellas Artes alberga un teatro histórico y una serie de murales creados por algunos de los pintores mexicanos más destacados de la historia. Deberías dedicar todo el día a leer más información sobre el Palacio de Bellas Artes, la historia de México y los pintores mexicanos más famosos, ya que las conversaciones girarán en torno a esos temas. Puesto que se trata de un encuentro internacional, el inglés y el español serán los dos idiomas principales que se hablarán. Debes ser consciente de las barreras del idioma y de las diferencias culturales. Consulta el manual de etiqueta para obtener información adicional sobre cómo comportarse adecuadamente.

Objetivo: Deberás conocer a Emilio Santoro, establecer contacto con él y mantener su atención mientras los otros teletransportadores extraen información.

Nombre: Emilio Santoro.

Edad: 29.

Sexo: Masculino.

Altura: 1,80 metros.

Peso: 84 kilos.

Notas: Emilio Santoro es el jefe de un cartel colombiano. Ha cometido varios delitos internacionales, incluido tráfico sexual, tráfico de drogas, secuestro, asesinato y torturas. La justicia de varios países lo reclama, pero ha conseguido eludir su captura. Es famoso por su personalidad cambiante. Ten mucho cuidado al interactuar con él.

Habían adjuntado una imagen al correo electrónico. Al abrirla, Emilio Santoro ocupó la pantalla de mi ordenador.

El hombre que sonreía a la cámara no parecía en absoluto peligroso. También era bastante atractivo. Tal vez todo ese rollo de la distracción no estaría tan mal, después de todo. O tal vez, al igual que con Emilio, las apariencias engañaban.

Cinco horas después, y aproximadamente con la mitad de la resaca, me acompañaron a un laboratorio donde me esperaba Dane Richards.

Sentí que el miedo se apoderaba de mi estómago. ¿Qué hacía todavía allí?

A diferencia de la sala donde se realizaban las simulaciones, en aquella había varias camas, todas ellas menos una ocupadas por otros teletransportadores.

Caden ya estaba sentado y le estaban frotando la muñeca con un algodón. Aquella era la primera vez que lo veía desde que nos habíamos separado por la mañana. En esos momentos me miraba con una expresión ilegible.

Ocupando algunas de las otras camas había otros compañeros de clase. Dirigí la mirada hacia Desirée, quien me dedicó una sonrisa mezquina. No la había visto en mucho tiempo, y después de oír lo que me había contado Caden sobre su vida, casi le había cogido cariño. Casi se me había olvidado que las cosas no habían cambiado entre nosotras.

Me senté en la última cama libre. Un técnico se acercó y me frotó discretamente el brazo con un algodón.

—Atención todo el mundo —dijo Dane—: esta noche es extremadamente importante que los planes se desarrollen exactamente como hemos hablado. Jeff, Lydia y Bryce —dijo, mirando a los individuos a mi izquierda—: vosotros vais a entrar primero. Los tres os ocuparéis de configurar las cámaras.

Volvió su atención al otro lado de la sala.

—Candice y Martin —dijo, señalando a otros de mis compañeros—: vuestra tarea consiste en localizar los maletines que contienen el dinero y los documentos clasificados, y en pinchar sus conversaciones si es posible. Desirée, tu tarea consiste en distraer a Sasha Zhirov, el hombre que va a entregar los documentos.

»Ember —dijo, mirándome a los ojos—: tu tarea consiste en distraer a Emilio Santoro, el hombre que va a recibir los documentos. Y Caden, tu trabajo consistirá en espiar a esos dos hombres y vigilar sus movimientos.

Richards apoyó una mano en una de las camas ocupadas.

—¿Habéis entendido todos vuestros roles? —Echó un vistazo a la habitación y todos asentimos con la cabeza—. ¿Alguna pregunta? —Cuando nadie habló, dijo—: Bien. Nos reuniremos mañana por la mañana a las diez para los informes. Y ahora, en marcha.

Tres individuos con batas blancas administraron un sedante a Jeff, Lydia y Bryce. Estos se quedaron dormidos en cuestión de minutos, y observé, fascinada, mientras cada uno de ellos se desvanecía y su ropa, ahora incorpórea, se deslizaba en las camas vacías.

Todo permaneció tranquilo en el laboratorio durante cinco minutos. Luego, de entre las numerosas pantallas de la pared, una parpadeó y aparecieron varias imágenes. Jeff sonrió y saludó a la cámara. Cuando se apartó, vi por primera vez nuestro destino: el Palacio de Bellas Artes.

Me mordí el labio mientras observaba los suelos de mármol, las resplandecientes arañas del techo y la elegante vestimenta de hombres y mujeres. Unos enormes lienzos ocupaban las paredes y los invitados se arremolinaban frente a cada uno de ellos, bebiendo champán tranquilamente y charlando entre sí.

Otra pantalla parpadeó y apareció una parcela de césped y unos cuidados jardines por detrás. Más pantallas parpadearon: cada una mostraba un ángulo diferente del encuentro.

En ese momento, y siguiendo el mismo orden en que habían desaparecido, Jeff, Lydia y Bryce regresaron. Los tres estaban desnudos y profundamente dormidos. Nadie habría dicho que, apenas unos segundos antes, estaban completamente despiertos. Uno de los médicos desplegó varias mantas dobladas y los cubrió uno por uno. Unos minutos más tarde, los sacaron de la sala en sus respectivas camillas.

Y así terminó su papel en la misión.

Durante un buen rato, los demás seguimos viendo a los invitados en los monitores, sin que ocurriera nada destacable. Luego, en una de las pantallas, un automóvil se detuvo en la parte delantera del palacio y de él salió un sujeto de aspecto aterrador.

—Ahí está Zhirov —dijo Richards.

Lo acompañaban dos guardaespaldas, uno con un maletín.

—Y ahí está el maletín.

—¿Qué hay dentro? —pregunté.

—Documentos —respondió Dane, sin apartar los ojos de la pantalla.

—¿Qué clase de documentos?

Dane desvió la mirada de la pantalla para poder fruncirme el ceño.

—Eso es información clasificada.

—Si estamos arriesgando nuestras vidas, ¿no deberíamos saber para qué las arriesgamos? —insistí.

Miré a Caden, que negó con la cabeza.

Dane Richards se acercó a donde yo estaba tumbada. Se inclinó a mi oído.

—¿Qué parte de «clasificado» no has entendido? No estás aquí para conocer los secretos del mundo; estás aquí para proteger nuestra seguridad nacional. —Se irguió y se alejó.

Richards se dirigió al médico.

—Envía al resto del equipo ahora.

CAPÍTULO 23

Rojo burdeos. Era el color de mi vestido largo. Tenía que felicitar a quien estuviese a cargo del diseño de vestuario. El vestido era precioso. También llegué con un bolsito de mano a juego. Abrí el bolso y saqué una entrada y una hoja de papel con instrucciones que ya sabía. Por suerte, en el bolso no había nada más.

—Estás… increíble.

Levanté la vista y vi a Caden mirándome, con los ojos más abiertos que de costumbre.

Le sonreí y lo repasé de arriba abajo.

—Tú tampoco estás nada mal. —Eso era quedarse muy corta. Parecía el sexo personificado en un traje. Pero no pensaba inflar su ego más de lo que ya estaba. Al fin y al cabo, tenía que lidiar con él al día siguiente y todos los días después de ese.

Inspeccioné el entorno. Habíamos aterrizado estratégicamente detrás de unos arbustos del patio trasero del nuevo museo, ocultos a la vista pero lo bastante visibles para poder observar a los invitados.

—Deberíamos ir —dijo.

Asentí y salimos despreocupadamente de detrás de los arbustos. Si alguien había advertido nuestra extraña aparición, lo disimuló muy bien.

Después de entregar las entradas en la recepción, entramos en el museo.

—Está bien, aquí es donde nos separamos —anunció Caden. Me agarró la mano y la apretó con fuerza—. Lo harás muy bien, Ember.

Le dediqué una sonrisa tensa y le apreté la mano yo también. Con una mirada de despedida, me soltó la mano y se fue.

Eché un vistazo a mi alrededor. Los camareros cargados con bandejas de copas de champán recorrían los pasillos y se las ofrecían a los invitados. Me aproximé al camarero más cercano y le pedí una copa. Necesitaba algo con lo que tener ocupadas mis manos nerviosas, por no hablar de que, técnicamente, en México tenía la edad legal para beber alcohol. Menuda promesa, la de no volver a beber nunca más… ¿Cuánto había durado?, ¿cinco horas?

Ahora que mis manos tenían algo con lo que entretenerse, empecé a examinar las obras de arte que colgaban de las paredes.

Francamente, no sabía cómo iba a atraer la atención de aquel jefe de cartel.

—Bienvenida.

O tal vez iba a ser mucho más fácil de lo que creía. Me di media vuelta y me encontré con Emilio Santoro en persona, el narcotraficante colombiano y responsable de varias violaciones internacionales de los derechos humanos. Había venido directamente a mí como una polilla a la luz.

—Hola, señor —le contesté en su idioma. Sonreí e hice girar el champán en mi copa.

—¿Cómo estás esta noche?

Las fotos no le habían hecho justicia a Emilio. Estaba buenísimo. Alguien debería habérmelo advertido; era difícil etiquetar a alguien de malo cuando era tan arrebatadoramente guapo.

—Muy bien, gracias. Los cuadros son maravillosos. ¿Y tú?

Estaba a punto de agotar mis recursos en cuanto a vocabulario.

—Los cuadros son muy hermosos, pero no es eso lo que me ha llamado la atención —dijo en inglés, con un fuerte acento. Le brillaron los ojos.

Maldita sea: era un chico malo. Muy malo. Malo, malo, malote.

—¿Eres americana?

Asentí, sonriendo coquetamente. Tomé un buen sorbo de mi champán y me estremecí cuando me llegó al estómago. Una ola de náuseas inducidas por la resaca se apoderó de mi cuerpo.

—Pues tu español es muy bueno. Estoy impresionado.

—¡Nada de eso! —dije, haciendo un esfuerzo por aguantar el champán en el estómago y seguir actuando—. Pero eres muy amable. La verdad es que tuve algún aliciente para aprenderlo —admití—. Siento debilidad por los hombres latinos… —Me demoré mirándolo a los ojos un poco más de lo necesario, solo para asegurarme de que captaba el mensaje.

Inclinó la cabeza hacia atrás y se echó a reír.

—Creía que las americanas eran tímidas, pero tú… tú eres una pirata.

—¿Soy una pirata? —Sonreí, mirándolo con incredulidad, solo para darle a entender que estaba coqueteando y no juzgándolo. Aunque, seamos realistas, sí estaba juzgándolo, pero me pareció más sensato no cabrear al señor de la droga.

Sonrió, mostrando sus dientes blancos e inmaculados, más blancos incluso en contraste con su piel de caramelo.

—Confío en que no esperes que te entregue el botín, porque los piratas nos tomamos nuestro tesoro muy en serio —le solté.

Eso le arrancó otra carcajada.

—Mi pirata, ¿quién eres?

Empecé a retroceder, sabiendo que tenía que desaparecer pronto. Se suponía que debía esconderme en un baño antes de que eso sucediera para evitar que alguien fuera testigo del momento de mi desaparición.

—Saber eso es asunto mío…, y tuyo averiguarlo.

Creo que había tomado prestada esa frase de alguna película, pero pareció surtir efecto.

—Espera…

Lo miré por encima del hombro y le dediqué lo que esperaba que fuera una sonrisa misteriosa antes de concentrarme en los baños. Me censuré a mí misma mientras caminaba por el museo. Ese intercambio había hecho que me sintiera sucia y utilizada.

En cuanto doblé la esquina de los lavabos de señoras, vi la larga cola que serpenteaba ante la puerta. Maldita sea. ¿Qué iba a hacer? Puede que me quedase un minuto.

Recorrí el sitio con la mirada. Podía ir a un pasillo vacío… No, espera, allí habría guardias de seguridad. ¿Y un cuarto de la limpieza? No, casi siempre estaban cerrados con llave. Podía intentar llegar a los arbustos, pero no estaba segura de que me quedara el tiempo suficiente.

Obviamente, debería haberlo previsto. Siempre había cola en los servicios de mujeres. Qué suerte tenían los hombres; ellos no sufrían ese problema.

Los lavabos de hombres. Pues claro.

Crucé el pasillo y entré en el baño masculino. Aparte de un hombre solitario, que parecía muy confundido por mi presencia, estaba sola. Me metí en el retrete más cercano y cerré la puerta.

Aquella sí que era mi situación típica. Veinte segundos después, me desintegré.

**

Llamaron a la puerta. Antes de que pudiera levantarme para abrirla, Caden entró en mi habitación con una sonrisa radiante.

—Pensé que estarías despierta.

—¿Cuándo te has despertado tú? —le pregunté desde la cabecera de la cama, donde estaba recostada. Llevaba en esa posición un rato, perdida en mis pensamientos. La alarma al lado de mi cama decía que eran las 4:10 de la madrugada.

—Ahora mismo —dijo Caden—. ¿Y tú?

—Hace más o menos una hora.

Los sedantes de la misión de la noche anterior nos habían destrozado los biorritmos. No me iba a volver a dormir en mucho rato.

Se sentó a mi lado en la cama y mi cuerpo se hizo dolorosamente consciente del calor que desprendía el suyo cuando su pierna tocó la mía.

Caden se volvió hacia mí.

—Felicidades por completar tu primera misión —dijo—. ¿Cómo te fue?

Me encogí de hombros.

—Bien. ¿Y a ti?

—Igual que siempre —contestó.

Estudié su cara.

—Llevas haciendo esto mucho tiempo, ¿verdad?

—Desde que tenía dieciocho años.

Eso no era una respuesta.

—¿Y cuándo cumpliste los dieciocho?

—Hace casi un año.

Arqueé las cejas, sorprendida. Era casi un año mayor que yo. ¿Qué creía? ¿Que porque fuésemos pareja habíamos nacido el mismo día?

—¿Por qué te asignaron misiones mucho antes que al resto de los teletransportadores de nuestra clase?

—Me ofrecí voluntario para salir en misiones fuera, pero la mayoría no lo hacen, no hasta que se las asignan.

—¿Para eso servían todas esas simulaciones? ¿Para reclutar al resto de nuestra clase a salir en misiones?

Caden asintió.

—¿Por qué te ofreciste voluntario para eso? —quise saber.

Se quedó mirando al techo.

—Estaba aburrido, y las misiones me daban un chute de adrenalina. He vivido aquí desde que tenía trece años y el Proyecto me ha estado entrenando desde que llegué. Ya estaba listo para poner a prueba mis habilidades.

Trece. Llevaba allí más de cinco años. Me pregunté si le habían dejado salir de las instalaciones alguna vez, aparte de para ir a las misiones. Lo dudaba.

Jugueteé con un hilo suelto de mi edredón.

—¿Cuánto tiempo lleva el resto? —pregunté—. ¿Llegaron después de cumplir los dieciocho años o cuando aún eran menores de edad?

Se encogió de hombros.

—Yo diría que aproximadamente tres cuartas partes llegaron antes de los dieciocho años, y una cuarta parte lo hizo después. ¿Por qué?

Me mordí el labio.

—Me pregunto cómo nos encontró a todos el gobierno.

—Bueno —respondió Caden—, en el caso de los que éramos menores de edad, básicamente nuestros padres descubrieron nuestras habilidades y se pusieron en contacto con el Proyecto. En mi caso, fue porque me dispararon.

Levanté la vista bruscamente, pero él no me miró.

—Fue así como mis padres descubrieron mi habilidad —continuó—. En cuanto lo hicieron, llamaron al gobierno y me enviaron aquí —explicó con gesto triste.

»En otros casos, el detonante fue teletransportarse delante de sus padres, por ejemplo, o quedarse dormidos en el sofá en mitad de una película y luego desaparecer. Ese tipo de cosas.

Siempre había sido bastante paranoica con respecto a mis habilidades, pero nunca había pensado en lo útil que había sido que fuese así de paranoica. Había tomado la costumbre de acostarme la última, de no ir nunca a dormir a casa de ninguna amiga o a una fiesta de pijamas y siempre estaba planeando excusas y explicaciones por si alguien me veía teletransportarme. Mi habilidad me había convertido en una estratega excelente, pero me había complicado las cosas en el plano moral.

—También creo que vigilaban de cerca a las familias involucradas en el Proyecto a partir de cuando descubrieron que nuestra habilidad estaba ligada a la pubertad —dijo Caden.

Pensé en mi propia familia, en los continuos cambios de domicilio y en su actitud y sus extrañas reacciones más o menos en la época en que cumplí los dieciocho. O bien trataban de ser prudentes o sabían que el programa me buscaría. Pensé en lo mucho que me había enfadado con mis padres por todas las veces que nos habíamos mudado de casa, por no haber podido hacer amistades más duraderas. Ojalá hubiera sabido que lo hacían para evitar el embrollo en el que estaba metida ahora.

—¿Cómo encuentra el gobierno a los teletransportadores ya adultos? —Tenía la sospecha de que, de alguna manera, había ido a parar a una misión o a alguna simulación de las suyas cuando me localizaron, pero no conseguía entender cómo había ocurrido eso.

—¿De verdad quieres saberlo? —preguntó Caden.

Asentí.

Se movió para colocarse de manera que me daba la espalda y empezó a quitarse la camiseta.

—Pero ¿qué haces? —exclamé, abriendo mucho los ojos. Tener a un hombre medio desnudo en mi cama no iba a hacer que pensase con más claridad.

Él no me hizo caso mientras se quitaba la camiseta por la cabeza. Admiré la piel de bronce salpicada de cicatrices, algunas alargadas y blancas, otras redondeadas, heridas de bala y de arma blanca. Todavía me resultaba chocante que alguien tan bueno pudiera haberse visto expuesto a tanta violencia.

Se apartó los mechones de cabello ondulado que le besaban la nuca.

—Recordarte esto —dijo—. Nuestras huellas.

Me quedé mirando las mismas líneas negras y retorcidas que le había visto antes. Le decoloraban la piel del cuello y la parte superior de la espalda, y recordaban mucho a las raíces de unos árboles.

—Tu tatuaje oculta esto, ¿no? —me preguntó.

Asentí.

—¿Qué tienen que ver exactamente estas huellas con el hecho de que el gobierno nos localice? —le pregunté, alargando la mano distraídamente para seguir el trazo de las extrañas marcas.

—Te lo diré, pero debes tener la mente muy abierta con respecto a la explicación que voy a darte.

—Está bien…

—Hablé con Dane sobre esto una vez y me dijo que lo cierto es que las marcas ayudan a guiar a cada teletransportador a su destino.

—¿Cómo dices?

—Actúan como un imán, y eso ayuda a que el Proyecto nos dirija a distintos lugares del mundo.

—¿Como un imán? —Arqueé las cejas—. Eso no tiene pies ni cabeza.

—¿Cómo crees que las palomas mensajeras se orientan tan bien? Es el mismo concepto. No estoy diciendo que entienda cómo funciona, solo digo que forma parte de las modificaciones de bioingeniería que nos realizaron.

—Entonces, ¿por qué no apareció la marca hasta que cumplí los dieciocho años, y qué tiene esto que ver con que el centro localice a los teletransportadores adultos?

—No lo sé, pero tengo una teoría. —Le brillaban los ojos—. Cada una de estas marcas es diferente, lo que me hace pensar que es una especie de huella digital de teletransportador, una forma de identificar a cada individuo. Si unes eso a sus propiedades magnéticas, si eres el Proyecto, ya tienes la manera de localizar a los teletransportadores adultos.

Me recliné hacia atrás y miré al techo, pensando en las palabras de Caden. Me mordí el labio, tratando de procesar la inquietante teoría de mi compañero. Parecía muy inverosímil, pero si era cierta… El Proyecto siempre podría controlar adónde me teletransportaba.

La cama se movió y un Caden descamisado invadió mis vistas del techo.

—¿Estás bien? —preguntó.

Negué con la cabeza, sin mirarlo a los ojos. La inquietud y la desazón me habían acompañado como una segunda piel desde que llegué allí. Todo aquel programa tan elaborado estaba basado en secretos, desde las misiones a las que íbamos hasta la naturaleza misma de nuestro ADN. Y lo que había descubierto hasta el momento sobre esos secretos era que protegían verdades muy inquietantes.

—Oye —dijo, apartándome unos mechones de pelo—, pase lo que pase, que sepas que estamos juntos en esto.

Lo miré con una sonrisa triste. Aunque Caden no compartiese mi suspicacia —y no estaba segura de que lo hiciera— él era la única persona en quien podía confiar.

Desplacé las manos alrededor de su espalda y lo atraje hacia mí suavemente. Bajó el cuerpo poco a poco y acercó los labios a los míos. Su beso era justo lo que necesitaba, y sin querer, gemí en sus labios.

Percibí cómo sonreía al oír el sonido.

—Dios, eres tan sexi… —susurró.

Al oír sus palabras, lo atraje aún más hacia mí y él intensificó el beso, enredando su lengua en la mía.

Me aplasté contra él mientras mis labios respondían y mis manos le recorrían la espalda, palpando cada ondulación de los músculos y cada áspera cicatriz.

Caden desplazó la mano a mi cintura, rozando con los dedos la piel expuesta justo bajo el dobladillo de mi camiseta.

Dudó un segundo antes de deslizar la mano por debajo para, acto seguido, subirla por mi estómago y hundirla debajo del sujetador. Jadeé cuando él empezó a masajearme el pecho.

Sentí que el calor me abrasaba el vientre; quería más. Acerqué mis propias manos al botón de sus vaqueros y, tirando hábilmente de él, se lo desabroché.

Caden interrumpió el beso y sacó la mano de debajo de mi camisa. Los dos respirábamos con agitación.

Todavía tenía el cuerpo pegado al mío, pero había agachado la cabeza, y no me miraba a la cara.

—No puedo hacerlo —dijo.

Sus preocupaciones eran evidentes a través de su lenguaje corporal: la posibilidad de que él muriera y yo me derrumbara, como le había ocurrido a Desirée. O que la que muriera fuese yo, y entonces él tendría que pasar por el mismo torbellino emocional por el que estaba pasando Serena en esos momentos.

El caso era que el sexo no iba a cambiar lo horrible de esa situación. Seguiría siendo una situación terrible a pesar de todo.

Entrelacé las manos por detrás del cuello de Caden, acariciando con los dedos el relieve de la piel marcada.

—No me plantearía hacer esto con nadie más —le dije—. Por favor, quiero hacerlo. Contigo. Ahora mismo.

—Tengo que decirte un secreto —dijo, aún sin mirarme a la cara.

Lo observé fijamente, sin decir nada. Sin embargo, por dentro, mi corazón latía desbocado.

Sus ojos se encontraron al fin con los míos.

—Creo que me estoy enamorando de ti.

El corazón se me aceleró aún más —si es que eso era posible— con la adrenalina que me inundó las venas. Caden Hawthorne se estaba enamorando de mí. De mí. Mi estómago se contrajo de alegría solo de pensarlo.

Lo atraje hacia mí y hundí mis labios en los suyos. Llevó las manos a mis sienes y me acarició con los pulgares los mechones sueltos de la melena.

—Si de verdad quieres hacer esto… —Sus labios se movieron sobre los míos mientras hablaba.

—Quiero hacerlo.

—Eres una princesa muy exigente.

Sonrió pegado a mí.

—Por favor, Caden…

Lanzó un gemido.

—Dios…

Me besó de nuevo, esta vez con más intensidad que antes. Un calor llameante me abrasaba el abdomen.

Lo aparté de mí y rodé sobre él para situarme a horcajadas. Agarré el borde de la camiseta y me la quité. No quería perder ni un segundo. Giré el cuerpo para tirar la prenda a un lado.

Caden deslizó las manos sobre mi vientre y mi abdomen, pero fue mi tatuaje lo que llamó su atención. Recorrió con los dedos las plumas de tinta. A diferencia de mí, no parecía tener ninguna prisa; iba a tomarse su tiempo explorando mi cuerpo.

Me incliné y lo besé; sus dedos me recorrieron la espalda muy despacio y la sensación hizo que se me tensaran los músculos.

El hormigueo efervescente en el pecho me hizo sentirme presa del vértigo. No era el deseo voraz lo que me impulsaba a quitarme la ropa, sino algo más puro.

Caden había sido modificado genéticamente para ser mi pareja perfecta, y yo la suya. Ese pensamiento, que al principio me había angustiado, ahora me llenaba de alivio. Recordé mis palabras: «Podría enamorarme de ti muy fácilmente».

Caden no era el único que estaba enamorándose.

Impulsó las caderas contra las mías para que nos diéramos la vuelta. Alargó el brazo y me desabrochó el sujetador.

Cuando me liberé de él, me estremecí con la sensación de aire fresco, que me hizo cosquillas en la piel, y con la forma en que Caden me miraba embelesado.

—Eres tan increíblemente preciosa… —dijo. Volvió a capturar mi boca con la suya, y gemí de nuevo cuando sentí su pelvis empujar contra la mía.

¿Por qué todavía no estábamos desnudos?

Como si me hubiera leído el pensamiento, se levantó de la cama y se quitó los pantalones. Metió los dedos en la cinturilla de los bóxers y también se los quitó. Y luego permaneció allí, inmóvil, como si fuese una estatua cincelada en mármol.

Sentí que la humedad se acumulaba entre mis piernas y que se me aceleraba el pulso.

Caden sacó un preservativo del bolsillo delantero de los vaqueros y lo dejó en la cama antes de acercarse a mí. Sonrió maliciosamente mientras introducía las manos en la cintura de mis pantalones cortos de algodón. Un escalofrío nervioso me recorrió el cuerpo. Sus manos se detuvieron solo por un momento y luego me quitó los pantalones.

Examinó las bragas de color rosa, la última prenda que me quedaba por quitarme. Mi ritmo cardíaco se aceleró cuando, un segundo después, me las quitó deslizándolas por las caderas.

Se paró un momento solo para mirarme.

—Eres perfecta —dijo con voz reverente.

Volvió a la cama y me tomó la cara en sus manos, comiéndome con los ojos. Me besó los labios, luego la barbilla y luego el cuello. A continuación dejó un reguero de besos en mi pecho, deteniéndose a prestar un poco de atención a cada seno antes de continuar su camino descendente. Me besó el estómago y pasó por encima del ombligo.

—Prométeme que te parece bien que sigamos adelante —susurró sobre mi piel.

Tragué saliva, humedeciéndome la boca reseca.

—Te lo prometo.

Me parecía más que bien. Me parecía la mejor decisión del mundo.

Caden agarró el preservativo y rasgó el envoltorio antes de colocárselo. Todo mi cuerpo se estremeció de tensión, de excitación y de anticipación.

Se inclinó para besarme, y cuando se apartó, empujó con delicadeza, observando cómo mis ojos se abrían cuando sentía cómo me penetraba.

Abrí aún más las piernas como respuesta. Me mordí el labio al notar el dolor inicial.

—¿Estás bien? —me preguntó, empezando a apartarse.

Le envolví una mano alrededor del brazo.

—No, no pares —suspiré.

Desplazó los ojos sobre mi cara, frunciendo las cejas con preocupación. Empujó hacia dentro y hacia fuera delicadamente, observando mi expresión. Al cabo de unas pocas acometidas, se me pasó el dolor, reemplazado por los primeros estremecimientos de placer.

Oh, Dios… ¿Era aquello lo que me había estado perdiendo?

Como si me leyera el pensamiento, Caden aceleró el ritmo, haciendo sus embates más profundos que antes. Gemí al sentirlo hincándose en mi interior. Mis caderas se movieron para acudir al encuentro de las suyas, y lo agarré por el trasero para acercarlo más aún.

Sin dejar de deslizarse dentro y fuera, no apartó en ningún momento la mirada de mi cara. Cerré los párpados y sentí una serie de besos tiernos en las mejillas y la barbilla.

Cuando abrí los ojos, sus preciosos ojos de color avellana me devolvieron la mirada, llenos de asombro.

—Estoy intentando recordarme a mí mismo que esto es real —dijo.

Me incorporé para besarlo.

—Te lo prometo, lo es.

Aceleramos el ritmo, y una sensación dentro de mí se iba volviendo cada vez más intensa. Mis caderas acudían a su encuentro cada vez que empujaba, con ansia creciente, alimentando mi deseo.

Mi respiración se hizo cada vez más entrecortada, hasta que la sensación alcanzó su punto álgido. Me aferré a Caden con todas mis fuerzas y enterré la cara en su hombro para sofocar mi grito mientras el orgasmo me estremecía todo el cuerpo.

Caden cerró los ojos y me atrajo hacía sí con las manos cuando terminó, con la imagen del alivio más dulce reflejada en su rostro.

Cuando se retiró y desechó el condón, Caden se acostó a mi lado y me tomó en sus brazos.

Me besó la parte superior de la cabeza mientras yo también lo abrazaba.

Nuestras vidas eran muy complicadas en muchos aspectos, pero tal vez eso era lo que hacía ese momento especialmente maravilloso, porque en ese preciso instante, todo era perfecto.

CAPÍTULO 24

—No puedo creer que nadie te haya hablado del desayuno que sirven a primera hora —me dijo Caden mientras caminábamos de la mano hacia el comedor. En realidad, no me había soltado ni un instante desde lo de mi habitación, pero no pensaba quejarme.

—Se supone que ese es tu trabajo, compañero —le dije. Aunque, para ser justos, Debbie no había mencionado nada al respecto cuando me enseñó las instalaciones.

Aprovechó nuestras manos entrelazadas para atraerme hacia él.

—Me gusta cuando te pones en plan respondona —dijo, inclinándose y besándome en el pasillo solitario. Oí el estruendo de los cubiertos y los utensilios de cocina a lo lejos, mientras los cocineros preparaban el desayuno.

—Sabes que estás fomentando un mal comportamiento por mi parte, ¿verdad?

Enarcó las cejas.

—¿Prefieres que te castigue? —Se me acercó al oído—. Porque podemos arreglarlo —susurró.

Justo cuando sus palabras me estaban erizando la piel, oí a alguien soltar una exclamación. Di un respingo al oírlo, sorprendida de que alguien se nos hubiera acercado tanto aprovechando que estábamos distraídos.

Caden recuperó la compostura antes que yo y volvió la cara hacia el lugar de donde venía el ruido.

—Desirée… —Levanté la cabeza en cuanto ese nombre salió de sus labios.

Nos miraba a los dos fijamente, con las mejillas enrojecidas y los ojos demasiado brillantes.

Cuando Caden y yo nos separamos para mirarla de frente, ella se fijó en mi pelo despeinado, en las mejillas ardientes y en la ropa arrugada. Abrió mucho los ojos y dirigió la mirada a Caden solo un momento, pero el tiempo suficiente para darme cuenta de que algo en su mundo se había derrumbado.

Tragó saliva y centró su atención en mí.

—Tú… —exclamó. Echó a andar por el pasillo hacia nosotros, con pasos cada vez más apresurados, impulsados por sus emociones.

Caden se situó delante de mí con aire protector.

—Desirée, ¿qué estás haciendo?

Se detuvo justo frente a él, tan cerca que vi el brillo de las lágrimas que le humedecían los ojos.

—¿Cómo has podido, Caden? —dijo, con la voz embargada por la traición.

—Ya sabes por qué, Desirée —contestó él en voz baja—. Tú también lo viviste una vez, antes.

Torció los labios con una mueca de disgusto y su cuerpo temblaba cuando me miró a mí.

Odio. Si Debbie me hubiera pedido que identificara la expresión de Desirée, eso es lo que le habría respondido. Me odiaba, y por la expresión de su cara, iba a hacer algo al respecto. No en ese momento, pero pronto.

A sus ojos, acababa de ser derrotada en una batalla crucial, pero la guerra no había hecho más que comenzar.

***

Sonó la alarma del teléfono junto a mi cama, y el cuerpo cálido que había debajo de mí se incorporó y me frotó la espalda.

—Es hora de levantarse, Bella Durmiente.

Me desperecé y una sonrisa afloró en mi cara. No quería abrir los ojos y enfrentarme al día. Después de nuestro encuentro con Desirée, desayunamos y regresamos enseguida a mi habitación, donde los dos disfrutamos el uno del otro de nuevo. En algún momento después de eso, nos quedamos dormidos.

Un beso me acarició los labios y abrí los ojos. Caden se inclinó sobre mí, sin camiseta, y recorrí una de sus cicatrices con los dedos.

—Nuestra entrevista para hacer el informe sobre la misión de ayer es dentro de treinta minutos —me recordó.

Con aquel recordatorio, salí de mi aturdimiento. Misión. Informe. Instalaciones. Por desgracia, no podía pasarme todo el día haciendo de colegiala enamorada.

—No quiero dejarte —dijo—, pero tengo que irme corriendo a mi habitación para darme una ducha rápida y cambiarme de ropa.

—No pasa nada —dije, apartándome el pelo.

Caden se vistió a mi lado y, antes de darse media vuelta para irse, se agachó y me besó en los labios.

—Todavía estoy esperando despertarme de un momento a otro —me susurró en la boca.

Sonreí.

—Supongo que tendré que convencerte una y otra vez de que no es ningún sueño.

En ese momento, se apartó y me miró con una sonrisa traviesa.

—Soy bastante escéptico, así que cuanto más intentes convencerme, mucho mejor.

Me reí y le di un empujoncito.

—Sal de aquí antes de que decida intentar convencerte aquí y ahora.

Cuando Caden se fue, me di una ducha rápida y me vestí, y llegué a la sala de reuniones con apenas unos minutos de antelación.

Caden ya estaba allí, junto con casi todos los demás participantes en la misión de la noche anterior. Me senté junto a él. El corazón me latió con fuerza al ver reflejadas toda clase de expresiones de felicidad en su rostro.

Mi compañero me cogió de la mano. Me regodeé con la calidez de su palma, con su piel áspera y callosa.

Al otro lado de la habitación, Desirée me lanzó una mirada furiosa. Emitió un sonido de disgusto al vernos pegados el uno al otro, cogidos de la mano. Algunos de los demás teletransportadores lo notaron y nos miraban a los tres, uno por uno.

Nunca me había alegrado tanto de ver a Dane Richards entrar en la sala.

—Habéis hecho un trabajo fantástico, todos vosotros —dijo a modo de saludo.

Soltó una carpeta en la mesa de la parte delantera de la sala.

—La misión fue todo un éxito y cada uno de los presentes en esta sala hizo una labor magnífica.

»Después de pinchar las conversaciones de Santoro y Zhirov, hemos descubierto que han planeado otro encuentro entre los dos para dentro de dos semanas en la hacienda de Santoro. Hasta ahora, solo han intercambiado información, pero en esa reunión, finalizarán un contrato para el envío de armas militares desde Colombia a Osetia del Norte-Alania, una zona ubicada en el extremo suroeste de Rusia, en el Cáucaso.

»Como todos trabajasteis tan bien juntos en México, queremos que los ocho volváis a hacerlo en Colombia.

Richards miró a su alrededor, buscando a alguien, hasta que me vio.

—Ah, Ember, te felicito especialmente. Cuando te fuiste, Santoro hizo que sus hombres investigaran quién eras. Parece que le has gustado.

En mi campo visual periférico, vi a Caden ponerse tenso.

Miré a Richards con una sonrisa agria. ¿Tendría que volver a verlo? Cuando se trataba de aquellos viajes, las probabilidades de éxito menguaban con cada visita. Adrian era el mejor ejemplo de lo que sucedía cuando visitaba a alguien más de una vez. ¿Quién sabía cómo iría el siguiente encuentro con Santoro?

—Te hemos creado una biografía falsa —continuó Richards—. Te la enviarán más tarde. Memorízala, porque él probablemente lo haga.

Alguien llamó a la puerta y, un segundo después, Debbie entró en la habitación.

—Ah, Debbie, me alegro de verte —la saludó Richards. Volvió a centrar su atención en la sala—. Ahora, repasemos un resumen de la noche, empezando por Jeff, Bryce y Lydia.

El grupo pasó la siguiente hora discutiendo y analizando lo que habíamos hecho y lo que no, lo que parecía funcionar con nuestros objetivos y lo que no nos llevaba a ninguna parte.

Como nadie había resultado herido, la parte de la reunión dedicada a evaluación y asesoramiento fue mínima, pero, de todos modos, los ocho teletransportadores tuvimos que compartir nuestras impresiones y nuestras emociones sobre la misión.

Las mentiras y las medias verdades me salieron muy fácilmente cuando me tocó el turno de compartir mis sentimientos. Al fin y al cabo, llevaba años disimulando. Además, no quería que el Proyecto entendiera cómo era yo por dentro. Cuanto más me entendiesen, más podían manipularme.

Por sus caras, comprobé que había logrado convencer a casi todos…, solo Caden había visto la verdad. Me di cuenta por la forma en que me observó durante unos segundos demasiado largos cuando terminé de hablar. No estaba segura de si eso me hacía sentir mejor o peor.

Cuando la sesión terminó al fin y nos levantamos para irnos, Richards me llamó:

—Ember, Caden, quedaos un momento, ¿queréis?

Caden y yo intercambiamos una mirada y nos dirigimos hacia Richards. Nos pasó los brazos alrededor de los hombros y nos acercó hacia él. Luché contra el impulso de quitarme su brazo de encima.

—Tengo una pequeña misión para vosotros dos, otro procedimiento de distracción y extracción. Este es bastante simple e inofensivo. Hace unos días, un grupo de individuos irrumpió en el Smithsonian y robó unas piedras preciosas particularmente raras.

»Jacques Mainard, el francés que hay detrás del robo, va a hablar en un congreso que tendrá lugar al final de esta semana en un hotel en la playa de Toulon, en Francia, donde se encuentra en estos momentos. Puesto que el tema de su charla está relacionado con esas piedras preciosas, creemos que las llevará encima o las tendrá cerca.

»Os enviaremos a los dos a su habitación de hotel, donde es más probable que se encuentren las piedras preciosas. Si no están allí, otra pareja os seguirá a ambos para comprobar otras posibles ubicaciones, pero nuestras fuentes señalan que la habitación del hotel es el lugar más probable donde pueden hallarse las piedras.

»Ember, tú serás la distracción. Entrarás primero, cogerás el estuche que contiene las piedras, lo vaciarás y saldrás de la habitación con el estuche vacío. Tu tarea consistirá en atraer la atención hacia ti misma. Mientras distraes a tus objetivos, Caden se teletransportará a la habitación y recogerá las piedras, luego saldrá de la habitación y se reunirá con el equipo en el exterior del edificio. Ember, es probable que te detengan y te esposen y quedes bajo custodia hasta que te teletransportes.

Nos miró a Caden y a mí.

—¿Creéis que podréis hacerlo?

—Sí —respondió Caden por los dos.

—Estupendo. Os enviaremos toda la información necesaria más adelante, esta semana. Podéis iros.

***

Examiné las fotos vagamente familiares y los acogedores muebles de la sala de estar en la que me encontraba.

—Por fin has vuelto. Desde luego, has tardado lo tuyo… —dijo Adrian desde el sofá en el que estaba recostado.

Cerró el portátil que tenía en el regazo y lo depositó en la mesa auxiliar junto a una taza de café humeante.

—Sí, he estado postergando esto tanto como he podido —contesté sarcásticamente, poniendo cara de exasperación. Desvié los ojos a la misma serie de fotos que había visto la última vez que estuve allí. Vi una versión más joven de Adrian en varias de ellas.

—Oye —dije—, necesito hablar contigo sobre el Proyecto Prometheus. No sé por qué te persiguen, pero he decidido confiar en ti…

Adrian se puso de pie.

—¿Que has decidido confiar en mí? Menuda cara tienes diciéndome eso. ¡Eras tú la que me perseguía!

Suspiré.

—Te lo he dicho un millón de veces, yo no te perseguía. Pero eso no viene ahora al caso. He descubierto cosas sobre el Proyecto… No puedo quedarme de brazos cruzados sin hacer nada. —Tragué saliva al recordar el cuerpo de Eric, víctima del empalme—. Confío en que puedas ayudarme.

Adrian se quedó callado durante varios minutos.

—¿Cómo sé que no me estás tendiendo una trampa?

—¿Qué? ¿Crees que intento engañarte? —le pregunté. Su rostro me decía con toda claridad que sí, que creía que tal vez era eso lo que pretendía.

Exhalé un suspiro.

—No intento tenderte ninguna trampa. —Se me nubló la mirada—. Hay un archivador lleno de expedientes sobre teletransportadores muertos y otro con expedientes de chicas embarazadas.

Volví a mirar a Adrian.

—Todos eran adolescentes y tuvieron que morir o convertirse en padres mucho antes de lo que deberían… Es el destino que me espera a mí también, si dejo que ocurra. Me convertiré en carne de cañón.

Tragué saliva y continué hablando.

—Cuando te conocí, el Proyecto no sabía de mi existencia y yo tampoco sabía nada de ellos. Cuando me teletransporté a ese club con un arma e instrucciones de matarte, no tenía idea de quién me había enviado y por qué te querían muerto. Ni siquiera sabía que alguien podía aprovechar mis poderes para teletransportarme. Pero me había estado escondiendo de organizaciones como el Proyecto Prometheus, organizaciones que no dudarían en explotar ese don.

Observé su rostro mientras hablaba. Al principio se mostró escéptico, pero luego vi que, poco a poco, mis palabras borraban esa emoción.

—El director del Proyecto Prometheus y parte de su personal se presentaron en mi casa justo el día después de que abriera la caja fuerte de tu padre. Esa noche me llevaron a unas instalaciones, un complejo rodeado por una alambrada y torres de vigilancia.

»No tengo nada que perder —le dije. Mi garganta se esforzaba por articular mis palabras. Eso era mentira; ahora tenía algo que perder: a Caden.

—¿Qué quieres de mí? —me preguntó Adrian.

—Tu ayuda. Quiero sacar a la luz la existencia del Proyecto para que otros como yo puedan tener una oportunidad de llevar una vida normal. —La cuestión ya no era simplemente escapar; se trataba de acabar por completo con el proyecto—. No te pediría ayuda si no fuera porque el centro tiene vigiladas todas las comunicaciones entrantes y salientes; tengo motivos para creer que controlan incluso adónde me teletransporto.

Adrian me miró con desconfianza una vez más.

—Si controlan adónde vas, entonces deben de haberte enviado aquí.

Negué con la cabeza.

—No entiendo exactamente hasta dónde llega su capacidad de manipulación cuando me teletransporto, pero creo que si supieran cómo enviarme hasta ti, ya te habrían capturado. Creo que esto no ha sido orquestado por el Proyecto.

Fueran cuales fuesen los métodos del Proyecto, no eran perfectos. ¿Cómo iban a serlo? No se podía controlar por completo a un teletransportador capaz de ir a cualquier parte del mundo.

El recelo desapareció de los ojos de Adrian mientras reflexionaba sobre lo que le había dicho.

—¿Así que quieres que te ayude a denunciar públicamente al Proyecto Prometheus? —dijo al fin.

Vacilé, luego asentí.

Se frotó la mandíbula y me estudió durante mucho tiempo antes de hablar. Su expresión era de preocupación.

—Déjame pensarlo antes de aceptar.

Puse cara de desilusión y Adrian suspiró.

—No estoy en contra de ayudarte; de hecho, lo que he descubierto recientemente hace que tenga más interés en ello, pero necesito averiguar exactamente cómo hacerlo sin que me maten en el proceso.

Me dieron ganas de rogarle de rodillas, de suplicarle, de hacer cualquier cosa con tal de convencerlo, sobre todo porque no sabía cuándo lo vería de nuevo, pero saltaba a la vista que realmente necesitaba tiempo. Si lo presionaba, podría oponerse por completo a la idea.

—Está bien —dije, zanjando el tema.

—También tengo noticias para ti. —Se pasó una mano por la cara—. Sé que no me queda mucho tiempo, así que te diré lo que necesitas saber. He estado investigando sobre tu habilidad.

—Te refieres a la capacidad de teletransportarme —le dije, mirando una foto de cuando Adrian era niño con un hombre mayor.

Él asintió.

—También he leído las notas de mi padre que intentaste robar.

Puse cara de exasperación y tomé la foto para verla de cerca.

—No intenté robar…

Levantó una mano para interrumpirme.

—¿Te sorprendería saber que esas notas te mencionan de manera específica?

Me quedé helada.

—¿Cómo dices? —Levanté la vista de la fotografía que tenía en las manos.

—Mi padre —continuó diciendo, con sus ojos verdes y penetrantes— era el director del equipo que te creó.

El marco de la foto me resbaló de las manos, se estrelló contra el suelo y el cristal quedó hecho añicos.

—¿Tu padre me hizo esto? —exclamé. Había dicho anteriormente que su padre había estado involucrado, pero no que hubiese dirigido personalmente al equipo que había alterado mis genes, ni que tuviese notas sobre mí, ni que supiese mi nombre.

Los labios de Adrian formaron una delgada línea.

—No solo a ti. Le hizo esto a muchos otros, también a mí.

CAPÍTULO 25

—¿Puedes teletransportarte? —le pregunté con un hilo de voz.

Negó con la cabeza.

—No. Yo nunca formé parte del proyecto. Yo… yo era el hijo que siempre quiso.

Recogí la foto que se me había caído al suelo. Estudié la imagen. El hombre de la foto era mayor y tenía la cara muy señalada. Unos dientes pequeños sobresalían entre los labios delgados. Sufría la doble desgracia de tener dientes de conejo y una barbilla debilucha.

—¿Ese es tu padre? —No me molesté en levantar la vista.

—Sí. Y el niño soy yo.

A diferencia de su padre, Adrian tenía unos rasgos perfectos, incluso en la infancia: unos ojos verdes enmarcados por unas largas pestañas, la cara en forma de corazón y una sonrisa preciosa.

—Entre los dos no hay mucho…

—¿Parecido? —terminó la frase por mí—. Lo sé. Aunque te sorprenderá saber que comparto sus mismos genes, solo que jugó bastante con los míos.

—¿Qué más te hizo? —le pregunté.

—Se aseguró de que tuviera una inteligencia superior a la media y de que fuera una persona empática y amable por naturaleza.

—Pues no parece que haya tenido mucho éxito con eso —le solté.

—Muy graciosa —dijo, sonriendo con tristeza mientras miraba la foto—. Le echo de menos. Murió hace unos meses. Realmente era un gran hombre.

—Ya. —Sabía que mi respuesta era un poco grosera, pero a ver, el tipo había jugado a ser Dios y me había destrozado la vida en el proceso.

—Sabía que lo que había hecho estaba mal —dijo Adrian, desplazando los ojos para mirarme a la cara—. Por eso te creó.

Nos quedamos en silencio unos segundos. Me aclaré la garganta.

—Ahora sí que no entiendo a qué te refieres.

Dejé la foto de nuevo en el estante y me crucé de brazos poniéndome a la defensiva.

—En sus notas, mi padre dejó una lista de los teletransportadores que había modificado de forma ligeramente distinta al resto. Esos individuos fueron codificados para ser desafiantes, curiosos y desconfiados por naturaleza.

Se acercó a mí y envolvió sus manos alrededor de mis antebrazos. El contacto de sus manos me hizo estremecerme.

—Ember, estás en esa lista.

Abrí los ojos como platos. No es que me sorprendiese exactamente que alguien me hubiese hecho eso, sino que, de entre todos los teletransportadores, yo fuese uno de los pocos que habían sido codificados para crear problemas.

—El Proyecto quería eliminar esos rasgos de sus teletransportadores, porque claro, ¿de qué sirve una buena arma si no puedes controlarla? —Los ojos de Adrian empezaron a brillar de entusiasmo, y di un paso atrás, torciendo los labios con un rictus de preocupación—. Así que mi padre estudió a las parejas participantes, leyó sus expedientes y, tras seleccionar a algunas de ellas, modificó unos genes adicionales de los futuros hijos de esas parejas.

»Solo alteró los genes más sutiles, los genes que ayudaban a empujar los rasgos de personalidad en una dirección u otra. El

Proyecto ya cribaba los genes principales que codificaban los rasgos del carácter, por lo que se limitó a modificar los que, con la combinación correcta de naturaleza y ambiente, podían recibir una influencia.

Arqueé las cejas al oír aquello.

—Eligió a aquellas parejas con más probabilidades de cultivar esos rasgos en la dirección correcta.

Pensé en mis propios padres. Siempre me habían dejado ser yo misma y siempre me habían animado a hacer preguntas; habían sido los candidatos perfectos para el pequeño proyecto paralelo de su padre.

—Era un riesgo, no sabía si aquello funcionaría o no, pero ahora sé que sí. Tus acciones son la prueba.

Me froté la frente, tratando de procesar toda aquella información. La idea de que mis genes hubieran sido manipulados un poco más que los otros me hizo sentirme peor en lugar de mejor. Eso explicaba algunas cosas, claro, pero a veces era preferible vivir en la ignorancia.

—Si de verdad crees que soy una prueba de que el pequeño experimento de tu padre funcionó, ¿por qué no has decidido hasta ahora confiar plenamente en mí? —le pregunté.

Se cruzó de brazos y me miró.

—Por favor, no nací ayer. El instinto de supervivencia puede prevalecer incluso por encima del comportamiento más desafiante. Era lógico pensar que, si una teletransportadora como tú sobrevivía tanto tiempo, tendría un instinto de supervivencia muy desarrollado. Sin embargo, ahora que te has dado cuenta de lo grave que es tu situación, he llegado a la conclusión de que por fin puedo confiar en ti.

—Gracias por el voto de confianza —dije con sarcasmo, sobre todo para disimular lo mucho que me habían afectado sus palabras. Lo mucho que me había afectado toda aquella conversación.

—Bueno —dije—, ¿y qué pasó con los demás?

—¿Te refieres a los otros teletransportadores cuyos genes fueron alterados como los tuyos?

Asentí con la cabeza.

Se encogió de hombros.

—Tal vez algunos murieron. Los rasgos probablemente nunca se expresaron en otros. Puede que haya más por ahí que también sean personas desafiantes, pero tú eres la que vive en las instalaciones, así que dime: ¿has notado si hay algún otro teletransportador cuyo comportamiento pueda calificarse como rebelde?

Negué con la cabeza. No, no había visto nada de eso. Aunque no es que significara nada; al fin y al cabo, la supervivencia triunfaba sobre la desobediencia.

Me froté la frente.

—¿Qué esperaba lograr tu padre al alterar a los demás miembros de esa lista y a mí?

—Ya te lo he dicho, empezó a remorderle la conciencia en algún momento. Quería que el programa se autodestruyera, y quería que lo hiciera uno de vosotros.

***

A la mañana siguiente, en cuanto me desperté, saqué un viejo cuaderno y me puse a anotar todo lo que recordaba sobre mi conversación con Adrian de la noche anterior. Cuando terminé, me froté la mano y pensé en todo lo que había descubierto.

Más desconcertante aún que la idea de que un científico hubiese planeado todo aquello casi dos décadas antes era que, de alguna manera, todo estaba saliendo según sus planes.

No sabía hasta qué punto la naturaleza y el ambiente de cada uno afectaba a la persona en la que nos habíamos convertido, pero todo apuntaba a que, si se daba la combinación adecuada, eso podría explicar muchas cosas. Después de todo, yo no parecía encajar allí como los otros teletransportadores: era la solitaria, la que hacía demasiadas preguntas. Los demás, incluido Caden, tenían verdaderamente la mentalidad ideal de soldado: trabajaban juntos, se defendían unos a otros con su propia vida y no cuestionaban las órdenes.

Obedeciendo a un impulso, encendí el ordenador para hacer una pequeña investigación sobre el padre de Adrian. Mientras esperaba que la máquina arrancara, me puse a mordisquear el bolígrafo.

Había sido increíblemente oportuno que conociese a Adrian, yo, la chica que cuestionaba las órdenes, la que había entregado en mano al hijo del científico el trabajo de su padre. Era una posibilidad demasiado remota para que fuera una simple coincidencia.

Pero, si no era una coincidencia, entonces, ¿qué estaba pasando?

En cuanto se encendió el ordenador, abrí el navegador. Primero busqué a Adrian Sumner, recordando su apellido de la primera nota que había recibido semanas atrás. Solo lo estaba investigando para encontrar información sobre su padre, pero en cuanto busqué en Google el nombre de Adrian Sumner, los resultados que vi eran demasiado jugosos para no leerlos.

Se habían publicado varios artículos sobre él en publicaciones famosas como el *Huffington Post*, *Men's Health* y *Scientific American*.

Adrian era un graduado de Yale que se había dedicado a la informática en lugar de trabajar con genes, como su padre. Había diseñado y patentado varias innovaciones que luego le habían comprado las grandes empresas tecnológicas y, según el *Huffington Post*, estaba logrando unos avances asombrosos en el campo de la inteligencia artificial.

Cuando no estaba impulsando su tecnología en Silicon Valley, disfrutaba de la buena vida codeándose con la *jet set* de Nueva York, o eso ponía en internet. Las fotos que publicaban de él estaban llenas de glamur; una imagen muy elegante de él vestido con traje iba seguida de otra en la que aparecía recostado en la cubierta de un yate al lado de un actor muy famoso. No sabía qué era lo que me disgustaba más, su vida de *yuppie* o que yo se la hubiese arruinado.

Abrí otra pestaña y encontré un artículo sobre Adrian que lo vinculaba con su padre, el doctor Brent Sumner. Bingo.

Escribí el nombre de su padre en la barra de búsqueda y pulsé la tecla INTRO. Durante los siguientes quince minutos, estuve abriendo página tras página sobre el buen doctor.

Me mordí el labio mientras leía todo lo que había hecho. Su fama venía no solo de comprender el funcionamiento de la genética humana, sino de averiguar cómo los genes influían unos sobre otros. Además, había pasado gran parte de su tiempo trabajando con la «materia oscura», secciones de ADN que no contenían genes, pero que eran factores desencadenantes para la expresión de los genes.

Factores desencadenantes para la expresión de los genes. Eso se parecía muchísimo a lo que Adrian me había dicho la noche anterior. Puede que acabase de encontrar el factor que había detrás de mi temperamento.

Pestañeé y me concentré de nuevo en los resultados de búsqueda. No era de extrañar que la única mención del trabajo del doctor Sumner dentro del Proyecto Prometheus procediese de una fuente algo turbia que hacía referencia en unos términos absolutamente vagos a la época en la que el doctor Brent Sumner trabajó para el gobierno. En cambio, la mayoría de los artículos lo elogiaban por su papel en la terapia génica, especialmente por sus esfuerzos humanitarios en Nigeria y Sudáfrica, donde ayudó a tratar a pacientes con VIH.

Volví a las imágenes de Adrian y negué con la cabeza.

Si Adrian me había dicho la verdad y su padre había sido el científico principal del Proyecto, entonces un par de cosas parecían obvias: en primer lugar, alguien había hecho todo lo posible para desvincular a Sumner del Proyecto Prometheus. Eso no era ninguna sorpresa. Si el gobierno no quería que el programa fuera de dominio público, haría lo posible por borrar su rastro.

En segundo lugar, decididamente, el doctor Sumner parecía haber cambiado de parecer en cuanto a sus criterios sobre la genómica, si considerábamos su labor humanitaria. Eso significaba que Adrian podía estar diciendo la verdad.

Pero ¿qué importaba? Mi único y mejor aliado, el buen doctor, había llevado a cabo el truco de magia de desaparición definitivo: había muerto.

Un golpe en mi puerta interrumpió mis reflexiones.

—¡Adelante! —exclamé.

Caden entró con un plátano y unas tostadas.

—No has aparecido a la hora del desayuno esta mañana, así que he pensado traerte algo de comida.

Se acercó a donde estaba sentada y me colocó el desayuno delante.

Una sonrisa se desplegó despacio por mi cara.

—Eres muy amable —le agradecí, cogiendo el plátano.

Se acercó tanto a mí que percibí su aliento fresco sobre mi piel.

—«Amable» no es la palabra que yo emplearía. «Excusa» sería mucho más precisa. Te he traído el desayuno como excusa para verte y besar tus labios unas cuantas veces antes de que empiecen las clases.

Me olvidé del plátano y dejé que me ayudara a levantarme. Me estrechó entre sus brazos y yo le rodeé el cuello mientras levantaba la cabeza para besarlo.

Sus labios suaves se fundieron con los míos, pero, cuando ya empezaba a abandonarme en el sabor de Caden, su cuerpo se tensó e interrumpió el beso.

—¿Por qué estás mirando fotos de Adrian Sumner? —La voz de Caden sonaba un poco rara.

Miré a Caden con perplejidad.

—¿Lo conoces?

—¿Lo conoces tú? —preguntó.

No respondí de inmediato. Aunque quería confiar en Caden, sabía que su lealtad se debía al Proyecto. Y sabía que la mía estaba en otra parte.

Suspiré.

—Sí.

Caden esperó a que yo siguiera hablando, pero cuando no lo hice, me preguntó:

—¿De qué?

Me encogí de hombros.

—Me invitó a una copa en una fiesta una vez. Hemos sido amigos a regañadientes desde entonces.

—¿Sabías que lo buscan por traición? ¿Que llevamos semanas intentando capturarlo?

No sabía lo de la acusación de traición, pero sí que estaba huyendo del gobierno.

Cuando mi expresión no cambió, la mirada de Caden se hizo más dura.

—¿Eso no te molesta?

—Bueno, hay muchas cosas sobre la situación de Adrian que me molestan, pero si supieras lo que hice, probablemente no tendrías la misma opinión de él.

—Lo dudo mucho. —Me miró fijamente—. ¿Qué sabes sobre ese tipo? —Por el tono de su voz, no era la pregunta que quería que le respondiese. No: si sabía leer entre líneas, Caden quería saber qué significaba Adrian para mí.

Miré el reloj. Teníamos media hora antes de que empezara nuestra primera clase. Tiempo suficiente para confiar en Caden y contárselo todo.

Me mordí el labio. Mi instinto de supervivencia estaba librando una auténtica batalla con mi necesidad de no estar sola. Quería decirle lo que estaba pasando, pero no sabía hasta dónde estaba dispuesto a llegar Caden por mí y hasta dónde por el gobierno.

Fe. Nunca había andado sobrada de eso. Tal vez ahora era el momento de aprender a tener fe en otro ser humano.

Inspiré hondo.

—La primera vez que vi a Adrian fue el día después de cumplir dieciocho años, una semana antes de llegar aquí. Aparecí en una fiesta suya con una pistola y una nota con la orden de matarlo.

Caden pareció ofendido al oír aquello.

—¿Tú crees…?

—¿Que fue el Proyecto? No lo sé, probablemente. —Ahora que lo había meditado con tiempo, aquel primer encuentro parecía extraordinariamente oportuno—. ¿Quién más podría ser?

Caden frunció el ceño y continué hablando.

—La siguiente vez que vi a Adrian, acababa de teletransportarme a su estudio con otras instrucciones: una serie de números crípticos que resultaron ser la combinación de una caja fuerte instalada en la pared. La caja fuerte contenía unos diarios y varias piedras de color gris oscuro. Adrian apareció poco después de que abriera la caja fuerte.

Pasé los siguientes veinte minutos explicándole el resto de mis visitas a Adrian y su relación con el Proyecto Prometheus. Lo único que omití fueron mis rasgos de personalidad alterados genéticamente y mi plan de denunciar públicamente al Proyecto.

Mientras hablaba, seguí esperando que la mirada de Caden se dulcificara y que el rictus severo de su boca se suavizara. No pasó ninguna de las dos cosas.

Incluso después de mi explicación, Caden no parecía muy convencido.

—Ember, a Adrian Sumner lo buscan por traición. Es un criminal. Si ha podido traicionar a un país, ¿qué te lleva a pensar que no te traicionará a ti?

Estaba visto que la fe no iba a servirme de nada.

—¿Por qué es tan difícil creer que podría estar diciendo la verdad? ¿Que el Proyecto del que formamos parte podría tener un lado oscuro?

Caden me miró con incredulidad.

—Ya sé que el Proyecto tiene un lado oscuro, que hay muchas cosas de nuestra situación que no están bien, pero piensa en términos más amplios: protegemos a la sociedad civil estadounidense, millones de vidas, mediante nuestras acciones.

Me apartó un mechón de pelo, pero la ternura del gesto quedó anulada por la hostilidad de los ojos de Caden.

—Si lo que dices es verdad y él tiene las notas sobre cómo fuimos creados, entonces es una amenaza para la seguridad nacional. Puede vender esas notas al mejor postor, y no creas que no lo hará. Hasta las personas honradas engañan a los demás para salvar el pellejo.

Resultaba irónico que Adrian hubiese dicho casi exactamente lo mismo de mí la noche anterior.

—Ember, esto es más grande que nosotros. Puede que nuestra situación sea injusta, pero sirve a un bien mayor. Tiene una finalidad, ¿no? —Caden enarcó las cejas.

Lancé un suspiro y sacudí la cabeza.

—Pero ¿no crees que podría haber un conflicto de intereses?

Caden suspiró como si yo ni siquiera hubiera entendido lo que me había dicho. Y lo había entendido, solo que era un poco más suspicaz que él respecto a los objetivos altruistas del Proyecto cuando se trataba de nosotros.

—Escúchame —le dije—. Decir que esto es un problema de seguridad nacional es una forma de verlo, pero te voy a mostrar otra: lo que sea que haya en esas notas es extremadamente incriminatorio. Si el contenido se hace público, el mundo verá que nuestro código genético fue manipulado. Y si alguien indaga más a fondo, descubrirá que nuestros padres no dieron su consentimiento para eso.

»Puede que descubran también que el Proyecto entrena a menores para ser soldados, que nos tienen prisioneros aquí y que nuestro contrato militar no tiene una duración de dos años, sino que es de por vida. Lo que quiero decir es que esas notas pueden o no ser una amenaza para la seguridad nacional, pero son una amenaza absoluta para el Proyecto.

Caden asintió a regañadientes.

—Entiendo lo que quieres decir. Sigo creyendo que el gobierno tiene una explicación lógica para sus acciones, pero procuraré mantener una mente más abierta con respecto a Adrian.

No era la respuesta que quería, pero me conformaba.

Después de cenar esa noche, pasé dos horas entrenando con Caden, como había hecho la mayoría de las noches desde que llegué a las instalaciones. Dado que también practicaba con él en el campo de tiro, pasábamos las tardes trabajando juntos.

Esa noche habíamos sacrificado mis prácticas de tiro por una sesión extra de combate cuerpo a cuerpo. Había pasado la mayor parte de la práctica perfeccionando mi postura y fijándome en las sutiles señales que delataban las intenciones de mi oponente.

Pero en ese momento íbamos a acabar con un combate. Le lancé a Caden un gancho con la derecha y luego con la izquierda. Cuando los bloqueó, retrocedí, pero él me siguió, meciéndose hacia delante y hacia atrás sobre las puntas de los pies.

Por la forma en que encogió el cuerpo y tensó los músculos, supe que estaba a punto de lanzar un puñetazo. Utilicé el brazo izquierdo para bloquear el golpe antes de que me alcanzara y le di un puñetazo en el estómago. Mientras recuperaba el aliento, le pasé las piernas por debajo. Su cuerpo golpeó la colchoneta y oí cómo el resto del aire abandonaba sus pulmones.

Por fin empezaba a pillarle el tranquillo.

Trató de levantarse, así que en lugar de empujarlo hacia abajo, me puse a horcajadas sobre él.

—Por fin te tengo justo donde quiero. —Le dediqué una sonrisa traviesa, pensando en todas las cosas que habíamos hecho la última vez que lo había montado a horcajadas.

Él seguía tratando de recuperar el aliento, con la respiración jadeante.

—¿Te he dicho alguna vez… que tengo una especie de debilidad por las chicas que llevan cascos de espuma de color azul?

La comisura de mis labios formó una sonrisa y le di un rápido beso. Me puse de pie y lo ayudé a que se levantara él también.

—Buen trabajo, princesa —me felicitó.

—Gracias, aprendí del mejor —le dije mientras me quitaba el casco.

—No, de verdad. Me has tumbado, y yo llevo cinco años de entrenamiento. Has vencido a un oponente entrenado.

Me encantó oírlo.

—¿Sabes lo que significa eso? —preguntó con una mirada intensa.

—Mmm… ¿Que me vas a premiar con un abrazo desnudo?

Sonrió ante mi comentario, pero su expresión no cambió.

—Que puedes defenderte en una misión. Ya no tienes que depender de nadie más para salir de una situación difícil.

Procesé el significado de sus palabras. Podía defenderme. Todavía me quedaba mucho que aprender, pero me permití disfrutar momentáneamente del sabor de la satisfacción.

Pero mi ánimo no tardó en ensombrecerse. El centro me había preparado para enfrentarme a las amenazas por la fuerza. Habían creado y entrenado a un monstruo.

El problema con los monstruos era que no se podía confiar en ellos.

Guardamos el equipo y salimos del gimnasio de la mano. Se me aceleró el corazón por el contacto de su piel con la mía, lo que solo hizo que acentuar mi deseo por Caden.

—¿Sabes? Estaba pensando… —dije con aire despreocupado—. Podríamos ir al lago, ya sabes, para celebrar que soy un arma letal.

Enarcó una ceja.

—¿Estás intentando cobrarte ese abrazo desnudo?

—Deja ya de leerme el pensamiento.

No podía ocultarlo: quería pasar el máximo tiempo posible con él.

Se rio y me atrajo hacia sí.

—Creo que le gusto a alguien…

El corazón me latía con fuerza. Por desgracia para los dos, era mucho más que eso.

CAPÍTULO 26

Cuando llegamos al lago, las estrellas brillaban majestuosamente sobre nosotros. Caden soltó la mochila y sacó una manta y un termo.

—Chocolate caliente —dijo, pasándome el recipiente.

Dejé en el suelo la linterna que tenía en la mano para sujetar el termo.

—Creo que acabo de enamorarme de ti otra vez —le dije. En cuanto terminé de pronunciar esas palabras, me quedé inmóvil.

Caden levantó la cabeza y fijó en mí su aguda mirada.

—¿Qué acabas de decir?

Negué con la cabeza, alegrándome de que no pudiera ver el rubor que me teñía las mejillas. Pasaron los segundos y lo único que se oía era el canto de los grillos y el croar de las ranas a lo lejos.

Las agujas de pino se partieron cuando Caden se acercó a mí. La luna y el tenue resplandor de la linterna eran lo único que iluminaba su rostro cuando me tomó la mano.

—Por favor —dijo, y la apretó.

Una inyección de adrenalina me recorrió todo el cuerpo y se me disparó el pulso. Me sentía como un animal atrapado. A mí se me daba bien la supervivencia: mimetizarme con el entorno, huir, luchar y flirtear para salir de cualquier situación problemática.

Pero aquello no se me daba bien. Ni por asomo. Mis sentimientos por Caden eran como otro secreto que, una vez revelado, alguien podía utilizar contra mí.

Lo miré fijamente. Aun con aquella tenue luz, tenía los ojos brillantes. Se había despojado de todas las capas que se ponía ante los demás, por mí. Yo podía hacer lo mismo por él.

—Te quiero —susurré.

El mismo silencio desconcertante de antes siguió a esas palabras. Alternó la mirada entre mis ojos.

—Dilo otra vez.

—Te quiero. —Trasladé el peso del cuerpo de un pie a otro, pero no aparté la mirada. Esas dos sencillas palabras me hacían sentir vulnerable y poderosa a la vez.

Una sonrisa le iluminó la cara, y esos preciosos hoyuelos le horadaron las mejillas.

—Yo también te quiero —dijo, con voz risueña. Como si fuera sencillo.

Y entonces se inclinó y me besó. Los labios de Caden eran lo único que tenía blando en todo el cuerpo, pero hasta ellos perdieron su suavidad cuando el beso se volvió más exigente.

Sus manos llegaron hasta mi cintura y se tensaron antes de deslizarse por mi abdomen hacia arriba, arrastrando de paso mi camiseta. Tiró de la ropa por encima de mi cabeza y la soltó antes de pasarme una mano por el torso y desabrocharme el sujetador.

Caden interrumpió el beso el tiempo suficiente para tomarme en brazos y colocarme suavemente sobre la manta. Se quitó la camiseta él también y, a la pálida luz de la luna, las duras placas de sus pectorales se tiñeron de azul.

Apretó el cuerpo contra el mío al agacharse. Cerré los ojos un instante para paladear la sensación del contacto de su pecho con el mío. Deslicé las manos por sus abdominales. A diferencia de mi piel lisa, la suya se hundía y se elevaba allí donde las cicatrices y los músculos la tensaban.

Me observó mientras memorizaba cada centímetro de su cuerpo, con la luz de la luna reflejándose en sus ojos.

—Estamos bien jodidos —exclamó, sacudiendo la cabeza. Hablaba en voz baja y cadenciosa.

Me quedé inmóvil un instante, apartando los ojos de sus pectorales para mirarlo a la cara.

—Lo sé —susurré.

Desde luego que lo sabía. Tarde o temprano, a uno de los dos le sucedería algo y, entonces, todo se derrumbaría. Y si aquello era el amor, entonces ni siquiera podía empezar a imaginar cómo sería el sentimiento de la pérdida.

Deslicé las manos más abajo hasta que alcancé con los dedos la cintura de sus vaqueros. Desabroché el botón y bajé la cremallera antes de quitárselos. Mis movimientos eran de desesperación. Amar a Caden y saber que podía perderlo en cualquier momento hacía que me sintiera ansiosa por salvar la distancia entre nosotros.

Caden me tomó las manos y las besó antes de soltarlas para poder levantarse. Se despojó tanto de los pantalones como de los calzoncillos antes de arrodillarse frente a mí.

Me desabrochó los pantalones y me los quitó muy despacio. Luego ladeó la cabeza.

—¿Alguien se ha puesto mis bragas favoritas? —preguntó, y aparecieron sus hoyuelos.

Miré el tanga que llevaba y enarqué las cejas cuando me di cuenta: eran las que había metido en la mochila el día que me detuvo.

—¿Te acuerdas de cómo eran?

Caden levantó la vista el tiempo suficiente para lanzarme una mirada abrasadora.

—Como si pudiera olvidarlo… —Tiró del elástico—. He tenido fantasías con vértelas puestas desde entonces.

Ahogué una sonrisa.

—Me da miedo la memoria y la vista que tienes cuando se trata de cosas que te interesan.

Una sonrisa maliciosa se desplegó por su rostro, pero lo único que dijo fue:

—Definitivamente, te las vas a dejar puestas.

—Solo si me lo pides bien —le dije.

Se inclinó hacia delante y me besó mientras apartaba con los dedos la fina tela para hundirlos en mi interior.

—Por favor —dijo mientras se me cortaba la respiración.

Mis músculos se tensaron con la sensación de ser acariciada por dentro.

—Oh, Dios, sí… —le respondí, con los labios pegados a su boca. Le habría dicho que sí a lo que fuese siempre y cuando no apartase los dedos de allí.

Y entonces su pulgar entró en acción.

Algo muy parecido a un gemido salió de mi garganta mientras me acariciaba el clítoris. Mi estómago se tensó ante las oleadas de placer.

—Joder, Caden, ten un poco de piedad…

Besó el punto en que mi mandíbula se unía a mi oreja.

—Creo que quiero oírte suplicar un poco más.

Impacientar a una mujer completamente excitada no era la mejor idea del mundo.

—Solo te lo voy a decir una vez —suspiré—, y luego quiero que vayas a muerte: ponte el condón y, por favor, termina lo que has empezado.

Caden se rio, para nada molesto con el tono amenazador de mi voz.

—Está bien, princesa. Tus deseos son órdenes para mí.

El contacto de su piel se interrumpió por un brevísimo instante, apenas el tiempo suficiente para que se pusiera el condón que sabía que llevaba encima, y luego se recostó sobre mí.

Caden levantó una pierna y se deslizó lentamente en mi interior, permitiendo que mi cuerpo se acomodara al suyo. Acto seguido, con una lentitud insoportable, se retiró casi por completo antes de volver a arremeter y deslizarse más dentro de mí.

En ese momento empecé a gemir de verdad mientras el muy arrogante lucía la sonrisa engreída de un tipo que sabía lo bueno que era en la cama.

Se recolocó para apuntalarse sobre los codos. Me observó mientras aceleraba el ritmo.

—Te amo —dijo, con el rostro serio.

Pestañeé.

—Yo también te quiero.

Era curioso cómo, cuanto más pronunciaba esas palabras en voz alta, más fácil me resultaba decirlas.

—Creo que nunca me cansaré de oírte decir eso.

—Será mejor que no —dije con la voz entrecortada mientras Caden embestía una y otra vez, y cada vez más rápido. Lo oí reírse piel contra piel.

El ritmo se aceleró y me apreté a él con más fuerza. Todo mi cuerpo se estremeció, y grité cuando el orgasmo reverberó por cada centímetro de mi piel.

Sus embates se hicieron cada vez más duros, hasta que se detuvo un brevísimo instante. Vi cómo cerraba los párpados y abría esos labios perfectos para, a continuación, curvar la boca en una sonrisa mientras se obligaba a abrir los ojos.

Cuando terminó, bajó hasta recostarse encima de mí, con una expresión perezosa.

—Si esta es tu idea de un abrazo desnudo, entonces creo que voy a tener que dejarte ganar más combates, princesa.

Caden rodó sobre su espalda y me colocó encima de él, de manera que apoyé la cabeza en su pecho. Sus dedos rozaron la piel desnuda de mi espalda, acariciando todos los rincones que había besado apenas minutos antes. Aspiré el olor a pino, tratando de aferrarme a ese momento.

Dejé que mis propios dedos se deslizaran sobre su piel de bronce, palpando las líneas arrugadas y el reborde de los cráteres que formaban sus cicatrices.

—Dime algo que nadie sepa de ti —le susurré. Quería conocer un poco más a aquel hombre, el único que había logrado llegarme al alma y abrirse camino hasta mi corazón.

Sentí que su pecho se hinchaba y se desinflaba mientras tragaba saliva.

—¿Estás segura de que quieres saber esa clase de secreto? —preguntó.

Su respuesta me hizo pararme a pensar. Al final, contesté:

—Sí.

Sus dedos en mi espalda se movieron más rápido, agitados.

—Mi padre era analista de inteligencia cuando se creó el programa —me explicó Caden— y mi madre era ama de casa.

No tenía idea de hacia dónde iba aquella historia, pero era la primera vez que me hablaba de su familia, así que presté mucha atención.

—Mi padre había estado un par de veces fuera de servicio y estaba muy convencido de la importancia de servir a su país. Así que cuando Dane Richards, un soldado que había luchado a su lado, le habló del Proyecto Prometheus y sus objetivos, aceptó participar de la forma que fuese.

La voz de Caden tenía un dejo amargo.

—Mis padres tuvieron tres hijas antes que yo, todas niñas, y esa era la oportunidad de mi padre de tener un preciado hijo varón. Un hijo que seguiría los pasos de su padre sirviendo a su país.

Me sorprendió más que Caden tuviera tres hermanas mayores que las circunstancias de su concepción.

—Lo único que sabían mis padres era que me crearían con las cualidades ideales de un soldado, pero no sabían nada sobre el teletransporte. —En ese momento se hizo palpable la ira en su voz—. Así que crecí al cuidado de mi familia, y mi padre me inculcó todas esas cualidades que tanto apreciaba: honor, valor, deber, sacrificio. Yo besaba el suelo que pisaba. —A Caden le tembló la voz—. Cuando tenía trece años y llegué a la pubertad, me cambió la voz, crecí en volumen y estatura…, ya sabes, lo normal. Solo que una noche, varios meses después de mi cumpleaños, nada más quedarme dormido, desaparecí. Tardé varios viajes en darme cuenta exactamente de lo que me estaba pasando, pero cuando llegué a la conclusión de que me estaba teletransportando, se lo dije a mi padre.

Vi la garganta de Caden tragar saliva.

—No me creyó. —Se rio sin pizca de humor—. Ahora me doy cuenta de que eso fue mucho mejor que la alternativa, que hubiese sabido la verdad.

Se acercó a mí.

—Un par de meses después de desarrollar la habilidad, me teletransporté a la granja de un hombre.

El rostro de Caden se ensombreció.

—No sé exactamente adónde me teletransporté, pero me encontraba en una granja cuyo dueño defendía a su familia y sus propiedades con un arma. El dueño de la granja vio mi silueta y empezó a chillarme. Supe que me había metido en un lío cuando oí el tono furioso de su voz. Un tipo con inclinación a la violencia, eso era lo que me decía el sonido.

»Efectivamente, sacó su escopeta de caza y yo eché a correr. Supongo que el hombre debió de interpretar eso como un signo de mi culpabilidad. No hubo disparo de advertencia. El tipo simplemente apuntó y disparó.

Abrí los ojos como platos.

—La mayoría de los perdigones erraron el tiro, pero algunos me dieron en el costado.

Sabía de qué cicatrices me hablaba, las había tocado hacía unos segundos, y volví a pasar la mano sobre ellas.

—Cuando regresé a mi habitación, me desperté gritando. Mis padres corrieron a mi lado, sorprendidos de verme tirado en un charco de sangre. Me llevaron al hospital y me curaron las heridas.

—Pero ¿no sufriste un empalme? —pregunté, interrumpiéndolo.

Detuvo el movimiento de los dedos en mi espalda. No sabía si estaba sorprendido de que supiera lo de los empalmes o si simplemente había olvidado por un momento que yo estaba allí.

—No, no sufrí un empalme —contestó al fin.

Reanudó las caricias en mi espalda y retomó su historia.

—Cuando vieron aquellas heridas imposibles, mis padres creyeron por fin que podía teletransportarme. No había otra explicación que no fuera el teletransporte: si me hubieran disparado dentro de casa, habrían oído el ruido de los disparos, y si me hubiesen disparado en otro lugar, habría habido un rastro de sangre que llevaría a mi cama.

Caden se calló y pensé que había terminado de contar la historia hasta que comenzó a hablar de nuevo.

—En cuanto mis padres se dieron cuenta de que era diferente, mi padre llamó a Dane. Yo no escuché la llamada, estaba convaleciente en una cama de hospital, pero luego vi su cara. A partir de entonces me miró como si fuera un extraño.

Una vez más, Caden tragó saliva.

—Mi padre tiene una visión del mundo en blanco y negro, un mundo donde solo existe la verdad y la mentira: las personas son buenas o malas, y las acciones son correctas o incorrectas. Si no eres una cosa, eres la otra.

»Ya no había sitio para mí en ese sistema de valores; estaba en alguna parte entre esos extremos. Supe por la expresión de su rostro que las cosas entre nosotros nunca volverían a ser igual. Ese fue el último día que vi a mi familia. Cuando me dieron de alta del hospital, fueron Dane y Debbie quienes me recogieron.

»No he visto ni hablado con mi padre desde entonces. He intercambiado correos electrónicos con mis hermanas y he hablado con mi madre varias veces por teléfono. —El Proyecto le permitía a Caden ponerse en contacto con sus seres queridos; traté de no sentir rencor por eso—. Pero —continuó— mi familia me dejó muy claro que pertenezco al gobierno, no a ellos.

Después de su confesión, nos quedamos en silencio durante mucho rato. Le acaricié los labios y ese gesto bastó para que apareciera un hoyuelo.

—Gracias por confiar lo suficiente en mí para contármelo —le dije en voz baja.

Me estrechó con más fuerza en sus brazos.

—Dios…, me alegro tanto de que no hayas dicho «lo siento» —expresó—. No soportaría tu compasión.

Lo apreté y besé el hueco donde los músculos de sus hombros se encontraban con su cuello.

—No te compadezco a ti, compadezco a tu padre. Perdió la oportunidad de ver la clase de hombre en el que te habrías convertido.

Vi cómo a Caden se le formaba un nudo en la garganta. No quedaba rastro de la placidez de la tarde. El recuerdo de su padre la había reemplazado por amargura.

Aquello me sirvió para entender mejor a Caden: ahora comprendía por qué se aferraba tanto a la idea de que el Proyecto tenía objetivos altruistas. Aquel centro era su familia, eran ellos los que habían estado a su lado cuando su familia biológica no lo estaba.

Ser consciente de eso me dejó un regusto amargo en la boca. Tarde o temprano, sacaría a la luz los entresijos del Proyecto Prometheus o moriría en el intento. Y cuando eso sucediera, no tendría más remedio que poner a Caden entre la espada y la pared. Tendría que elegir entre su familia —el centro— o yo.

Sabía cuál sería el resultado de eso: yo llevaba todas las de perder. Al fin y al cabo, era una dicotomía, una disyuntiva con opciones excluyentes. Y si Caden no encajaba en las pautas que había fijado su padre, no estaba segura de que quisiera encajar en las mías.

CAPÍTULO 27

—He sido yo la que he estado aquí a tu lado todos estos años. No ella, yo —dijo Desirée. Su voz fue lo primero que reconocí cuando me teletransporté a la habitación de Caden más tarde, esa misma noche. Desirée estaba de espaldas a mí, pero vi cómo le temblaban los hombros.

Miré alrededor en la habitación de Caden. Habíamos regresado del lago hacía una media hora y nos habíamos despedido en la puerta de mi habitación. Después de eso, me fui directamente a la cama. Caden, al parecer, no lo había hecho.

Caden se situó delante y me miró a los ojos en cuanto me vio aparecer. Di un paso atrás.

—Ember... —dijo, extendiendo la mano con la intención de detenerme.

Desirée se volvió para mirarme y exclamó:

—¿Qué haces aquí?

Vi el movimiento imperceptible de su mano y supe que ya se estaba imaginando dándome una bofetada.

Me habría gustado ver cómo lo intentaba.

Caden la detuvo cuando echó a andar hacia mí.

—Desirée, basta —le ordenó para detenerla.

Ella no le hizo caso.

—Me has destrozado la vida —me dijo, con la mirada vidriosa y llena de furia.

Dios… Me froté la frente. ¿De verdad tenía que hacer eso ahora?

—A la mierda.

Di media vuelta y me fui.

—Espe…

La voz de Caden se apagó cuando la puerta se cerró delante de sus narices. Aquellos eran mis diez minutos, y maldita sea, haría lo que me diera la gana con ellos.

Verlos a los dos juntos no me molestó tanto como la expresión en los ojos de Desirée. Demasiado dolor, demasiada desesperación. Tenía todo el derecho a desconfiar de ella.

Eché a andar por el pasillo y bajé las escaleras hasta el nivel inferior de las instalaciones. No había explorado a fondo todas las plantas, y me pareció que entonces era el momento perfecto para hacerlo.

Aquel nivel no estaba diseñado para teletransportadores, lo supe por la pintura blanca y desconchada de las tuberías metálicas, al descubierto. El aire allí abajo era más frío y opresivo.

Pasé los dedos por las paredes mientras recorría los pasillos del sótano. Oí un clic y me quedé inmóvil. En el pasillo, frente a mí, una puerta emitió un chirrido y de ella salió un miembro del personal. Ni siquiera miró en mi dirección antes de volverse y echar a andar en dirección opuesta. Vi cómo se cerraba la puerta y vislumbré un instante un archivador en la habitación.

En cuanto el operario dobló la esquina, me acerqué a la puerta por la que había salido él. Había algo allí dentro que me resultaba familiar. A medida que los pasos del hombre fueron haciéndose más débiles, me di cuenta de por qué me sonaba tanto: era la misma habitación a la que había viajado, el despacho que contenía los inquietantes secretos del Proyecto.

Traté de abrir la puerta, pero estaba cerrada con llave. Hurgué en los bolsillos de mis vulgares vaqueros azules, buscando algo con que abrirla, pero lo único que encontré fue una bola de papel arrugada que se había deshecho en la colada.

Negué con la cabeza. Los pequeños detalles como ese siempre me dejaban muy confusa. Es decir, aquellos vaqueros desaparecerían, se desmaterializarían, en cuestión de minutos, junto con el papel arrugado que me había sacado del bolsillo.

Volví a mirar la puerta y una leve sonrisa asomó a mi cara mientras se me ocurría una idea. Aquella habitación contenía algunos de los secretos más oscuros del Proyecto. En cuanto tuviera la oportunidad, volvería allí para averiguar el resto.

Una de las reglas más básicas de supervivencia: tener uno o dos planes de contingencia. Si Adrian decidía no ayudarme, entonces tendría que hacer aquello por las malas: me llevaría todas las pruebas que pudiese reunir y escaparía de allí.

De momento había llegado a la conclusión de que había dos formas de hacerlo: subiéndome de polizón en un helicóptero o abriéndome paso a través de la alambrada. Y ahora que había encontrado la habitación con los archivos, tenía las pruebas que necesitaba para llevármelas.

La cara de Caden desfiló por mi mente y mi sonrisa se desvaneció. No podía dejarlo allí. En algún momento, se había convertido en parte de mí. Tendría que modificar mis planes para que él me acompañara, si quería. Esperaba que lo hiciera.

Era el momento de reclamarle esos favores a Caden. Era el momento de trazar un plan de escape.

***

A la mañana siguiente, antes de nuestra clase de armamento, Caden me esperaba en el exterior del edificio principal de las instalaciones. Estaba apoyado en la pared, con los ojos brillantes. La luz del sol daba un aspecto resplandeciente a su pelo y su piel parecía más bronceada de lo habitual.

Pasé de largo por delante de él, dirigiéndome hacia el camino de tierra. Íbamos a practicar otra vez en el campo de tiro.

—Conque esas tenemos, ¿eh, princesa?

Hice oídos sordos y apreté el paso.

Se plantó a mi lado segundos después.

—¿Alguien está celosa? —preguntó.

Impulsé mis piernas con más fuerza para alejarnos a toda prisa del edificio; no quería que nadie oyese lo que estaba a punto de decirle.

—Interpretaré eso como un sí —dijo.

Miré por encima del hombro para asegurarme de que no nos seguían. Cuando no vi a nadie, empujé a Caden contra un árbol a la orilla del sendero.

—Deja ya el tema de Desirée, ¿vale?

Enarcó las cejas, con la mandíbula tensa. Parecía enfadado, aunque probablemente tenía menos que ver con que lo acabase de empujar y más con que lo hubiese ignorado antes.

—Voy a reclamarte el favor que me debes —le dije.

Vaciló un instante y luego asintió una vez con la cabeza, mientras su enfado se transformaba en algo más solemne. En el fondo de sus ojos, vi una chispa de miedo.

—¿Me ayudarás a escapar de este lugar?

Miró a un lado y otro del sendero antes de agarrarme del brazo y obligarme a alejarme de allí. No habló hasta que estuvimos a unos tres metros del sendero.

—No creo que te sorprenda, pero aquí hasta los árboles oyen.

—No me importa. Responde a la pregunta.

Exhaló el aire y entrelazó las manos por detrás de la cabeza.

—Sí —contestó—, te ayudaré a escapar, pero con una condición.

Esperé.

—Me voy contigo.

CAPÍTULO 28

—Perfecto. Esperaba que dijeras eso. —Me puse de puntillas y lo besé. Me estrechó en sus brazos y me levantó en el aire.

No le había hablado de mis planes de denunciar públicamente al gobierno; eso habría sido pedirle demasiado. Pero se escaparía conmigo. Era más que suficiente.

Cuando al fin nos separamos, Caden dijo:

—Entonces, ¿no andaría muy desencaminado si creyera que el favor que te quieres cobrar tiene algo que ver con planificar nuestra evasión?

Asentí.

Caden miró alrededor otra vez.

—Nos reuniremos aquí el sábado por la mañana a las cinco.

—¿A las cinco… de la mañana? —Esperaba haberlo oído mal.

Caden enarcó las cejas y se cruzó de brazos.

—¿Qué? ¿Creías que planear nuestra huida sería fácil?

Lo fulminé con la mirada. Los dos sabíamos que estaba más que dispuesta a arriesgarme, Caden era el que había visto todo mi kit de supervivencia cuando me atrapó y me esposó.

—Habrá que ir con sumo cuidado, incluso para hablar de esto —explicó—. El Proyecto no suele subestimar nuestra capacidad y nuestros recursos, y siempre están alerta ante la posibilidad de que un teletransportador piense en desertar.

—¿Qué pasa con los teletransportadores que desertan? —pregunté.

Caden se frotó los ojos con el índice y el pulgar.

—No lo sé. Algunos desaparecen por completo. Otros, solo por un tiempo. Pero los que vuelven… Puedes ver el miedo en sus ojos. No hablan de lo que les pasó, pero sea lo que sea, los asusta lo suficiente para que se les quiten las ganas de desertar para siempre.

***

Oí el estruendo de las pistolas de *paintball* al otro lado de la pista de obstáculos, frente a nosotros.

—¿Estás lista, princesa? —me preguntó Caden casi una hora después.

Me miró, con la luz del sol de la mañana reflejada en sus gafas de espejo. Llevaba el arma. A pesar de que aquello solo era un entrenamiento, parecía letal.

Ambos llevábamos chalecos, gorros y gafas protectoras. Frente a nosotros, la llana extensión del campo de tiro se había convertido en una pista de obstáculos. A lo largo del perímetro, habían erigido muros temporales y los habían cubierto con una lona negra. Nos impedía ver lo que había dentro, y una vez que estuviéramos allí, también nos impediría escapar hasta que hubiéramos llegado al final de la pista.

—Ya lo veremos —le dije. Mientras hablaba, miré la entrada cubierta de lona. El tejido aleteaba y daba latigazos por el viento, ocultando lo que había al otro lado.

—Recuerda: los brazos en alto y bien firmes para que el arma no se te caiga —me explicó Caden—. Sujeta bien el arma con las dos manos. Mantén la mira cerca del ojo para poder apuntar y disparar tan pronto como veas un objetivo. Por último, rodillas flexionadas cuando camines, eso te ayudará a reaccionar más rápido.

Asentí. Junto con nuestras sesiones de entrenamiento, Caden y yo habíamos intentado mejorar mi puntería y mis reflejos con las armas, específicamente con pistolas. Me había sido de gran ayuda. Ahora ya no me apartaba del frío metal, sino que me sentía cómoda apretando el gatillo y estaba acostumbrada al ruido de los disparos.

Lo que me quedaba por averiguar era cómo ser creativa en un ambiente con elevados niveles de estrés, porque dentro de la pista de entrenamiento nos esperaban nuestros compañeros. Nuestra tarea consistía en llegar lo más lejos posible de la pista sin recibir un disparo letal y la única tarea de nuestros compañeros de clase era eliminarnos. Ser predecibles con unos oponentes inteligentes acabaría con nosotros.

En algún lugar dentro de la pista de obstáculos, oí que nuestro instructor tocaba el silbato tres veces, y cesaron los disparos del grupo anterior. A partir de ese momento reinó un silencio inquietante. Oía mi propia respiración y el aleteo de la lona.

Un minuto después, nuestro instructor apareció por la entrada, anotando algo en su cuaderno de notas. Cuando terminó, levantó la vista.

—¿Estáis listos?

—Sí —dijimos los dos.

—Muy bien, así es como funciona: hay una entrada y una salida. Una vez que paséis al interior, no podéis volver por el mismo sitio por donde habéis entrado. Vuestra única salida es a través de la pista de obstáculos.

»Hay veinte teletransportadores escondidos ahí dentro y usarán todos los trucos del mundo para eliminaros a los dos. Vuestra tarea consiste en trabajar juntos para eliminarlos sistemáticamente antes de que ellos os eliminen a vosotros.

»Las heridas mortales son todos aquellos disparos que acierten en la cabeza, el pecho o el estómago. Cualquier otro lugar no cuenta.

»Os cronometraré durante diez minutos. Si lográis seguir vivos hasta que se acabe ese tiempo, contará como si hubieseis llegado al final de la pista de obstáculos.

Caden y yo nos miramos, y él hizo un leve gesto de asentimiento. Así sería como lograríamos seguir vivos: con veinte asaltantes, sin duda nos eliminarían antes de que llegásemos al final de la pista, pero ¿seguir con vida durante diez minutos? En eso éramos verdaderos profesionales.

—Solo una advertencia: hasta ahora ninguno de vuestros compañeros de clase ha logrado ninguna de las dos cosas.

Éramos el cuarto grupo en participar, así que su comentario no me hizo temblar de miedo exactamente, pero no inspiraba mucha confianza.

El teniente Newman sacó un cronómetro.

—Empezaréis a la de tres. ¿Listos?

Asentimos.

—Uno…

Levanté el arma.

—Dos…

La apreté con más fuerza y trasladé el peso a mi pierna izquierda.

—¡Tres!

Caden y yo atravesamos corriendo la lona. Percibí un movimiento a mi izquierda e inmediatamente me agaché y apreté el gatillo del arma.

La pintura azul alcanzó a mi objetivo en el pecho y este cayó al suelo. Esperé un momento, pero no apareció nadie más.

En ese momento me di cuenta de que estábamos en un pasillo y, tras una rápida ojeada inicial, vi que había dos salidas, una delante y otra a mi espalda.

Detrás de mí, Caden disparó su arma. No podía arriesgarme a mirar por encima del hombro, pero sospechaba que alguien había intentado atacarlo desde el otro lado del pasillo.

—Tenemos que salir de aquí —exclamé. Y rápido. Si los otros teletransportadores decidían ir a por nosotros, nos superarían en número.

—Yo te cubro —anunció Caden—. Cuando tú me digas.

Había aprendido de Caden que cualquier titubeo era letal, pero al oír sus palabras, estuve a punto de vacilar. Él confiaba en mis habilidades, eso era esencialmente lo que querían decir sus palabras, y era un gran cumplido viniendo de él.

Me enderecé y, manteniendo las rodillas flexionadas, me dirigí al borde del pasillo. Cuando llegué al final, esperé junto a la pared y agucé el oído.

Al principio no oí nada más que el aleteo de la lona. Luego percibí el roce de una bota sobre tierra arenosa. Alguien se estaba moviendo no demasiado lejos de nosotros.

Puse el dedo en el gatillo, respiré hondo una vez y giré el cuerpo para encararme hacia la pista de obstáculos, al otro lado.

Tres tiradores. Eso fue lo único que tuve tiempo de registrar antes de que una bola de pintura pasara volando y golpeara la pared a mi espalda. Me agaché y apreté el gatillo una, dos, tres veces. Conseguí acertar a dos objetivos en el pecho.

Caden disparó y la pintura azul salpicó el pecho del tercer tirador.

Me levanté mientras estudiaba la pista. Unas pilas de chatarra compuestas por neumáticos grandes, un viejo equipo de combate y unas cajas de madera ofrecían las únicas zonas de defensa, y por desgracia para nosotros, nuestros oponentes estaban utilizando muchos de esos refugios, de forma que era más difícil acertar y nos obligaba a exponernos si queríamos ponernos a cubierto.

Dos tiradores más aparecieron por detrás de algunas de las pilas.

Caden rompió su propia regla y quitó una mano del arma para empujarme a una posición de rodillas cuando dos bolas de pintura vinieron hacia mí. Apuntó y disparó con una sola mano, sexi a rabiar cuando acertó al primer asaltante y luego al otro.

La verdad es que no bromeaba cuando decía que había pasado los últimos cinco años entrenando.

Vi a mi derecha una zona de defensa y me moví hacia ella. Oí un disparo y una bola de pintura me dio en el brazo.

Reprimí un taco. Eso me iba a dejar secuela. Detrás de mí, Caden disparó al oponente que me había acertado.

Llegamos a la zona de defensa, que consistía en dos cajas, y Caden examinó el área a la que acabábamos de llegar.

—¿Estás bien? —preguntó.

—Sí —acerté a decir. El tirador me había dejado el brazo entumecido.

Vi un parpadeo de movimiento detrás de uno de los obstáculos que ya habíamos pasado, y Caden y yo disparamos al mismo tiempo. Erré el tiro, pero Caden no lo hizo. La pintura salpicó todo el casco del tirador.

Apoyé la cabeza contra la caja y advertí que alguien había colgado espejos, probablemente para esconder cámaras, a lo largo del perímetro del recorrido. Vi dos de ellos, uno unido al muro perimetral a nuestra izquierda y otro a la derecha.

Le di un codazo a Caden y le hice una señal con la cabeza. Su superficie redondeada nos permitía ver la extensión de la mayor parte de la pista. Juntos, los observamos.

Durante un par de minutos no pasó nada. Entonces un tirador se movió e hizo un gesto a los demás. Conté cinco en total. E iban a dispararnos a la vez.

Me pregunté si sabían que podíamos verlos. Por la forma en que se exponían, supuse que no.

Caden colocó una mano sobre mi pecho, señalándome que esperara. Cuando lo miré, articuló:

—Cuando cuente tres.

Usó las manos para indicar que fuera a la izquierda y él a la derecha. Divide y vencerás.

Asentí y desplazó la mirada de mí hacia los espejos. Levantó la mano, mostrando tres dedos. Cambié mi posición para agacharme y observé a los tiradores acercarse. Me centraría en los dos que estaban más cerca. No tendría un disparo directo, lo que significaba que me vería obligada a realizar una maniobra.

Caden bajó uno de los dedos. Luego otro.

Mis músculos se tensaron. Caden se agachó, me alejé de mi zona de protección y eché a rodar, una técnica que había aprendido en el combate cuerpo a cuerpo. Me levanté y disparé cuatro bolas de pintura, dos por cada agresor. Una golpeó al primer tirador en el pecho; el resto erró el tiro.

Me lancé a un lado cuando el tirador ileso me disparó y me encogí cuando una bola de pintura me golpeó la pierna. Joder, tenía que ir a una misión en un par de días. Me recuperaría rápido gracias a mi genética, pero aquellos golpes eran lo bastante dolorosos como para que todavía me quedaran algunas contusiones desagradables para cuando empezara la misión.

Apreté los dientes, me arrodillé, apunté y disparé tres veces a mi atacante. Dos bolas de pintura lo golpearon en el pecho y cayó al suelo.

Oí el silbato.

—Se acabó el tiempo —dijo nuestro instructor, caminando hacia la pista de obstáculos.

Parpadeé, con la adrenalina todavía bombeando a través de mis venas. Caden se quitó el casco y las gafas y me dedicó una amplia sonrisa. Solté la pistola de pintura y me quité mi propio equipo.

El tirador que tenía más cerca me felicitó.

—Eres una máquina —dijo.

—Gracias —le dije, aturdida. Había estado tan concentrada que me sentí como si despertara de un sueño.

—Felicidades a la primera pareja en mantenerse con vida durante diez minutos —dijo el instructor, y nuestros compañeros nos aplaudieron.

Miró su portafolios.

—En total habéis eliminado a catorce oponentes. Impresionante se mire como se mire.

Era extraordinario, incluso tratándose de teletransportadores. De pronto, sentí un nudo en el pecho.

Lo había hecho de nuevo: había demostrado unos talentos que habría debido tratar de ocultar. Y en ese momento, ya era demasiado tarde.

—Has estado increíble —dijo Caden, mientras se acercaba. Sonreía como un tonto. Cuando vio mi expresión, su sonrisa se esfumó.

Me puso una mano en el hombro y se inclinó.

—Ember, ¿estás bien? —preguntó en voz baja para que nadie más lo oyera—. Parece como si hubieras visto un fantasma.

Asentí para indicarle que todo iba perfectamente, pero sabía que detectaba la mentira en mis ojos.

Porque la verdad era que, después de haber demostrado mi destreza con un arma, empezarían a aprovechar esa habilidad. Eso podría significar más misiones, más peligro y más violencia.

Caden no sabía hasta qué punto había acertado con sus palabras; acababa de ver un fantasma: el mío.

La mañana del viernes, desayuné a primera hora en la cafetería y me llevé una taza de café humeante a mi habitación. Una vez que me senté frente al ordenador, leí los planes para la misión de ese día y estudié la fotografía de Jacques. Debía entrar, vaciar el estuche de las piedras preciosas robadas y esconderlas debajo de las sábanas. Luego tenía que dejarme detener. Era pan comido.

Cuando empecé a resaltar con rotulador los planos de la planta, oí que llamaban a mi puerta.

Respiré hondo.

Allá vamos.

CAPÍTULO 29

Me encontraba en una suite de lujo con vistas al mar. Como cabía esperar, la habitación estaba abandonada. Antes de ponerme manos a la obra, me paré un momento a disfrutar del aire salado que entraba en la estancia a través de la puerta corredera de cristal.

Cuando empecé a caminar, noté un roce metálico en los muslos. Me levanté el vestido rojo que llevaba puesto, advirtiendo casualmente el cronómetro de la muñeca, y saqué un pequeño dispositivo incrustado en mi pierna. Le di la vuelta. No era un arma, eso seguro. Lo dejé en una mesa. Fuera lo que fuese aquello, todavía no sabía para qué servía.

El vestido rojo hacía ruido alrededor de mis tobillos mientras ponía la habitación patas arriba en busca del estuche con las piedras preciosas. Los del Proyecto no hablaban en broma cuando decían que era una especialista en distraer la atención: aquel vestido podía acaparar la atención de todo el mundo.

Apoyé las manos en las caderas y miré alrededor por toda la habitación. No estaba en el armario ropero. Ni en la caja fuerte. No estaba detrás de las cortinas ni debajo de la mesa. Tampoco debajo del escritorio.

¿Dónde escondería yo una maleta?

Chasqueé los dedos cuando se me ocurrió la respuesta. Solo esperaba que Jacques Mainard pensara lo mismo que yo.

Examiné el suelo antes de dirigir la mirada de nuevo al armario ropero. Justo encima de él había otro armario, más pequeño, alargado.

Me puse de puntillas para llegar a los tiradores y abrí las puertas del armario superior. El equipaje estaba metido allí dentro.

Tiré de la bolsa, gruñendo por lo mucho que pesaba, y abrí la cremallera. Su interior albergaba el estuche que estaba buscando. Personalmente, habría tapado el estuche con una capa de bragas y ropa sucia, pero aquel tipo tenía mejor gusto.

Saqué el estuche y lo deposité en la cama. Aquel cacharro tenía un candado con una combinación de cuatro números. Mierda, nadie había dicho nada de eso.

Volví a mirar al objeto metálico que había dejado en la mesa, con una idea en mente. Me levanté, lo cogí y accioné el único interruptor del dispositivo. Una llama controlada brotó en el extremo, emitiendo un silbido silencioso.

Me habían dado un soplete. Idiotas.

Cogí el estuche de la cama y lo trasladé a la mesa. Antes de empezar, desenganché los cierres metálicos que mantenían el estuche cerrado; seguía sin abrirse, no lo haría si estaba bloqueado. Necesitaría esos cierres intactos para más tarde.

Dirigiendo la llama hacia la parte superior de la caja, la pasé por encima de la costura, observando la forma en que el material se fundía y se desprendía. Algo se rompió, y la tapa del estuche se abrió de golpe. Apagué el soplete y usé su extremo metálico para empujar la tapa hasta abrirla por completo.

Miré dentro. Resplandecientes, había cinco piedras plateadas oscuras, talladas como cristales de cuarzo. Cogí una y la examiné. Eran casi idénticas a las piedras de la caja fuerte del doctor Sumner.

Todas las alarmas se dispararon en mi cabeza. ¿Por qué los dos hombres tenían aquellas piedras? ¿Y por qué el gobierno tenía tanto interés en hacerse con ellas? Me quedé inmóvil, preguntándome cuál de los dos sería peor, Jacques o el gobierno.

Cerré el puño alrededor de la piedra, consciente de que seguramente me estaban observando a través de una ingeniosa cámara instalada por otro teletransportador. Por ahora tenía que confiar en el gobierno, no porque quisiera, sino porque tenía que seguir fingiendo hasta que consiguiera escapar.

Saqué las piedras de la caja y las escondí debajo de las sábanas. Luego cerré la caja parcialmente derretida y salí por la puerta.

Justo al otro lado de la puerta de la habitación, había un guardaespaldas. El hombre tuvo que pararse a mirar dos veces cuando me vio.

Dediqué una sonrisa cordial al guardaespaldas y eché a andar por el pasillo. Me llamó en francés.

Me detuve y dejé que me alcanzara.

—¿Sí? —dije, poniendo de inmediato la cara de corderillo inocente a la que tantas veces había recurrido a lo largo de los años.

Me miró de arriba abajo y frunció el ceño.

—¿Qué hacías ahí dentro? No deberías haber estado allí —dijo con un fuerte acento.

Sabía que Caden se materializaría en el interior de la habitación de un momento a otro, y era importante que saliera del pasillo y de aquella planta acompañada del guardia para que Caden pudiera entregar las piedras preciosas.

Empecé a caminar.

—*Mademoiselle*, no puede irse.

—¿Jacques no le informó de que yo estaba ahí?

—No —dijo, caminando a mi paso. A pesar de todas sus amenazas, el guardaespaldas aún no me había detenido.

—Bueno, pues lo estaba.

El guardaespaldas miró hacia la habitación ahora sin vigilancia antes de observarme con aire interrogante. Dirigió los ojos al estuche que llevaba y volvió a sospechar.

—Tengo que informar de esto —dijo.

—Está bien, pero iba al encuentro de Jacques.

El tipo hizo una pausa, indeciso. Parecía tener problemas para decidir qué hacer a continuación. Yo no actuaba como lo haría una delincuente, pero llevaba el estuche de Jacques y había estado en su habitación.

Finalmente, el guardaespaldas dijo:

—La acompañaré a verlo.

Me tomó del brazo y me llevó a los ascensores. Presionó el botón para bajar, las puertas se abrieron y entramos juntos en la cabina.

Observé cómo la luz parpadeaba al pasar de un nivel a otro hasta que sonó un timbre y las puertas se abrieron en la planta baja.

La gente abarrotaba el vestíbulo, arremolinándose en grupos. El guardia me tomó de nuevo del brazo y echamos a andar. Nos abrimos paso a través del vestíbulo y entramos en una sala de conferencias llena de gente.

Reconocí inmediatamente a Jacques por la foto que el centro me había enviado por correo electrónico: tenía el pelo blanco como la nieve, una barba recortada y gafas de montura metálica, y en ese momento estaba en la tribuna dando una charla a la sala llena.

La puerta se cerró detrás de nosotros, retumbando en todo el gran auditorio, y Jacques interrumpió su discurso. Miró al guardaespaldas, luego a mí y luego al estuche. Cuando sus ojos se detuvieron en ese objeto, se abrieron como platos.

Me di cuenta entonces del fallo que había en mi plan: si me atrapaban en ese momento, abrirían el estuche y verían que estaba vacío. Así sabrían que yo era una distracción y tal vez eso no diese tiempo suficiente a Caden.

Lo que significaba que iba a tener que armar un buen alboroto en aquella agradable conferencia.

Golpeé el pie del guardaespaldas con el tacón de aguja de mi zapato, sin importarme haber captado toda la atención del público. El hombre dio un alarido y aproveché la oportunidad para darle un golpe con el codo en la garganta. La fuerza del golpe le cortó el suministro de aire y aflojó la mano con la que me agarraba.

Me zafé de él y eché a correr. Detrás de mí, las sillas chirriaban contra el suelo y estallaron los gritos.

Las rajas de las costuras de los laterales del vestido de tubo se desgarraron al correr, lo que me permitió dar unas zancadas más amplias y exhibir un poco de pierna. Tras el mostrador de recepción del vestíbulo, el personal alarmado me vio cruzar disparada la estancia. Por la forma en que estaba distribuido el espacio, tenía dos opciones: girar a la izquierda para pasar por delante del vestíbulo y acceder a la playa, o doblar a la derecha y salir por las puertas delanteras.

Los turistas tumbados en la playa eran preferibles a los hombres de seguridad que, sin duda, estarían apostados en la entrada principal, así que giré a la izquierda y pasé corriendo por delante del mostrador de recepción.

A través de las puertas, vi el hermoso mar Mediterráneo. Por suerte, hundiría los pies en arena suave antes de volver.

—¿Ember?

Mis pasos vacilaron al oír aquella voz familiar.

Miré atrás y vi a Adrian salir de una sala con el cartel de INTERNET LOUNGE. Abrió mucho los ojos al verme y luego los dirigió brevemente a mis muslos expuestos.

¿Por qué estaba allí? ¿Qué estaba pasando?

—¿Qué haces aquí? —preguntó. Desplazó la mirada al estuche y volvió a abrir los ojos como platos. Me miró a la cara de nuevo y al darse cuenta de lo que ocurría, endureció su expresión—. No puedo dejar que te vayas.

Oí unos gritos detrás de él y retrocedí. Cuanto más caso le hacía a mi instinto, más incómoda me sentía.

—Ember, nosotros somos los buenos de la película —dijo, dando un paso adelante—. Estamos intentando ayudarte.

—¿«Nosotros»? —repetí—. ¿Desde cuándo hay alguien además de ti? —Leí su expresión y me di cuenta de la verdad—. Qué ingenua he sido. Me has estado mintiendo para salvar tu propia piel.

—Ember, no —dijo Adrian—. No es eso.

—Entonces, ¿qué es?

Adrian dio un paso más y bajó la voz.

—Puedo explicártelo si me dejas. Pero primero tienes que soltar ese estuche.

—De eso nada.

Como si fuera tan tonta.

—Por favor, Ember —me rogó, con una mirada suplicante.

Un guardia en el otro extremo del vestíbulo me señaló y el grupo entero echó a correr en mi dirección.

—Tal vez en otro momento, Adrian.

Me di la vuelta y me puse a correr. Las puertas de cristal del hotel se abrieron cuando irrumpí por la entrada trasera del vestíbulo. Al otro lado me recibió la suave arena nacarada, y más allá, el mar. A mi derecha, un muelle de madera se extendía sobre el agua.

Fui directa hacia él.

Oía el ruido de pasos a mi espalda. Unos en particular estaban más cerca que los otros, y estaban a punto de alcanzarme.

Me quité los tacones cuando llegué al muelle e hice una mueca al clavarme las astillas de la madera podrida.

Eché un vistazo por encima del hombro. Adrian casi me había alcanzado. En una carrera desesperada, abrí los cierres de metal que mantenían cerrado el estuche y, una vez abierto, lo arrojé al agua.

De esa manera, quienes me perseguían creerían que las piedras habían ido a parar al fondo del mar.

—¡No! —El grito venía de detrás de mí, muy lejos. En la arena de la playa, Jacques miraba horrorizado la trayectoria del estuche. Luego echó a correr como un loco entre las olas y se dirigió hacia él.

—Eso que has tirado al mar... ¿eran las piedras? —preguntó Adrian en voz baja.

No dije nada.

—Ember, no eran unas simples piedras. Eran magnetitas, y te iban a salvar.

La inquietante sensación de antes afloró de nuevo. Magnetitas. ¿No eran esas rocas magnéticas?

—¿Cómo puede salvarme una piedra? —exclamé.

Se frotó los ojos.

—Eso ya no importa.

Entendí perfectamente esa respuesta: no había un final feliz para mí. Ya me había dado cuenta de eso. No iba a enfadarme ahora por que Adrian hubiese insinuado que podría haberme salvado. Era demasiado poco, demasiado tarde.

El personal de seguridad del hotel me alcanzó y me agarró las muñecas para luego esposarme. En todo el tiempo, no aparté los ojos de Adrian.

—Lo siento —dijo.

De todo lo que podría haber dicho, esas palabras eran las que más me sorprendían.

—¿Por qué? —pregunté cuando los de seguridad empezaron a llevarme con ellos.

—Porque solo eres un simple peón. Y un peón no puede evitar que jueguen con él.

CAPÍTULO 30

Dane Richards me dio una calurosa palmadita en la espalda.

—Buen trabajo, Pierce —me felicitó cuando entré en la sala de reuniones del centro, esa misma tarde—. Teniendo en cuenta tu falta de experiencia, estás demostrando ser una agente excepcional.

—Gracias —respondí sin entusiasmo, haciendo caso omiso de la pulla implícita en su cumplido. No iba a ser capaz de pasar una hora entera aguantándolo, con informe o sin él.

Caden apareció detrás de mí.

—¡Hawthorne! —exclamó Richards—. Ahí está mi otra estrella del día. Pierce y tú formáis un gran equipo. Tendremos que programaros más misiones a los dos.

Sus palabras me produjeron unos escalofríos en el brazo, pero entonces me recordé a mí misma que no me importaba. Tal vez al día siguiente me despertaría con un poco más de garra, pero hoy, hoy el mundo se había llevado lo mejor de mí.

La sesión duró cerca de una hora. Como la última vez, Debbie también participó y todos los del grupo, que incluía a otros cuatro teletransportadores encargados de instalar las cámaras en el hotel, hablamos sobre nuestros pensamientos y emociones relacionados con aquella misión.

Cuando acabamos, salí de la habitación con Caden.

Me metí las manos en los bolsillos y estudié el suelo de linóleo barato mientras caminábamos por el pasillo. Solo se oía el ruido de nuestros zapatos contra el pavimento.

—¿Estás bien? —me preguntó.

Parpadeé un par de veces y lo miré. Estaba como ausente, reflexionando todavía sobre la misión.

—No es nada.

—No me lo creo —dijo. Me sujetó la barbilla con la mano para poder mirarme a los ojos—. No. Definitivamente, a ti te pasa algo.

Le aparté la mano con suavidad. ¿Cómo podía contarle lo que había ocurrido en la misión? No estaba segura de entenderlo ni siquiera yo misma.

—¿Alguna vez sientes que tu percepción de la realidad está tan distorsionada que no serías capaz de ver la verdad aunque la tuvieras delante de las narices? —le pregunté.

Caden arrugó la frente y me deslizó un brazo alrededor de la cintura.

—¿Quieres hablar de eso?

Miré al pasillo.

—Aquí no.

Permanecí en silencio hasta que Caden y yo nos internamos en el bosque, lejos de las instalaciones.

—Está bien, suéltalo —dijo Caden.

Puse las manos detrás de la cabeza y exhalé.

—Vi a Adrian en nuestra misión.

Caden frunció el ceño.

—¿Por qué no se lo dijiste a Richards?

Su pregunta me recordó que, aunque había aceptado escapar conmigo, no lo había convencido de que el Proyecto en sí era corrupto.

Me volví hacia Caden.

—Eso no es lo importante.

Se acercó a mí y las hojas crujieron bajo sus pies.

—Entonces, ¿qué es lo importante?

—¿Las piedras que recuperamos? Por lo visto, tienen algo que ver con nosotros.

El rostro de Caden permaneció impasible, lo que me pareció una mala señal.

Dejé caer las manos a los costados.

—Según dijo Adrian, eran para ayudarnos.

—Ember…

Aquel fue otro de esos momentos en los que habría deseado no poder interpretar con tanta claridad lo que pensaba la gente, porque supe que, para Caden, Adrian era un fugitivo que había intentado engañarme para evitar que lo capturasen. Y que yo era una idiota por dejarme engañar. Era una buena teoría, especialmente si tenía en cuenta las magnetitas y la información que Adrian me había ocultado.

El único fallo de esa teoría era que yo sabía que no era cierta. Todas las expresiones de la cara de Adrian, el gesto de absoluta desolación…, no podía haber fingido nada de eso. Por no hablar de que su padre tenía unas piedras similares en su caja fuerte. No cabía duda de que aquellas piedras tenían algo que ver con nosotros, por inverosímil que pareciera.

Cerré los ojos con fuerza.

—Por eso es exactamente por lo que no quería decírtelo.

Aun con los ojos cerrados, percibí el calor de Caden cuando se acercó.

—Ember —dijo en voz baja—. Me alegro de que lo hayas hecho. Ahora, por favor, abre los ojos.

Cuando lo hice, el rostro de Caden reflejaba tanta comprensión que estuve a punto de tambalearme hacia atrás.

—Pensaba que no me creías —le dije.

—Te creo —dijo—. Es en él en quien no confío.

Su figura se volvió borrosa cuando las lágrimas me nublaron la vista, y entonces él las secó con un beso.

Aquello era lo máximo que iba a conseguir de Caden.

***

Esa misma noche, mucho más tarde, cogí mi tarjeta de identificación y una sudadera del dormitorio y me dirigí a la puerta.

Eché un vistazo rápido a mi habitación. A diferencia de la de Caden, tan llena de vida, la mía solo contenía los pocos recuerdos que mis padres habían metido en mi equipaje. En las paredes no había pósteres ni cuadros, y en las estanterías apenas tenía objetos decorativos. Lo único que había llenado un poco, aunque solo fuera en parte, era mi cómoda. Cualquiera habría deducido que no estaba haciendo de aquel lugar mi casa. Me pregunté qué pensaría Caden de eso y si alguien más se habría dado cuenta.

Cerré la puerta detrás de mí. Eran las dos de la madrugada y los pasillos estaban desiertos. Sabía que había patrullas nocturnas, pero principalmente vigilaban el perímetro. En realidad, el centro no podía impedir que entráramos y saliéramos —éramos inquietos por naturaleza—, así que lo único que podían hacer era asegurarse de que no entraran personas no autorizadas y de que ningún teletransportador saliera por completo del recinto.

Cuando llegué al hueco de la escalera, bajé por las escaleras de cemento y salí sigilosamente al llegar al sótano. Unos fluorescentes se encendieron mientras avanzaba por el pasillo. La última vez que estuve allí, estaban encendidos; no me había dado cuenta de que los habían activado los sensores de movimiento. Me guardé esa información y seguí caminando.

Cuando llegué a la sala que estaba buscando, deslicé la tarjeta en la ranura que había entre la puerta y la pared y tiré con fuerza.

No pasó nada.

Lo había hecho una docena de veces antes; tenía que funcionar.

Sentí que se me erizaba el vello de la nuca. Me di media vuelta y miré por el pasillo. Allí no había nadie. Sin embargo, cuanto más tiempo pasaba, más aumentaba mi inquietud.

Lo intenté una y otra vez, pero era inútil. Frustrada, intenté mover la tarjeta de un lado a otro. Entonces oí un clic y la puerta se abrió con un crujido.

Miré a ambos lados del pasillo del sótano una vez más y, al no ver a nadie, entré en la habitación.

Encendí la luz y coloqué mi sudadera en la parte inferior de la puerta para que nadie la viera encendida desde el pasillo.

Después de echar un vistazo al despacho, decidí coger la llave que abría el archivador. Los dos cajones que ya había visto contenían multitud de pruebas que podría llevarme conmigo cuando Caden y yo escapáramos, pero aún me faltaban dos cajones más. Lo más probable era que todavía encontrase unas cuantas sorpresas más ahí.

Abrí el cajón superior y me puse de puntillas para asomarme y sacar un par de expedientes. Los coloqué al lado del ordenador y me senté en la silla.

Abrí la primera carpeta y vi unas columnas de números. Por lo visto, había encontrado los informes de gastos del Proyecto. Examiné los números. Según aquellas cifras, el Proyecto Prometheus era un pozo sin fondo, pero continuaba recibiendo financiación año tras año. O nuestra labor merecía todo ese presupuesto, o aquel era un ejemplo de la famosa inercia burocrática del país.

Hojeé varias páginas más de gastos. No encontré nada importante, al menos hasta que pasé a la segunda carpeta que había sacado del mismo cajón.

Las cifras de aquel informe eran incluso más abultadas que las del anterior, y cuando repasé los gastos, se me heló la sangre.

Una importante suma de dinero se había destinado a la construcción de una nueva instalación para teletransportadores, ubicada en Montana.

Montana. Unas semanas atrás, me había teletransportado a una casa vacía situada en Montana. ¿El gobierno me había guiado hasta allí?

Con el informe de gastos, alguien había adjuntado las imágenes de unos planos. Vi un gimnasio, un ala de un hospital, aulas de clase —nada verdaderamente sorprendente—, hasta que vi un edificio independiente con la inscripción: VIVIENDAS PARA FAMILIAS DE PAREJAS MIXTAS.

Me froté la frente cuando comprendí a qué se referían.

Las viviendas parecían casas de dos plantas y estaban distribuidas alrededor de los edificios principales del complejo. A juzgar por los diseños interiores de las viviendas, la distribución era idéntica a la de la casa que había visto yo.

Examiné de nuevo los planos de las instalaciones principales, y fue entonces cuando me fijé en que contenían un edificio destinado a guardería y una zona de recreo infantil.

Retrocedí algunas hojas hasta que encontré la fecha estimada de finalización de las obras.

Di un respingo. Según aquel informe, los trabajos de construcción del complejo de Montana deberían haber finalizado tres años antes, lo que significaba que ya podía estar en funcionamiento.

La casa que había visitado estaba vacía, pero eso no significaba que las otras lo estuvieran.

El corazón me latía cada vez más rápido. No había oído hablar de ningún teletransportador que tuviera veinte años o más, y por los expedientes anteriores sabía que debería haber al menos varios de esa edad. Tal vez la razón de que no los hubiese visto no era porque hubiesen muerto: tal vez se habían mudado al nuevo complejo. Un complejo que contaba con instalaciones para familias, para niños.

Tal vez había descubierto lo que pasaba con los teletransportadores mayores.

Acababa de guardar las carpetas en el cajón cuando capté el chirrido de las suelas de unos zapatos sobre el suelo el linóleo. Me quedé paralizada.

Los chirridos se oían cada vez más fuertes. Alguien se acercaba, y lo hacía muy rápido. Nerviosa, eché un vistazo a la habitación. La luz del techo continuaba encendida, la llave estaba en el escritorio y el cajón superior seguía abierto.

Cerré el cajón, estremeciéndome al oír el chasquido metálico que produjo al cerrarse. Los pasos se detuvieron y contuve la respiración.

Los oí de nuevo, más rápidos que antes. Corrí hacia la puerta. Apagué la luz, recogí la sudadera del suelo y retrocedí hacia el escritorio. Me golpeé la cadera contra la esquina en la oscuridad absoluta. Me mordí el labio para contener el taco que tenía en la punta de la lengua.

Rodeé el escritorio y me escondí debajo en el preciso instante en que alguien insertaba una llave en la cerradura de la puerta. Oí el giro de la llave y el clic del metal cuando la cerradura cedió.

La puerta se abrió de golpe y el misterioso visitante dio un par de pasos y encendió las luces.

Me metí la sudadera en la boca para sofocar el sonido de mi respiración. Tenía la espalda apoyada contra los paneles de madera que cubrían la parte delantera del escritorio; eso era lo único que me separaba de quienquiera que estuviera en la puerta.

La pausa se prolongó durante unos minutos que se me hicieron eternos y luego volví a oír el ruido de pisadas, avanzando hacia el interior de la habitación. El corazón me latía desbocado con cada paso que daban y se me paraba con cada silencio posterior. Quienquiera que fuese, él o ella me estaba matando despacio.

Las pisadas se detuvieron justo antes de llegar al escritorio.

¡La llave! Oh, no, la llave... Me había olvidado de cogerla cuando me escondí.

El visitante agarró la llave y la deslizó sobre la superficie del escritorio. A continuación, los pasos se alejaron de la mesa. Oí el ruido de un cajón al abrirse y cerrarse, y luego el visitante regresó junto a la mesa.

La llave tintineó al golpear de nuevo la superficie del escritorio y los pasos se alejaron rápidamente. El visitante apagó la luz, abrió la puerta y, al cabo de unos segundos, la cerró.

Cuando el ruido de los pasos se desvaneció por el pasillo, respiré hondo. Había tenido mucha suerte.

Permanecí en la oscuridad durante veinte angustiosos minutos antes de salir de mi escondite. Con manos temblorosas, volví a abrir los cajones, saqué los expedientes de un teletransportador muerto y de una embarazada, y salí del despacho.

Por los pelos.

Regresé al dormitorio. Mi cerebro trabajaba a toda velocidad para procesar la información que acababa de descubrir. En el camino de vuelta a la habitación, se me había ocurrido una idea.

Una ruta alternativa de escape.

El complejo de Montana me había dado la idea. No me habían dejado salir de aquellas instalaciones desde que llegué; sin embargo, si a Caden y a mí nos trasladaban al complejo de Montana, tal vez tendríamos la oportunidad de escapar durante el traslado. Sería mucho más fácil huir de esa manera que tratando de subirnos a un helicóptero o haciendo un agujero en la alambrada del complejo y pasar desapercibidos ante los guardias de vigilancia y las cámaras.

Ahora solo tenía que averiguar qué criterios seguiría el Proyecto para trasladarnos a Caden y a mí.

Me puse el pijama, apagué las luces y me metí en la cama.

Estaba segura de que planear aquello sería complicado. Si Caden y yo conseguíamos convencer al Proyecto de que nos trasladara, tendríamos que tener preparado un plan: dinero, transporte, un kit de supervivencia por si era preciso desaparecer del mapa un tiempo… La idea hizo que se me desplegara una sonrisa en los labios. Escapar. Libertad. Anonimato.

Podíamos hacerlo; al fin y al cabo, era lo que se nos daba mejor: desvanecernos.

CAPÍTULO 31

Me froté las manos mientras mi aliento formaba una vaharada a la luz del amanecer. Eran casi las cinco de la madrugada del sábado, y esperaba en medio del bosque, justo a la salida del sendero, para encontrarme con Caden.

Me restregué los ojos y bostecé. Era demasiado temprano para tantas intrigas.

—¿Sabes? Estás muy guapa con cara de sueño.

Me sobresalté al oír la voz y una mano me tapó la boca justo cuando estaba punto de soltar un grito de sorpresa.

—No puedo permitir que nos delates con tus gritos, princesa —me murmuró Caden al oído. Su voz susurrante hizo que me temblara todo el cuerpo. Apretó el suyo contra mí y empecé a tener pensamientos bastante subidos de tono.

Me separé de él, sobre todo para controlar mis hormonas.

—Entonces no me des sustos de muerte, tonto —le dije.

Dio un paso hacia mí, invadiendo mi espacio personal, y aparecieron sus hoyuelos.

—Cobarde.

—Pervertido.

—¿Pervertido? No es eso lo que me decías anoche.

Me sonrojé ante sus palabras.

—¿Cómo has conseguido acercarte así sin que te oiga?

Una sonrisa astuta afloró a sus labios.

—Esa respuesta tendrás que ganártela.

Se cruzó de brazos y se apoyó contra un árbol, mirándome fijamente durante un buen rato para que supiera qué pasaría si perdía.

Su expresión me erizó la piel. Me froté los ojos con el pulgar y el índice, tratando de centrarme en el tema de nuestra huida y no en las ganas que tenía de desnudar muy despacio al hombre que tenía delante.

Me aparté la mano de la cara, recordando la carpeta que había visto esa misma mañana.

—¿Qué sabes de las instalaciones de Montana?

Caden apenas se había movido hasta entonces, pero en cuanto mencioné Montana se quedó petrificado de verdad. Al cabo de un momento, ladeó la cabeza y arqueó las cejas. A diferencia del resto de sus facciones, en sus ojos había algo más que una expresión de sorpresa; también demostraban curiosidad. Estaba intentando leerme el pensamiento.

—¿Te estás replanteando lo de escapar? —dijo al final.

—No, solo nuestro método.

Su mirada se volvió ausente. Supuse que estaba sopesando mis palabras, y entonces parpadeó y volvió a enfocar la mirada en mí.

—La verdad es que no es mala idea: escapar durante nuestro traslado a las instalaciones de Montana. —Se frotó la barbilla—. Tendríamos que robar uno de sus coches e irnos directos a México.

—Lo sé.

—Aunque sin duda avisarían a la policía de fronteras. Les dirían que habíamos robado un coche del gobierno y les darían nuestra descripción.

—Si necesitamos otro coche, podemos robarlo. Sé cómo hacer un puente en los modelos más viejos.

Enarcó las cejas y aparecieron sus hoyuelos.

—¿Tú sabes cómo hacer eso? —Ni siquiera intentó disimular lo impresionado que estaba.

Asentí. Era otra de las habilidades de supervivencia que había aprendido, nada más.

Caden lanzó un silbido por lo bajo.

—Joder, eso me pone mucho…

Me entraron unas ganas enormes de reír, pero en vez de eso, me encogí de hombros.

—Sinceramente, la modestia no es lo tuyo, princesa —dijo—. Se te ve perfectamente el plumero.

Entonces sí sonreí.

Caden continuó.

—Necesitaríamos un disfraz, un kit de supervivencia y dinero.

Me crucé de brazos.

—Tenemos las tres cosas.

Caden arqueó aún más las cejas.

—Ah, ¿en serio? ¿Has conseguido todo eso?

Levanté tres dedos.

—Tengo un kit de supervivencia en mi habitación, así que: punto uno, lo tenemos. —Bajé un dedo—. Los disfraces podemos comprarlos sin problemas, así que táchalos de tu lista también. — Bajé otro dedo—. Y por último, somos un puto equipo de distracción y extracción; podríamos hacernos millonarios simplemente robando carteras, así que eso también podemos tacharlo.

No es que la idea de robar me hiciera mucha gracia: las personas tenían derecho a su dinero ganado honradamente, pero llegado el caso, si tenía que robar, lo haría. Yo también tenía derecho a mi libertad.

Una chispa de entusiasmo iluminó los ojos de Caden, pero aún quedaba cierto dejo de vacilación en ellos. No quería dejar esa vida, no quería perder a sus amigos y, desde luego, no quería traicionar la confianza de la institución.

—No tienes que venir conmigo si no quieres —le dije en voz baja.

Se acercó y me rodeó el cuello con la mano, acariciando el borde de mi mandíbula con el pulgar.

—Chissst… No digas nada.

—Solo te estaba dando…

—¿Crees que no sabía qué favor ibas a pedirme desde que te lo ganaste? He tenido mucho tiempo para tomar esta decisión. Me voy contigo.

Apoyó los labios sobre los míos y el corazón me palpitó con fuerza en el pecho. La forma en que me besó despejó cualquier duda: estaría a mi lado, fuese cual fuese el precio que tuviese que pagar.

Caden se apartó.

—Creo que el complejo de Montana es una buena idea, pero… —Se detuvo, mirándome—. Solo envían a los teletransportadores que quieren ser domesticados.

—¿Domesticados? —exclamé, arqueando las cejas.

—Sí, que se dediquen a fabricar y criar a montones y montones de hijos.

Sentí que me ardía la cara.

—Sí, así es como imaginaba que reaccionarías —dijo—, y por eso aquí no vas a convencer a nadie de que quieres trasladarte a las instalaciones de Montana.

Eso no podía discutírselo.

—Pero no te preocupes —continuó—. Yo me ocuparé de convencerlos. Es probable que quieran hablar contigo y entrevistarte antes de tomar la decisión final, así que ensaya lo que vas a decirles y trata de mantenerte fiel a la verdad siempre que sea posible. Intentarán hacerte incurrir en contradicciones. Si con esta idea no llegamos a ninguna parte, tendremos que planear la huida de estas instalaciones a la desesperada.

Asentí. Podía hacer eso.

Miró al cielo iluminado.

—Nos reuniremos aquí dentro de una semana, a la misma hora. Hasta entonces, empezaré a convencer a los directores del Proyecto para que consideren nuestra propuesta —continuó—. Mientras tanto, intenta pensar en la logística para nuestra evasión.

—Hecho.

Caden se fue. Cuando lo hizo, recordé lo que me había contado sobre los teletransportadores que intentaban desertar. Íbamos a tener que ejecutar nuestro plan de escape perfectamente, porque solo tendríamos una oportunidad, solo una.

***

Ese lunes, entré en el gimnasio. Eché un vistazo al equipo que estaba al lado del ring y contuve un gemido. Combate. A pesar de que había mejorado mucho mi técnica, no me sentía lo bastante segura como para hacerlo bien delante de un público.

Mis compañeros ya habían empezado a distribuirse por parejas.

Me volví para buscar a Caden y vi que había entrado justo después de mí. No pude evitar fijarme en cómo se le ceñía la camiseta al pecho esculpido y a la parte superior de los brazos. Recorrí su torso con la mirada antes de encontrarme con sus ojos. Vi un destello en ellos: me había pillado repasándolo de arriba abajo.

—Nunca te cansas de mirarme, ¿verdad? —dijo Caden, acercándose. No esperó a que le respondiera, sino que tomó mi cara entre las manos y me besó.

Cuando se apartó, sonrió y le vi los hoyuelos.

—¿Quieres practicar un poco antes de comenzar?

—Vale.

La idea de entrenar con alguien que no fuera él me creaba ansiedad; quería tener los movimientos bien aprendidos.

Durante la siguiente media hora, calentamos juntos. Mientras me agachaba y me erguía, esquivando y atacando a Caden, no pude evitar sentir una creciente sensación de poder. Me había vuelto invencible en el transcurso de unas pocas semanas. Ahora no solo sabía cómo sobrevivir, sino también cómo pelear.

—¡Pierce! —Levanté la cabeza cuando el entrenador Painter me llamó por mi apellido. Lucía una sonrisa aviesa en la cara—. ¿Por qué no te emparejamos con Payne de nuevo?

Maldito cabrón.

Me limpié el sudor de la frente con el dorso de la mano. Tenía los músculos relajados y calientes. Estaba lista para el combate.

Caden me agarró de la muñeca y me miró a los ojos.

—Recuerda todo lo que has aprendido. No subestimes a tu oponente, recurre a tu propia fuerza interior y deja que tu cuerpo siga a tu cerebro —me instruyó.

Asentí.

—Estaré apoyándote en los laterales.

Me soltó y dejó que mis dedos se deslizaran entre los suyos.

Me aparté de él y me acerqué al ring, donde me esperaba Desirée. Me miraba con expresión acerada y furiosa, pero su boca formaba una curva hacia arriba. Pensaba que aquella iba a ser su oportunidad de partirme en dos, y fue eso, más que cualquier otra cosa, lo que espoleó mi determinación de hacerlo bien.

El entrenador Painter me dio el casco de espuma y los guantes. Como la última vez, Desirée se envolvió las manos antes de ponerse los guantes. Esta vez no dejé que eso me afectara.

Entramos en el ring y nos pusimos en guardia. La vi trasladar el peso de su cuerpo de un lado a otro, sosteniendo los brazos delante. Tenía la mano izquierda un poco baja. No sabía decir si la postura inicial era intencionada o no, pero solo había una forma de averiguarlo.

El entrenador hizo sonar el silbato y no lo dudé. Corrí hacia el espacio de Desirée y golpeé con el puño la parte expuesta de su torso. Ella interceptó el gancho y utilicé su bloqueo para darle un golpe bajo en el estómago, esta vez sin preocuparme por si le hacía daño o no. Sabía que ella no se reprimiría si tenía la oportunidad.

Impacté contra el tejido blando de su estómago. El golpe no fue muy fuerte, pero se tambaleó hacia atrás y luego se inclinó hacia delante para protegerse. La seguí y le di tres golpes más. Consiguió bloquearlos todos.

—Zorra de mierda —la oí mascullar entre dientes.

La ira llameaba en sus ojos, y apenas tuve tiempo de levantar los brazos cuando me golpeó con el puño en la cara. Paré el golpe con los brazos, pero había empleado tanta fuerza que me tambaleé hacia atrás antes de recuperar el equilibrio.

El entrenador hizo sonar el silbato.

—Payne, eso es una falta.

Desirée hizo caso omiso del entrenador y avanzó hacia mí. Sostuvo los brazos en alto, exponiendo la parte inferior de su abdomen. Apunté y la golpeé justo debajo del plexo solar. En el preciso instante en que lo hacía, su puño se estrelló contra mi mejilla. Eché la cabeza hacia atrás y me tropecé.

El entrenador Painter volvió a tocar el silbato.

—¡Payne! Apártate de Pierce.

Ignorándolo de nuevo, Payne empezó a molerme a golpes, todos dirigidos a mi cabeza. El ataque me obligó a cubrirme la cara en lugar de intentar devolverle el golpe.

—¡Maldita sea, Payne! ¡Para! —gritó el entrenador.

Su cólera incitó la mía. Desirée estaba demasiado entregada a su propia furia para pensar de forma estratégica, de modo que levanté la pierna y le di una patada en el pecho. El impacto la tiró de espaldas y cayó sobre la colchoneta.

El entrenador pitaba como loco.

—Pierce, es suficiente. Payne, estás descalificada.

Desirée miró al entrenador.

—Entrenador, no —le suplicó.

El entrenador negó con la cabeza, con las manos apoyadas en la cintura.

—Ya conoces las reglas, Payne. Ahora, practica con el resto de la clase o sal de aquí.

Miré a Caden, que estaba en los laterales del ring, con los brazos cruzados. Apretaba la mandíbula con fuerza, como si le hubiera resultado difícil ver la pelea, pero su expresión era de orgullo. Los dos sabíamos que yo había sido la mejor contrincante de ese *round*; mis golpes habían sido más precisos y había logrado contener mis emociones.

Desirée se puso de pie con cuidado y se quitó el casco. Me lanzó una mirada de despedida y lo que vi en sus ojos me dio escalofríos: la cólera rabiosa que había captado hacía un momento había desaparecido, reemplazada por algo mucho más siniestro. Su expresión era fría y calculadora.

Tenía que empezar a cerrar la puerta de mi cuarto con llave, porque en los ojos de Desirée había una promesa, la promesa de que vendría a por mí y terminaría lo que había empezado.

CAPÍTULO 32

Dos días después, estaba haciendo los deberes de armamento con Caden en una de las salas de estudio cuando Dane Richards se acercó a nuestra mesa.

—Hola, jefe —lo saludó Caden.

Dane hizo oídos sordos.

—Pierce, tenemos que hablar —dijo, mirándome con ojos duros y fríos.

Miré a Caden con cara de preocupación y se formó un pliegue entre sus cejas. Intenté no dejarme dominar por el pánico cuando vi la ansiedad en sus ojos.

—Muy bien —le dije.

Con una última mirada a Caden, seguí a Dane Richards al exterior de la sala de estudio. El trayecto al despacho de Dane se me hizo largo e incómodo. El silencio era asfixiante.

Cuando por fin llegamos y me senté en una silla para las visitas, Dane todavía no me había dicho por qué quería verme.

Se sentó y echó su silla de oficina hacia delante. Apoyó las palmas sobre el escritorio y dirigió una intensa mirada hacia mí.

—¿De qué conoces a Adrian Sumner? —me preguntó.

Se me aceleró el corazón.

—¿Cómo dice?

¿Debía mentir? ¿Decir la verdad? ¿Cómo podría protegernos a los dos?

—Adrian Sumner.

Dane Richards depositó una foto en blanco y negro delante de mí. Me quedé sin aliento. La foto era de mí en el muelle. Adrian estaba de pie frente a mí, mirando por encima del hombro, viendo lo mismo que yo: a Jacques, cuando corría tras el estuche.

—Lo conoces, ¿verdad? —preguntó sin apartar de mí sus ojos inquisitivos.

En el silencio que siguió, me di cuenta de que lo que dijese a partir de entonces sería muy importante. Si mentía, la verdad saldría tarde o temprano a la luz, y si decía la verdad, lo más probable era que Adrian fuese capturado.

Me concentré en mi respiración. En inhalar y espirar el aire. Ya era prisionera allí, trabajaba a la fuerza para el gobierno, de modo que no podían castigarme mucho más, salvo con la muerte, y esa ya era mi realidad cada vez que salía en una misión.

No estaba segura de dónde estábamos exactamente Adrian y yo, y no es que confiase en él del todo, pero si me había dicho la verdad, estaba tratando de ayudar a los teletransportadores como yo. Y si me había mentido, seguía siendo el enemigo de mi enemigo. No podía olvidarlo.

Por dentro, era un manojo de nervios, pero esa ansiedad no se exteriorizó en mi piel.

—No —contesté—. No lo conozco. —Miré a Richards con gesto de fastidio, para convencerlo aún más.

Tocó la foto con el dedo índice.

—Pero aquí estás hablando con él.

—Sí —respondí, conservando el mismo tono de fastidio—. Primero intentó disuadirme, pero cuando tiré el estuche al agua, trató de hacerme sentir culpable.

Richards arqueó las cejas. No me creía. Hice todo lo posible por mantener la calma mientras él revolvía unos papeles en su escritorio. Yo sabía que todo aquello era puro teatro, que con sus movimientos lo único que pretendía era ponerme nerviosa.

De entre los papeles que llevaba en la mano, sacó otro y lo deslizó hacia mí.

Mierda.

Era el artículo sobre Adrian Sumner que había buscado en internet.

—Este artículo es un resultado de búsqueda en Google desde tu ordenador. —Richards entrecerró los ojos—. La fecha es de antes de tu misión.

Atrapada. Me habían pillado.

¿Cómo había podido ser tan estúpida? Pues claro que el centro monitorizaba las páginas que visitaban los teletransportadores en internet.

Abrí la boca, pero Richards levantó la mano.

—No te molestes, Pierce. He revisado toda la lista de enlaces, así que sé cómo uno llevó al siguiente.

Dane sacó otra foto de la pila. Era una fotografía de mala calidad de mí hojeando una carpeta en el despacho del sótano. Abajo, distinguí la sudadera colocada en la rendija de la puerta, lo que significaba que la foto había sido tomada durante mi última visita allí.

—Tienes dos expedientes en tu poder que sacaste de esa habitación. A partir de tus acciones, solo puedo deducir que te los has quedado para usarlos en el futuro como chantaje.

Había sido muy torpe. Muy, muy torpe. Tal como Caden me había dicho poco antes, los responsables del centro siempre estaban atentos a cualquier comportamiento desafiante. Y yo los había subestimado. Ahora solo me quedaba preguntarme cuánto tiempo me habían estado observando, y si aquel despacho solo era una elaborada trampa, otra simulación para ver mi reacción.

La sensación de malestar en mi estómago me decía que así era. Y yo había caído en ella de cabeza.

Richards se frotó la piel alrededor de la boca.

—Lo que no entiendo es el alcance de lo que sabes.

Se me erizó el vello del brazo.

Me miró fijamente, sin parpadear.

—Pero ahora mismo, eso no importa —dijo—. Has demostrado ser tramposa, reservada, egoísta y, sobre todo, deshonesta.

No me moví, no permití que mi expresión dejara traslucir los gritos de mi cabeza, los latidos de mi corazón o el sudor pegajoso que se formó en los pliegues de mis dedos.

Richards se inclinó aún más hacia delante.

—También has delatado tu única debilidad.

Deslizó hacia delante otra foto; estaba muy pixelada, pero aun así se distinguían la maraña de miembros desnudos y mi tatuaje. Por lo visto, nos la habían sacado la última vez que Caden y yo visitamos el lago.

Las náuseas me revolvieron el estómago al pensar que alguien nos había estado observando, que nos había fotografiado.

—Es una relación puramente física, nada más —mentí.

Negó con la cabeza.

—Tengo acceso a los informes de Debbie y a las grabaciones de cada sesión que lleva a cabo. Sé con absoluta certeza que vuestra relación «puramente física» es mucho más que eso.

Richards frunció el ceño mientras miraba la fotografía. Desplazó la mirada hacia mí.

—Él es demasiado bueno para ti. —Su voz se había dulcificado, y ahora era más ronca que antes.

Richards no sabía que Caden me estaba ayudando. De haberlo sabido, su tono habría sido distinto. Una intensa oleada de alivio me recorrió el cuerpo. Caden no se había visto arrastrado al abismo. Gracias a Dios.

—Sí, lo es —convine.

Las arrugas del rostro de Dane Richards se hicieron más profundas con su gesto de desaprobación.

—Estamos en un callejón sin salida —dijo—. Eres demasiado valiosa para prescindir de ti, pero demasiado rebelde para ser digna de confianza.

Sentí que el corazón me daba un vuelco.

—¿Y qué ocurrirá ahora? —pregunté. No quería saber la respuesta a esa pregunta.

—Bueno, podrían pasar muchas cosas —dijo, frunciendo el ceño ante mi reacción—. Pero por ahora, nada. —Las palabras de Dane no lograron tranquilizarme lo más mínimo.

—¿Puedo irme ya?

Richards me miró un instante y luego asintió.

—Puedes irte.

Apoyé las manos sobre el escritorio de Richards mientras me levantaba para ocultar los temblores que las estremecían. Cuando llegué a la puerta, su voz quebró el silencio.

—Ah, Ember, y otra cosa.

Lo miré por encima del hombro.

—Será mejor que empieces a desarrollar apego por el Proyecto y por sus objetivos muy rápido. No me gustaría romperle el corazón a Caden haciéndote desaparecer.

CAPÍTULO 33

Avancé por el pasillo sin ver realmente lo que me rodeaba. Me temblaban las manos. Estaba impactada, pero la conmoción empezaba a dar paso a un miedo que me corroía las entrañas.

Era una mujer condenada a muerte.

—¡Ember! —me llamó Caden. Debía de haber estado esperando en la puerta del despacho. Ni siquiera me había dado cuenta.

Cerré los ojos. Lo único que quería era estar sola.

Me agarró del brazo hasta que me volví para mirarlo.

—¿Qué pasa? —me preguntó.

Aparté el brazo y seguí mi camino. Dios, no quería decírselo. Y no quería mirarlo; no quería ver lo que había en sus ojos.

—Joder, Ember —dijo—. ¿De qué cojones habéis hablado ahí dentro?

Negué con la cabeza y me dirigí a las puertas que llevaban al exterior.

Una vez fuera, empecé a correr, dando impulso a mis piernas, cuesta arriba, hasta que el dolor físico ahogó todos mis pensamientos y mi miedo creciente. Caden corría a mi lado, todavía sin hablar. Con el rabillo del ojo vi cómo arrugaba la frente, pero no me detuvo. Sabía que si quería oír lo que tuviera que decirle, debíamos alejarnos de las instalaciones. Aunque, a decir verdad, no sabía si eso sería suficiente.

Agradecí el impacto del aire helado que me quemaba los pulmones y el olor silvestre del bosque. Si alguna vez había querido fundirme con la tierra era justo entonces.

Corrimos varios minutos en silencio hasta que liberé toda mi adrenalina y empecé a bajar el ritmo. Había agotado mi ira con puro esfuerzo. Reduje la velocidad hasta detenerme en algún lugar en medio del bosque y me apoyé en las rodillas.

Caden se detuvo a mi lado.

—Ember, me estás acojonando. Por favor, dime qué ha pasado.

Respiré hondo.

—Richards sabe que conozco a Adrian.

Caden abrió mucho los ojos con recelo.

—¿Y qué? —dijo—. Eso no prueba nada.

Seguí inhalando el aire fresco de la tarde que me invadía los pulmones.

—Le mentí. Le dije que no sabía quién era Adrian. Entonces Dane me enseñó las páginas web que yo había visitado, las páginas que había visto antes de la misión.

Caden soltó una maldición.

—Además, irrumpí en una oficina de las instalaciones, leí unos expedientes que no debería haber leído y me llevé dos de ellos a mi habitación. Tienen fotos inculpatorias.

Caden enarcó las cejas.

—¿Hiciste todo eso? ¿Por qué no me lo dijiste?

Le lancé una mirada elocuente.

—Porque no quería involucrarte.

«Y porque no lo habrías aprobado».

Tensó la mandíbula y su mirada se ensombreció.

—Ember, estoy arriesgando toda mi vida por ti. Esto solo funcionará si la confianza va en ambos sentidos.

Tragué saliva. Esa era la única forma que conocía de amar: me parecía que si no le hacía partícipe de todo, el ciclón que era mi vida tal vez no lo alcanzara. Si ponía a Caden al corriente de mis planes de cometer traición, eso lo convertiría en alguien tan culpable como yo. Quería que su vida fuese mejor, no peor.

Observó cómo me cambiaba el semblante y se puso muy pálido.

—Robaste dos expedientes… ¿Qué…? ¿Qué estás planeando, Ember? —Le temblaba la voz. No sabía cómo lo hacía Caden, cómo era capaz de ver más allá de todo lo que yo ocultaba a ojos del mundo.

—Nada.

Se me acercó.

—No me mientas, Ember.

Así, tan cerca, vi todos los colores del espectro en los ojos de Caden: azul, verde, amarillo y gris. Tenía los ojos más bonitos que había visto en mi vida, y parecían muy dolidos al mirarme.

Pestañeé para contener las lágrimas.

—No estoy… De momento, no tengo nada pensado.

Todos mis grandes planes se habían derrumbado ahora que me estaban vigilando. Tenía que hacer gala del mejor comportamiento del mundo si quería sobrevivir, pero tal vez ni siquiera eso fuera suficiente.

Caden se acercó más a mí y me tomó la cara con las manos. Me dedicó una mirada penetrante y llena de amor.

Sentí un nudo en la garganta y desvié la vista. No había pensado en esa posibilidad. La de que yo pudiera desaparecer. Y no estaba segura de tener el valor de expresar en voz alta esa preocupación, tan real para mí.

Me empujó la cabeza hacia atrás con suavidad para que me viera obligada a mirarlo. Sabía lo que iba a ver en mis ojos: inquietud, culpa, debilidad, vulnerabilidad.

Sin apartar la mirada, deslizó la mano por mi brazo. Cuando sus dedos tocaron la palma de mi mano, se la llevó al corazón. Bajo la fina tela de su camisa, sentí sus poderosos latidos.

—Esto es tuyo —dijo, presionando mi mano con más fuerza contra el pecho—. Y no lo entrego a la ligera.

Su expresión revelaba su alma desnuda.

—Te quiero con todas tus facetas, Ember: a la chica vehemente y hermosa que vi el primer día; a la chica furiosa que me dio un puñetazo en la cara cuando le arranqué las sábanas; a la chica que, llena de remordimientos, encontré acurrucada en la ducha; a la chica curiosa que cuestionaba la culpabilidad de un fugitivo; a la chica valiente que me empujó cuando vio un arma y a la chica reservada que cree que necesita llevar la responsabilidad del mundo sobre sus hombros.

»Ember, lo malo viene con lo bueno. Y lo quiero todo, quiero tus secretos, tu preocupación, tu dolor… Te quiero, no estás sola en esta vida.

Unas lágrimas silenciosas me resbalaban por las mejillas, y entonces lo atraje hacia mí.

Acarició mi mejilla con la suya.

—Prométeme que no lo olvidarás —me susurró piel contra piel.

Lloré aún más al oír sus palabras. Estaba retorciendo cada vez más el cuchillo en mi corazón. No me preocupaba estar sola: me preocupaba que me mataran y dejar solo al hombre que tenía delante.

—Prométemelo —repitió.

Le di un beso en la mejilla. Mis lágrimas saladas se mezclaron con el sabor de su piel.

—Te lo prometo.

Sentí que una parte de mí se rompía al pronunciar esas palabras. Sin embargo, también fue como si me hubieran quitado un peso de encima. Caden me quería tal como era, cada parte defectuosa y llena de cicatrices. Y ser consciente de eso encerraba también su propia libertad.

***

La noche siguiente, repasé la misión con Caden. Bueno, mejor dicho: Caden se sentó a su escritorio a repasar la misión. Yo me quedé tumbada en el suelo de su habitación, hojeando mi manual de armamento.

Cuando me había despertado esa mañana, todavía viva y en perfecto estado de salud, me pregunté si mi conversación con Dane Richards no habría sido tan mala como yo suponía. Mi día transcurrió exactamente igual que todos los demás: clases y entrenamiento. No había ocurrido nada inusual y el Proyecto todavía seguía decidido a enviarme a aquella misión.

Miré a Caden, que recorría con los ojos la pantalla del portátil. Él todavía no tenía ni idea de lo frágiles que eran mis posibilidades de seguir con vida allí. ¿Por qué preocuparle innecesariamente?

—Entraremos al mismo tiempo, pero por lugares distintos —dijo Caden, leyendo su mensaje de correo electrónico con las instrucciones para la misión.

Aquella era la segunda parte de nuestra misión de distracción y extracción con el capo de la droga. Solo que esa noche, en lugar de aparecer en un museo en Ciudad de México, iría a la hacienda de Emilio Santoro en Colombia, donde lo distraería una vez más.

—Por desgracia, a menos que la noche se ponga violenta, solo le colocaré un micrófono —dijo Caden. De hecho, parecía decepcionado por no poder pegarle a nadie ningún puñetazo para sacarle información—. Y estoy seguro de que harás más que suficiente para distraerlo y que no se dé cuenta, «Angela».

Me estremecí. Esa era mi identidad falsa. Me había pasado toda la semana memorizándola. Si los repasaba una vez más, sabía que confundiría mis datos biográficos. Precisamente por eso quería distraerme con el manual de armamento en lugar de seguir estudiando.

—Tendrás cuidado, ¿verdad? —La voz de Caden sonó áspera.

Levanté la vista del texto. La expresión preocupada de mi compañero hizo que se me acelerara el corazón. Cerré el libro y lo dejé a un lado.

—Por supuesto que tendré cuidado, te lo prometo.

Asintió con expresión ausente.

—La idea de perderte... —Se le quebró la voz.

Volvió a enfocar la mirada en mí.

—Creía que tener una compañera sería lo mejor del mundo —dijo, recostándose contra la silla—. Alguien a quien sentirme muy unido, que estuviera ahí para ayudarnos el uno al otro... Es una idea muy atractiva para un chico cuya familia lo abandonó.

Tragué saliva, sin saber adónde iría a parar.

—Entonces ocurrió esto —movió la mano entre los dos—, y ha sido mejor que el sueño más dulce del mundo.

Su sonrisa era esperanzada, pero se desvaneció rápidamente.

—Nunca hice caso a los que me hablaban del lado oscuro de amar a tu compañera: los celos que sientes cuando ves a otro hombre tocarla; el terror que te paraliza el cuerpo cada vez que sabes que está en una situación peligrosa; la angustia que sientes cada vez que ves esa mirada atormentada en sus ojos y el temor de que eso solo empeore con el tiempo.

»Pero todo eso palidece en comparación con mi máxima preocupación —dijo, sacudiendo la cabeza—. Tanta gente... —Se le quebró la voz y se aclaró la garganta—. Ha muerto mucha gente haciendo esto, Ember.

No podía mirarlo, y menos después de haber estado tan cerca de expresar mis propios miedos.

—Lo sé —susurré, mirando fijamente al libro que tenía delante.

Se levantó de la silla y se arrodilló frente a mí. Me tomó la mejilla con la mano y presionó la boca contra la mía.

Lo besé con urgencia y sentí la oleada de pasión que estallaba en mi interior. No había nada garantizado más que el presente.

Sus manos me acariciaron los costados, templándome la piel en todo su recorrido. Le agarré el borde de la camiseta y se la quité por la cabeza mientras él me arrancaba los vaqueros.

Me acarició con el pulgar la piel del estómago mientras yo le quitaba los pantalones. Sujetó el bajo de mi camiseta y levantó la fina tela de algodón por encima de mi torso y sobre mi cabeza.

Nos quitamos el resto de la ropa con movimientos frenéticos. Envolví las piernas alrededor de Caden mientras él me tomaba en brazos y me llevaba a su cama.

Le abracé el cuello y parpadeé para enjugarme las lágrimas de los ojos mientras mi cuerpo temblaba. Aquello se parecía demasiado a un adiós. La injusticia de toda nuestra situación me impedía respirar: acababa de empezar a saborear qué significaba enamorarse. Ni siquiera se me había ocurrido decirle a Caden el secreto que más miedo me daba de todos: que él se había convertido en mi todo.

CAPÍTULO 34

El corazón me latía desbocado a la noche siguiente, cuando me acompañaron a una de las numerosas camillas de hospital.

—Todos conocéis vuestros roles; ya habéis hecho esto antes —anunció Dane Richards, paseándose por la sala esterilizada—. Ahora es el momento de terminar vuestra misión.

Miré a Caden, que me respondió levantando los pulgares hacia arriba mientras le frotaban un algodón por la parte interna del brazo. Nadie más parecía estar tan nervioso como yo. ¿Sería que simplemente se les daba muy bien disimular la inquietud?

Dane discutió los objetivos de la misión y el papel de cada teletransportador. Lo estudié con detenimiento mientras lo hacía. Él no vivía en las instalaciones, pero las había visitado muchas veces desde que yo había llegado. Tal vez siempre las visitaba con mucha frecuencia, o tal vez no fuera su costumbre. Quizás pasaba algo más.

Sus ojos se encontraron con los míos, y me sorprendió mirándolo. Las arrugas de su rostro se hicieron más profundas y aparté la vista.

Una mujer con una bata de laboratorio se acercó y me pasó una gasa húmeda por la parte interna del brazo. Mis fosas nasales se ensancharon con el olor a antiséptico.

Mientras la mujer hacía su labor, se desvaneció la primera tanda de teletransportadores. Poco después, las imágenes de la hacienda aparecieron parpadeando en la pared de pantallas. Recorrí los monitores con la mirada hasta que encontré una figura que tenía que ser Emilio. Estaba en el patio trasero de la hacienda, hablando con alguien. Seguía siendo tan guapo como siempre.

—¿Estáis listos, chicos? —nos preguntó Richards a los que quedábamos. A mí en particular me dirigió una mirada dura.

«Te están vigilando».

Asentí como todos los demás.

Tal vez fuera pura intuición, pero no podía evitar tener la terrible sensación de que esa noche nada saldría como estaba planeado.

Aparecí en una camioneta de *catering* vacía, con un vestido azul oscuro y accesorios plateados. Examiné mi pulsera. Incrustado en la parte inferior estaba el cronómetro. Como de costumbre, lo habían camuflado tan bien que si no hubiera sabido qué buscar, no lo habría visto.

Me abrí camino entre las bandejas vacías de *catering* y salí de la furgoneta. Frente a mí había una puerta abierta que llevaba a la mansión de Emilio. Mientras me encaminaba hacia allí, oí el ruido de ollas y sartenes y de múltiples voces gritándose en español. Iba a entrar por la cocina.

Intenté atravesar la sala con discreción, enfundada en mi vestido azul oscuro. Pero no fui tan discreta. Las voces se apagaron cuando los cocineros y los camareros me vieron. Les sonreí al pasar. Unos pocos sonrieron y asintieron. A veces, lo único que había que hacer era actuar con naturalidad… O eso, o estaban a punto de llamar a seguridad en cuanto saliera de la cocina.

Me quedé sin aliento cuando entré en la sala de estar de la mansión. La hacienda de Emilio estaba situada en una colina con vistas al mar Caribe, y los ventanales que iban del suelo al techo mostraban la espléndida panorámica.

Sin embargo, los guardias de seguridad de Emilio estropeaban un poco el paisaje. Estaban apostados en la habitación y, fuera, en los laterales del césped, armados con rifles automáticos. Escudriñaban a la multitud con la mirada.

Salí al exterior, de nuevo maravillada por las vistas. Parecía que estuviera en el fin del mundo. Con el rabillo del ojo vi que Emilio había advertido mi presencia. En lugar de acercarme a él, me dirigí al borde de la finca, mientras el vestido azul se ceñía de forma sugerente a mi cuerpo con cada movimiento. Sabía que me seguiría.

Inhalé profundamente y me incliné sobre la barandilla que rodeaba el patio; se percibía el olor a mar incluso desde tantísima altura sobre el agua.

—Mi pirata. —Emilio se apoyó en el balcón a mi lado—. ¿Sabes cuánto tiempo me ha costado encontrarte?

Repetí mentalmente mis datos biográficos: era Angela Woods, comisaria de exposiciones en el Metropolitan, rica e independiente, especializada en intercambios y adquisiciones de objetos de valor incalculable.

Mi presencia en la fiesta donde conocí a Emilio se debía al interés por consolidar mis relaciones con algunos coleccionistas privados que vivían en México, y ahora se suponía que debía fingir que Angela Woods se había trasladado hasta Colombia para ver unas piezas precolombinas y asistir a aquella fiesta. Los detalles del engaño llegaban a una meticulosidad impresionante.

Miré a Santoro.

—Me alegra que me hayas encontrado —dije en voz baja, dedicándole el esbozo de una sonrisa—. Y me alegra aún más estar aquí.

Me miró de arriba abajo, con una sonrisilla en el rostro, y me pasó un mechón de pelo por detrás de la oreja.

—El placer es todo mío.

Sus dedos se demoraron un instante en mi piel.

El poder de la intuición de la mente humana era sorprendente. O eso o simplemente se me daba muy bien ver el verdadero rostro de la gente, porque, a pesar de los atractivos rasgos de Emilio y de lo que tenía que ser un cuerpo escultural, una oleada de asco se apoderó de mi cuerpo. Me entraron ganas de apartarle los dedos de un manotazo y de eliminar esa mirada suya.

Pero en vez de hacerlo, dejé que me recorriera el cuello en una caricia.

—Me encantaría conocerte mejor —dijo, con un fuerte acento. Detuvo la mano en el hueco de mi garganta. Tuve que hacer un esfuerzo para no rechazarlo bruscamente.

Antes de que pudiera decir o hacer algo, le sonó el teléfono.

Emilio soltó un taco en español.

—Un momento —me dijo.

Se metió una mano en el bolsillo y silenció la llamada.

—Lo siento. ¿Te apetece un…? —Su teléfono comenzó a sonar de nuevo.

Me lanzó una sonrisa con los labios apretados.

—Creo que será mejor que conteste.

Asentí.

—Adelante.

Se alejó un poco de mí y respondió a la llamada. Entre el viento que soplaba en el jardín y el español que hablaba, apenas entendí nada de la conversación de Emilio.

Un minuto después, se guardó el teléfono y se acercó a mí. Me observó por un momento, sin decir nada.

—¿Una llamada interesante? —le pregunté al fin cuando vi que no rompía el silencio.

—Podría decirse así —respondió Emilio. Y entonces se abalanzó sobre mi garganta.

CAPÍTULO 35

Me rodeó el cuello con las manos y apretó, tratando de cortarme el suministro de aire. Me clavó las uñas en la piel. Intenté arrancármelo de encima sin éxito, pues me agarraba con demasiada fuerza. Me empujó contra el borde de la barandilla, y mi cabeza, el cuello y los hombros quedaron suspendidos sobre cientos de metros de aire.

—Dame una buena razón para que no te tire por este acantilado ahora mismo.

Mostraba una pasmosa tranquilidad asesina. Sus ojos no transmitían absolutamente nada, ningún brillo, ni alegría, ni vida.

Así que allí era donde mataba a la gente.

—No puedo… hablar —acerté a murmurar.

Inclinó la cabeza hacia un lado, estudiándome. A nuestro alrededor, la gente nos miraba.

Sus ojos se percataban de todo, de manera que percibió la atención creciente.

—Pensándolo bien, tengo otros planes para ti.

Me apartó del borde y me obligó a colocar los brazos en la espalda. Con esa postura forzada, me arrastró a través del patio hasta el interior de su mansión. Algunos invitados se quedaron boquiabiertos al ver la escena, pero un número alarmante de ellos me ignoró o intentó captar la atención de quienes sí me miraban.

Respiré en profundas bocanadas de aire, con la tráquea en carne viva. Mis músculos palpitaron cuando volvió a llegarles el oxígeno.

¿Qué le habían dicho a Emilio por teléfono? Algo que me inculpaba. Me pregunté quién me habría delatado. Puede que fuese el Proyecto, pero entonces eso también daría al traste con su tapadera.

Concentración. Eso era lo que necesitaba. Solo tenía que seguir viva el tiempo suficiente para volver a las instalaciones.

En cuanto recobré la respiración, derribé a Emilio al suelo de una patada.

Me arrepentí de inmediato. Hasta entonces, nadie había interferido. Pero en cuanto Emilio golpeó el suelo de mármol, tres hombres enfurecidos y armados se abalanzaron sobre mí. Recibí un rodillazo en el estómago y otro golpe en el plexo solar. Me quedé sin aire en los pulmones y caí al suelo, muerta de dolor.

Oí unos respingos a mi alrededor que sin duda provenían de las ricas esposas de los jefes de los carteles y los políticos corruptos. Supuse que no estaban muy expuestas a la violencia de sus maridos.

Alguien me agarró del pelo y empezó a arrastrarme por el suelo. Pataleé y le di con el tacón a un hombre en el muslo y arañé con las manos el brazo del hombre que me llevaba a rastras.

Uno de los matones de Emilio me golpeó la sien con la culata del arma. Se me nubló la vista y me obligué a no perder la consciencia. El agua me chorreaba por un lado de la cara. No, no era agua. Era sangre.

El hecho de que no lo hubiera sabido de inmediato no presagiaba nada bueno. Incluso en mi estado de confusión, tendría que haber sabido reconocer la sangre.

Enfoqué la mirada en mi entorno. Desde que me habían golpeado con la culata de un arma, había estallado el caos a mi alrededor. En mitad de todo el alboroto, vi que una figura se materializaba de repente.

Caden.

Llegó en cuclillas, pero en un instante se puso de pie, con una pistola en las manos y más armas encima del pecho. Parecía que al final Caden sí iba a intervenir esa noche.

Quienes estaban a su alrededor retrocedieron tambaleándose, alarmados por su repentina aparición, y Caden aprovechó ese instante para sacarles ventaja. Apuntó, disparó a los guardias de seguridad, y los eliminó a todos en rápida sucesión.

Caden había llegado más tarde de lo que se suponía e iba armado hasta los dientes, lo que significaba que se había teletransportado sabiendo que yo tenía problemas.

Encima de mí, Emilio soltaba tacos sin parar y gritaba órdenes a los hombres que se arremolinaban a nuestro alrededor. Uno se echó hacia atrás, probablemente para disparar a Caden, y los otros tres me agarraron y echaron a correr.

—¡Caden! —grité al ver que el otro guardaespaldas se apoyaba sobre una rodilla.

Caden se dio la vuelta y establecimos contacto visual durante un breve instante. «Aguanta». Leí la orden en su expresión. Luego desvió la mirada y disparó al guardia agazapado.

Detrás de él, Desirée estaba entre la multitud. Su mirada fría y calculadora me heló la sangre en las venas.

No sabía qué tramaban, pero sin duda aquello tenía que ser obra del Proyecto. Y a juzgar por la expresión de Desirée, creo que ya sabía quién me había tendido aquella trampa.

Emilio abrió una puerta y me empujaron a una silla. La puerta se cerró de golpe detrás de mí. Parecía estar en un despacho junto con Emilio y sus tres matones. Uno de ellos emitió un crujido con el cuello. Otro me sonrió como si disfrutara con la idea de hacerme daño.

—Bueno —empezó a decir Emilio—, ¿cómo prefieres que te llame: Angela… o Ember?

Intenté disimular mi sorpresa. ¿Sabía mi verdadero nombre? Aquello pintaba muy, pero que muy mal.

—En realidad, viniendo de ti, prefiero que me llames «mi pirata».

Me dio una bofetada. Mi cabeza dio un latigazo hacia el lado e hice una mueca de dolor. Me martilleaba con fuerza donde había recibido la herida anterior y notaba el torrente de sangre serpenteándome por el cuello.

Sin apartar los ojos de mí, Emilio alargó una mano por detrás y sacó una pistola. Con grandes aspavientos, la amartilló y me apuntó con ella en el pecho.

Ya sabía lo que quería de mí. Me había llevado hasta allí para sacarme información torturándome. Sería calculador y cruel.

Si conseguía sacarlo de quicio, tal vez me haría menos daño. A las personas violentas les gusta la sensación física de golpear a alguien con sus propios puños, y en esos momentos me preocupaba más una herida de bala que una paliza.

—¿Qué quieres? —preguntó, apuntándome al pecho con el arma.

Fuera, oí disparos, y el miedo se apoderó de mí. Dios, esperaba que fuera Caden quien estuviera disparando en lugar de al revés.

—¡Responde!

Desplacé la mirada de la puerta hacia Emilio. Había llegado el momento de cabrear al narco.

—Solo quiero el placer de tu compañía. —Era una respuesta increíblemente estúpida, y tuvo el efecto deseado.

—¡No me toques los huevos! —rugió Emilio, con la voz pastosa. Se calmó; el asesino volvía a tener el control de la situación—. Dime para quién trabajas y por qué estás aquí.

Le lancé una mirada elocuente, cargándola de una actitud desafiante que, definitivamente, no sentía.

—¿Es que no te atreves a adivinarlo?

Emilio disparó y grité cuando el dolor me traspasó el pecho.

Hasta ahí había llegado mi plan.

Empecé a jadear; debía de haberme acertado en el pulmón. Un fuego abrasador me recorrió todo el cuerpo y cada movimiento, incluso el de mi respiración entrecortada, me producía un dolor insoportable.

—Oye, niñata. —Emilio se acercó—. Yo mato a la gente por costumbre. Conozco más formas de tortura de las que puedes imaginar. Así que te lo preguntaré otra vez: ¿qué…?

Una andanada de disparos resonó al otro lado de la puerta, acompañada por el ruido de la madera astillada. El tirador de la puerta se retorció y desapareció bajo el impacto de las balas.

Emilio empezó a maldecir en español y se volvió para quedar frente a la puerta. Se arrodilló y apuntó.

—Cuatro hombres: Emilio está de rodillas —le grité a Caden, arrancándome a mí misma las palabras de la garganta a pesar de que parecía como si me estuvieran disparando de nuevo—. Y apunta con el arma a…

Se me quebró la voz cuando uno de los matones me golpeó con el puño en un lado de la cabeza. Se me nubló la vista y escupí sangre.

Caden abrió la puerta de una patada y Emilio y sus guardias dispararon. Por un segundo aterrador, mi mundo se vino abajo al ver a Caden acribillado por las balas. Luego me di cuenta de que el hombre de la puerta no era él, sino un matón al que había usado como escudo humano.

Mi compañero no vaciló: disparó a Emilio en la cabeza y de inmediato a sus hombres. Nunca había visto a Caden, ni a nadie, moverse tan rápido, ni siquiera cuando entrenábamos juntos. Solo uno de ellos logró disparar, y la bala alcanzó al escudo humano. Todo terminó en cuestión de segundos.

Caden soltó al hombre muerto y lo empujó contra la puerta para evitar que entraran los demás. Cuando lo hubo hecho, por fin miró hacia mí y me vio desangrándome en la silla.

—¡Ember! —Se abalanzó y se hincó de rodillas frente a mí—. Oh, Dios —gimió cuando vio la herida. Ambos sabíamos lo que significaba una lesión tan extensa. Un empalme. La muerte.

Debería haber estado preocupada por mí misma, pero en lo único en lo que podía pensar era en que el miedo más profundo de Caden se había hecho realidad: yo iba a abandonarlo, tal como había hecho su familia.

Tomó mi cara en sus manos.

—No puedes morir, Ember —dijo, con los ojos enrojecidos—. Maldita sea, te amo, no puedes.

Las lágrimas me resbalaban por las mejillas.

—Te… quier…

Mi reloj sonó una vez.

Caden abrió mucho los ojos y apretó las manos sobre mi piel, como si su fuerza de voluntad pudiera retenerme allí.

—N…

Mi reloj sonó de nuevo, y desaparecí.

***

Me desperté en medio de unos gritos y, por un horrible instante, creí que todavía estaba en la hacienda de Emilio. Una fracción de segundo después, el dolor reapareció.

Intenté gritar, pero no podía retener el aire. Alguien ya estaba bombeando oxígeno en mis pulmones manualmente. Las llamas me devoraban el pecho, de tal forma que se me nublaba la vista con ellas. Apenas podía pensar en el dolor.

No conseguía enfocar la mirada, pero por el movimiento deduje que estaba en una camilla. Un grupo de médicos me llevaba por un pasillo. El color empezó a desvanecerse y, con él, también el dolor.

Me estaba muriendo.

Percibí una ráfaga de aire frío y luego perdí el conocimiento.

EPÍLOGO

El cirujano jefe tomó la decisión.

—Vamos a tener que someterla a un coma inducido.

Los médicos que habían vigilado el procedimiento hasta ese momento le lanzaron miradas de interrogación.

Era lógico; al fin y al cabo, los comas inducidos solo se autorizaban para pacientes con alto riesgo de lesión cerebral. La gravísima paciente de su mesa de operaciones tenía lesiones extensas —parecía una masa de carne picada cuando llegó—, pero sus heridas en la cabeza no eran lo bastante graves como para justificar el coma.

Las enfermeras, a quienes había escogido personalmente, ni siquiera pestañearon. Habían visto heridas parecidas varias veces antes y habían implantado el mismo procedimiento para salvar a esas personas.

Solo el doctor Kyle Evanson conocía la verdadera razón por la que aquellos pacientes debían someterse a un coma inducido. El gobierno le había pagado una buena bonificación para asegurarse de que sabía cómo manejar esos casos con discreción.

A su alrededor, las enfermeras limpiaron y guardaron los utensilios quirúrgicos. El coma solo era el primer paso de varios. Al final, su paciente terminaría en una cámara hidropónica como los demás y permanecería allí mientras durara su recuperación.

Dos meses. Ese era el tiempo, como mínimo, que llevaría curar esas heridas.

Era un milagro que hubiera sobrevivido al empalme y a la cirugía para reconstruirla. Las probabilidades jugaban radicalmente en su contra, y no estaba fuera de peligro todavía. La posibilidad de una infección todavía reducía considerablemente sus posibilidades de supervivencia.

Sin embargo, el coma suprimiría su capacidad de teletransportarse, el mayor riesgo de todos.

Miró las grapas recién colocadas que recorrían el pecho de la chica. No volvería a ser la misma, ni siquiera una vez que despertara del coma.

Nunca volvían a serlo.

AGRADECIMIENTOS

Siempre hay personas que son fundamentales para la creación de un libro. A Dan, el amor de mi vida, gracias por hacer de la vida el viaje más dulce. Las palabras nunca serán suficientes para describir todo lo que significas para mí.

A mi maravillosa familia, gracias por compartir siempre vuestro entusiasmo por mis libros. ¡Es una suerte tener tantos admiradores!

Para Miriam Juskowicz, Vivian Lee, Courtney Miller y el resto del equipo de Skyscape, que hizo que el viaje hacia la publicación tradicional fuera fácil y agradable. Tengo la inmensa fortuna de contar con personas de gran talento y entusiasmo que apoyan a Ember y a Caden y su aventura. Gracias por todo lo que hacéis.

Sunniva, eres un tesoro por haber leído esto mientras tu propio libro estaba a punto de publicarse, y como siempre, tus comentarios fueron muy acertados.

A mis ávidos lectores, gracias por compartir siempre vuestro entusiasmo; es lo que me hace volver a sentarme ante el portátil día tras día.

Finalmente, a Michael, a quien está dedicado este libro: nunca sabrás lo orgullosa que me siento de llamarte mi hermano. Has soportado bastantes tormentas, y eso te ha hecho mucho más fuerte.

Por extraño que parezca, nuestros mayores éxitos personales parecen provenir de momentos de dolor o fracaso; ahí es cuando la vida nos pone a prueba para ver qué tipo de persona somos realmente. La vida te puso a prueba y creo que todos los que te conocen pueden decir que la superaste. Te quiero, hermano, y estoy impaciente por saber lo que te deparará el futuro.

Made in the USA
Monee, IL
17 March 2021